우리문학비평 05

세 명의 한국사람

안중근, 윤동주, 박경리

우리문학비평 05

세 명의
한국사람

안중근, 윤동주, 박경리

정현기

채륜

　　누군가를 알고 나서 그를 남에게 전해 알리는 일은 글 쓰는
이들의 본능적인 충동에 기댄다. 무언가를 보고 그것을 남에게
전하는 말글은 곧 그가 살았던 시대를 증명하는 발자취이기도
하다. 이런 발자취를 남기려고 글을 쓰는 이들은 대체로 불행
하기 쉽다. 꽤 오래전 외우 이청준 형이 내게 한 말이 있다.

　　'정 형! 인생 삼불행이 뭔지 알아'
　　'허허 그게 뭐요'
　　'부모덕으로 출세한 인생이 첫째 불행이고, 둘째는 일찍 출
세한 패, 셋째는 글 잘 쓰는 놈이라'
　　'허허!'

　　무심하게 들어 넘긴 이 형의 그 이야기는 자주 아주 자주
내 머릿속을 들락거린다. 학문의 길에 들어섰노라고 착각하며
살아온 내가 이제 다섯 번 째의 평론집을 낸다. 뭔가 살면서
보고 듣고 또 읽어 알게 된 사람들 발자취가 내 앞을 떡 버티
고 막은 채 그걸 세상에 내보여도 괜찮겠다고 속삭인다. 환청
임에 틀림이 없겠으나 스스로 그게 옳다고 믿으려고 한다. 어
리석은 인생이 바로 그런 투 아니겠나? 평생 읽어오면서 만난
인물들 가운데 세 한국 사람이 내어깨를 툭 치고 지나갔다. 위

대한 정신으로 자기 삶을 결정한 안중근 의사, 평생 부끄러움
이라는 화두를 지니고 세상을 읽어 글로 남겼으되 분하게 왜
놈들에게 죽음을 당한 시인 윤동주, 그리고 내 뒤쪽 삶 발자
국에 복된 만남의 기억을 남게 한 작가 박경리, 이들 세 분들
은 내가 이 지구에 와서 만난 아주 훌륭한 분들이었다. 그분들
에 대한 그리움과 기리는 내 마음병은 여직 깊다. 그것을 세상
에 보이고 싶어 한 글이 이차에 내놓는 내 평론집이다. 결코 화
해할 수 없는 세계와 그곳을 채운 시시한 패들로 가득 찬 이
지구 세상에 태어난, 나와 비슷한 생애를 사는 이들이 내 말들
을 읽으며, 껄껄 웃기를 바라는 마음을 실어, 한국사람 세 분
에 대한 그리움을 다시 내놓는다.

정현기

안중근의 권총

안중근 의사와 한국소설

—이청의 『안중근』과 송원희의 『대한국인 안중근』을
 중심으로

드는 말

 이 글에서 나는 작가 이청의 역사소설 『안중근』과 송원희의 『대한국인 안중근』을 대본으로 하여 한국 소설에서 어떤 깊이로 안중근을 다루고 있는지를 살피고, 짧은 단편 작품으로 김연수의 독특한 작품 「이등박문, 쏘지 못하다」는 작품을 살펴 볼 생각이다. 중견작가 조정래가 쓴 「안중근」이 있지만 그것은 아동 소설이어서 여기서 다룰만한 무게는 없다고 판단한다. 작년에 나는 북한에서 나온 림종상이 각색한 『안중근 이등박문을 쏘다』라는 묵직한 장편소설을 가지고 안중근 의사에 대한 문학적 관심 내용을 발표한 적이 있다. 최근 들어 남한에서 나온 안중근 관련 소설이나 시 작품들을 뒤져 보아도 눈에 띌만한, 안중근과 관련한 문학작품이 없다. 왜 그럴까? 이 글은 이런 물음에 대한 해답 찾기와 이어져 있다.

 문학이론의 가장 굳은 디딤돌이 되는 이야기는 역사와 문학이 어떻게 다른가 하는 다름을 구별하는 것으로부터 시작된다. 역사란 어느 시대 어느 곳에서 정말로 거기 그렇게 벌어져 있었던 일과 그것을 벌인 사람, 그리고 구경꾼들이 가장 큰 관심거리이다. 그리고는 그 때 그렇게 거기서 벌어졌던 일(사건)의 크기나 울림, 진행과정, 결과들에 대한 관심으로 쏠린다. 그러니까 실제로 어딘가에서 그런 일들이 그렇게 일어났던 일이었느냐 아니냐, 그게 정말로 진짜냐 가짜냐, 하는 물음으로부터, 역사가의 글쓰기 문제는 일어난다. 그러나 소설은 이 역사와 아주 가까운 지점에서 이야기를 시작하지만, 역사가 지정해 보여줄 수 있었던 거리로부터 한참 멀리 떨어진 곳으로까지 이야기를 키워나간다. 실제로 있었던 것, 그것을 이야기로 적바림하는 것이 역사기술이라면 문학, 특히 소설적 글쓰기에 오면, 그랬으면 좋았겠다 하는 이야기로 폭을 넓히거나, 때로는 마땅히 그리했어야 할 이야기까지로 폭을 넓혀 나아간다.[1] 그러나 정말로 역사가 그렇게 거기 정말로 일어났던 일만을 기록하는가? 역사기록조차 그것을 기록하는 사람에 따라서, 필자가 등에 짊어진 권력이나 세력의 눈짓에 따라, 다르게 기록할 수 있지는 않는 것일까? 역사가 구겨지는 것은 바로 이런 사심이나 편견에 따라 진짜 있었던 일조차 엉뚱하게 기록되어 진실이 흐려지는 경우는 아주 많다.[2] 각주로 미국역사의 한 예를 들어 보

---

[1]　그런 역사인물 안중근은 작가들의 이런 상상력 마음 길을 가로막고 있다. 그는 너무 그럴 듯 하며 '그랬으면 좋았겠네' 하는 일상인들의 마음자리로 곧장 나아갔다. 있었던 일에 더 보탤 말길을 막아놓은 것이다.

[2]　요즘 아주 많이 읽히는 쑹훙빙이 짓고, 차혜정이 옮겨놓은 『화폐전쟁』(랜덤하우스, 2009), 89~90쪽에는 미국 대통령 링컨 암살범에 대한 이야기가 나온다 "링컨은 의회에서 권한을 부여받고 국민에게 국채를 팔아 자금을 조달했다. 이렇게 해서 정부와 국가는 외국 금융재벌의 올가미에서 빠져나왔다. 국제 금융재벌들이 자신들의 손아귀에서 미국이 빠져나갔다는 사실을 알아차렸을 때 링컨의 죽음도 멀지 않았던 것이다.…… 미국의 남북전쟁은 본질적으로 국제 금융 세력이 미국 정부와 미국 국가 화폐 발행권 및 화폐정책의 이익을 놓고 벌인 치열한 싸움이었다. 남북전쟁을 전후한 100년 동안 쌍방은 민영 중앙은행 시스템이라는 금융의 고지를 점령하기 위한 투쟁을 반복했다. 이 과정에서 일곱 명의

였지만, 어느 때 벌어졌던 일(사건)을 얼마나 크게 다루느냐 작게 다루느냐 하는 것조차 사실은 역사기술을 맡은 이들이 지닌 눈 크기와 그릇에 따라 다르게 나타날 수가 있다. 오늘 우리가 이야기하려고 하는 안중근 의사의 경우만 하더라도 한국 근현대사 역사책들에서는 너무 작게 다루어지고 있을 뿐만 아니라 거의 다루지 않는 경우조차 있어 보인다. 이런 일은 곧 오늘날 우리 역사현실에 대한 어떤 징후를 담고 있다고 읽어야 한다.

안중근에 대한 사실기록은 의외로 많이 있다.[3] 그럼에도 불구하고 그에 대한 존경심이나 위대한 정신과 실천력 같은 것들이 일반적으로 널리 알려져 있지 않다는 것은 실로 놀라울 따름이다. 왜 그럴까? 이 물음이 오늘 이 발표 글 밑에 깔린 나의 속뜻이고 작으나마 오늘 우리들 삶에 길 찾기를 위한 말 나누기의 뿌리이다. 그리고 안중근에 관한 문학적 글쓰기가 뜻밖에도 적을 뿐만 아니라, 훌륭한 작가들로 기림을 받았던 한국의 근현대 작가들이 이 인물을 다루지 않았다는 점 또한 놀라운 일이라는 사실도 밝히고자 한다. 분명 그 이유는 있을 터이

미국 대통령이 피살되었으며, 다수의 의원이 사망했다. 1913년 설립된 미국 연방저축은행은 이 투쟁이 결국 국제은행의 결정적 승리로 끝났음을 상징한다." 이런 글 내용은 정식으로 미국 역사를 다루는 사람들에 의해 다른 말들로 이루어져 있는 게 사실이다. 자유민주주의 어쩌구 하는 말로 뒤덮어 역사사실의 속살은 보여주지 않는다.

3 　2000년 6월에 출판사 〈열화당〉사장 이기웅이 낸 『안중근 전쟁은 끝나지 않았다-블라디보스토크에서 뤼순 감옥까지의 안중근 투쟁기록』(열화당, 2000)이라는 책 한권은 참 독특한 울림으로 안중근 스승의 스승됨을 일깨운 안중근 자료집이다. 이 자료집이 나오기까지 겪은 저자의 머리말은 오늘의 우리들 가슴을 울리기에 모자람이 없다. 뿐만이 아니다. 윤병석 역편 『안중근 전기전집』(국가보훈처, 1999)이나 역사학자 조광을 비롯한 신운용 기타 역사학자들에 의한 꾸준한 안중근 사료 발간작업은 역사가의 눈길을 벗어나 숨어 있을 수 있는 거짓이란 없다는 진실을 드러낸다.

다. 먼저 그 이유의 몇 가지만을 들어보기로 한다.

첫째 우리가 쉽게 생각하거나 거의 그렇게 믿고 싶어 하는 한국 정치사의 뒤틀어진 현실을 들 수 있다. 모두 알다시피 1945년 조국이 광복을 맞이하고 나서 한국의 현실은 제국주의 외국세력들에 의해 남북으로 갈라섰다. 뿐만 아니라 남한 정부를 장악한 미국은 그들의 제국주의 입맛에 맞게, 미국 쪽에서 활동한 이승만에게 정권을 쥐어줌으로써, 가뜩이나 그가 안중근 의거를 내리깎았던[4] 인물이었으므로, 그와 그 정치 하수인들에 의해 안중근 의거를 알리려는 청소년 정규교육 정책이 알게 모르게 막혀 있을 수 있다. 게다가 미군정이나 이승만 정권 자체가 친일행적이 있었던 인물들을 정치세력에 기용함으로써 친일파에 대한 본격적인 연구나 정통민족 세력의 등장을 막았던 사실을 가벼이 볼 수가 없다. 민족에게 해를 끼치면서 왜정에 빌붙어 그들의 재산을 축적했던 친일파들은 이승만 정권에 덕을 톡톡히 보았던 반면, 정작 반일 독립운동에 몸담았던 많은 민족운동가 가족들은 뒷전에 내던져진, 불행한 역사를 안고, 우리는 여태껏 살아오고 있다. 문학 바깥쪽에 해당하는, 역사현실의 시커먼 손길들 영향이, 이 이유에 들어맞는 핑계거리일 터이다.

둘째 이유로 들 수 있는 문제는 문학과 역사가 늘 부딪치는 사실문제이다. 역사적 사실과 문학적 사실은 늘 잘 맞아 떨어

---

4 정현기, '안중근과 문학의 역사, 철학 글쓰기 본 찾기', 『그대들이 거기 그렇게』(채륜, 2009), 179쪽 참조. 이 책에서 정현기 본인은 유영익 편 '이승만의 옥중 잡기 백미', 『이승만 연구』(연세대학교 출판부, 2000), 62쪽을 참조하였다.

지지만은 않는다. 실제로 거기 그렇게 있었다는 사실을 뚜렷하게 정말 잘 드러내었는가 아닌가를 따질 때 역사가는 자유롭지가 않다. 실제로 있었던 사실 이외의 것을 역사기록은 용납하지 않는다. 그러나 문학은 상상력이라는 마음 상태를 출발점으로 하기 때문에 실제로는 거기 그런 것이 없었다하더라도 그럴듯한 사실이나 그랬으면 좋았었겠노라는 사실을 보태어 쓰기를 잘 한다. 문학이론가이자 영문학자인 이상섭 교수가 즐겨 든 예는 이렇다. 1446년 어느 날 세종 임금은 이 나라에 여태껏 없었던 〈훈민정음〉을 만들어 백성들에게 그것을 알려 널리 이롭고도 편안한 글 살이를 하도록 하겠다는, 흐뭇하고도 자랑스러운 생각에 잠겼다. 마침 달은 휘영청 떠 있고 그 기분은 마음을 퍽 들뜨게 한다. 저녁 반주로 든 술도 거나하여 사랑하는 자식들. 특히 사랑하는 딸이 그 일을 열심히 도왔다. 저절로 껄껄 웃음이 나왔다. 세종실록에 '세종임금이 훈민정음 반포를 앞두고 어느 날 저녁에 껄껄 웃었다.'고는 기록하지 않는다. 그러나 작가들은 얼마든지 그 웃음을 맛깔스럽게 표현할 수도 있다는 것이다. 작가는 그럴듯한 이야기면 쓸 수 있는 것이기 때문에 그게 있을 수 있는 것이다.

그런데 안중근 의사에 관한 글쓰기에서 역사기록들은 너무 뚜렷한 사실들을 드러내 보이고 있다. 작가가 이런 인물을 쓰려고 할 때 정말 어떤 것을 더 붙여 그럴듯하거나 그랬으면 좋았겠노라는 이야기를 덧보탤 수가 있을까? 작가들이 정말 두려워하는 것은 바로 이 지점이었을 수 있다. 안중근은 그가 서른 한 해를 살다가 죽으면서 너무 뚜렷한 자기 발자국을 남겼다. 그리고 그가 죽기 전에 써 놓았던 『옥중 자서전』, 「동양평화론」이나 감옥 간수에게 써주었던 모든 글들, 이등박문을 죽이러 가는 전 날 밤에 우덕순과 기개에 찬 시를 지어 남긴 사실, 그리고 뜻을 함께 하는 열 두 동지들과 손가락을 잘라 피로 태극기에다가 〈대한독립〉이라고 써 남긴 사실들이, 모두 뭔가를 더 보태거나 뺄 수가 없는, 자기 발길이 남긴 자취였다. 그러니 작가가 할 수 있는 글쓰기가 어떤 것일 수가 있었을까? 작가들이란, 사람 모두 누구나 다 그렇듯이, 언제나 자기가 세상에서는 오직 유일하고 뚜렷하며 가장 잘 난 사람이라는, 자기 믿음이 특히 강한 사람들이다. 자신이 겪은 아픔과 슬픔, 외로움과 절망이 가장 큰 뿌리를 갖춘 삶의 질료라고 믿기 때문에 그 아픔의 짙음과 엷음의 잣대는 오직 작가 자신의 눈길 깊이에 의해 결정된다. 그래서 안중근 의사에 오면, 분명 모든 작가들이 안중근에 대해 눈길을 준 적이 있었을 터인데, 작가들이 퍽 난감해 했을 것은 불을 보듯 빤하다. 중진 작가 황석영을 좀 알기 때문에 만나 안중근 이야기를 한 적이 있었다.[5] 그런데 그 자리에서 그는 나와 여러 옆 친구들을 실망시켰다. 대한민

5   지난 해 2008년 5월 중순 어느 날인가, 촛불집회가 한참 벌어지고 있던 광화문 뒤편 한 맥주 집에서 만난 중진작가 황석영이 부인 이상한 몸짓이 지금도 나에게는 의문으로 남아 있다. 당신과 같이 글 솜씨가 뛰어난 작가가 안중근에 대한 작품을 써야하지 않겠느냐는 내 물음에 그는 펄쩍 뛰며 손사래를 쳐 자리를 비켜 간 적이 있다. 왜 그랬을까? 안중근에 대해서는 말도 말라! 왜 말도 말라는 것이었을까? 북한에서 뭔가 안중근에 대해 내가 모르는 것을 알고 있는 것인가? 그럴 일은 없을 터이다. 그런데 그런 그가 그 따위 짓을 내게 보였다. 이후 나는 그를 만난 적이 없고 신문에 나도는, 이명박 대통령을 따라가 동아시아 평화를 위한 어떤 정책에 길을 놓을까 하여 이명박 대통령과 몽골엘 다녀온 후, 많은 사람들에게 비난의 소리를 들었던 것만 기억한다. 왜 그랬을까? 그만한 글 힘이 있는 작가조차 안중근은 어떻게 쓸 수가 없다는 뜻이었을까? 아니면 우리가 알 수 없는 정치적인 어떤 꿍꿍이가 있는 것일까? 퍽 아쉽다.

국의 아무리 뛰어난 작가라 할지라도 안중근의 역사적 발걸음으로 보아 더는 쓸 말이 없다는 뜻으로만 읽는다면, 그건 너무 쉽게 도망가는 짓이다. 〈조선일보〉에 중견작가 이문열이 안중근에 대한 작품 「불멸」을 연재하고 있다. 이 글은 아직도 계속 이어져 이제 안중근이 간도나 해삼위 땅으로 나라 구할 방책을 찾아 나서는 장면에 와 있다. 국내에서 유인석이나 다른 뜻 있는 이들을 만나 방책을 따져 논의하는 장면에다 아내 아려가 이제 셋째 아이를 배어 배가 부른 장면 이야기까지 써놓고 있다. 여기서 그의 끝내지 않은 작품을 거론하기는 마땅치가 않다.[6]

작품 얘기

소설작품의 구성요소를 따지는 일은 이 작품을 해석하기 위한 가장 뚜렷한 출발점일 수 있다. 그 구성 요소들을 들면 이렇다. 첫째 사람들, 둘째, 벌어진 일(사건), 셋째 배경 그리고 나서는, 작가의 속뜻이라고 풀이될만한, 주제이다. 주제란 작가가 지닌 사상이나 세계읽기(이른바 세계관)에 따라 사람이나 벌인 일들에 대해 내리는 풀이 원리이다. 작가가 믿고 보는 세계와 사람됨에 대한 철학에 따라서 그가 보여준 일이나 사람

---

6   중견작가 이문열은 『삼국지연의』나 『불멸의 이순신』 따위의 책들을 내어 무척 많은 지가를 높여오고 있으니 안중근 관련 『불멸』도 많이 팔려 읽히기를 바랄 뿐이다.

됨을 해석하는 깊은 마음속 뜻이다. 한 사람이나 벌어진 일을 해석하고 풀이하는 것은 오로지 작가의 철학적 눈높이에 따라 그 울림을 다르게 한다.[7] 사람들이 움직이고 꿈틀거리며, 남몰래 소곤거리는 그런 삶을 무엇으로 평가하고 판단하는 지는 오직 작가의 세계관에 달려 있다. 우리는 이 두 작가의 소설작품 『안중근』에 나오는 여러 이야깃거리와 그 풀이의 눈길을 따라 안중근이라는 사람이 어떤 사람됨의 그릇이었는지를 밝혀 보기로 한다. 앞에 들어 보인 세 요소들을 따라 나서더라도 이 논의를 풀어나가는 데는 아주 많은 이야기 갈래들이 따라붙는다.

안중근과 이등박문

소설의 구성 원리 가운데 인물은 언제나 맨 앞자리로 나서는 요소이다. 이 작품 이청의 장편소설 『안중근』 인물들을 통해 이 인물의 성격 원리를 예로 들어 풀어 보이면 이렇다. 작중 인물은 대체로 두 갈래로 그 성격을 나눈다. 거기 등장하는 인물이 앞장 꾼(주동인물)인가 방해꾼(반동인물)인가가 첫째 갈래이다. 오늘 우리가 여기서 다루고자 하는 이청의 『안중근』 소설에서 앞장 꾼 인물은 누구인가? 두말할 필요도 없이 그는 안

---

7   계급이 다른 남녀 사이의 사랑을 이야기한 소설작품들은 아주 많다. 예를 들면 우리나라 고전소설 가운데 『춘향전』이 그 대표적인 작품이다. 그런가하면 1830년대 프랑스의 왕 정복고 시절 스탕달이 낸 『빨강과 검정(적과 흑)』이라는 작품 또한 계급이 다른 남녀 사이의 사랑을 다루고 있으며, 20세기 미국 작가 드라리저의 『아메리카의 비극』도 재벌 딸과 노동자 출산 남자의 사랑을 다룬 작품들이다. 이 모두 그 풀이는 다르다. 작가의 세계 읽기가 다르기 때문이다. 그렇게 다른 풀이를 낳게 하는 것을 주제(theme)라 한다.

중근이다. 그는 독자들의 눈길을 온통 받으며 적을 향해 자기 발걸음을 떼어놓는, 그리고 당시대에 그가 짊어진 한국 민중 모두가 앓는, 고뇌와 아픔 모두를 견뎌야 하는, 그런 주인공이다. 그 앞을 막아서는 적, 도덕적 결함을 잔뜩 짊어지고 악행을 일삼는 인물은, 앞장 꾼 앞을 막아 선 방해꾼이다. 이 작품에서 방해꾼 반동인물은 두말할 필요도 없이 이등박문이다. 우리들 머릿속에는 '민족의 원흉'이라고 새겨진 인물, 그런 방해꾼은 앞장 꾼의 적일뿐만 아니라 주동인물을 따라나서는 독자들에게도 마주선 아주 나쁜 놈이다. 그들은 대체로 놈이 될 만한 도덕적 흠결이나 악의, 또는 악착같은 나쁜 짓거리들을 일삼는 무리의 대장이기 쉽다. 독자들 앞에 나타난 적인 이 방해꾼(반동인물)은 얼마나 나쁜 사람인가? 그리고 이 두 인물들에 대해서 작가는 어떻게 들어내 보여주는가?

악당이 저지르고 다니는 짓거리가 독자들로 하여금 독하면 독할수록, 주동인물인 앞장 꾼의 행적은 도덕적인 면죄부를 갖게 된다. 앞장 꾼이 그를 때리거나 쏘아죽이더라도 조금도 그를 따라선 독자들은 절대로 미안해하거나 잘못되었다고 마음먹지 않는다. 그래서 소설 비평자는 작가가 그려 보인 앞장 꾼과 방해꾼의 사람됨을 통해 그 이야기의 너비와 깊이를 짚는다. 우리가 한국 현대 역사에서 알고 있는 이등박문은 한국인들에게 영원한 원수이며 몹쓸 부라퀴이자 도적이다. 그럼에도 불구하고 그를 놓고 한국의 작가들이 지독한 악당이라 쓸 수 없었던 정치적 파행 과정 때문에, 안중근을 주인공으로 하는,

소설 작품이 나올 수 없었던 것이라고 생각해 볼 수 있다.[8] 이 청 작품 『안중근』의 작가는 이야기 첫 머리에서 이등박문을 이렇게 그려 보이고 있다.

> 나이 68세. 예리한 판단력과 끈덕진 인내심에다 용기가 필요한 외교 일선에 나서기에는 너무 늙은 나이다. 일본의 총리대신 가쓰라가 러시아통인 고토를 중간에 넣어 먼저 러시아에 회담을 요청하면서 처음에는 외무대신을 보내겠다고 했다가 뒤늦게 대표를 이토히로부미라는 늙은이로 대체한 이유가 무엇일까. 그것이 당장 풀어야 할 과제였다.
> 하찮은 무사 출신으로 일본 최초의 헌법을 만들고 스스로 총리대신을 네 번이나 역임한 후 원로元老가 되어 국정을 좌지우지하는 자리에 오른 인물. 이런 인물들이 대개는 성급하게 권력을 탐하고 누리다가 나락으로 떨어지는 예가 많은데, 이 노회한 인물은 요령 좋게 강약을 조절하며 권력의 줄타기에서 실족한 일이 없었다.[9]

재미있게도, 아니다, 소설답게도, 이청의 작품 『안중근』의

---

8 2009년 7월 22일자 〈한겨레〉신문의 23쪽 칼럼에는 〈한가람역사연구문화연구〉 이덕구 소장의 「'현대사 연구 금기'는 독립운동사 말살 의도」라는 글로 길게 우리 현대 역사학계의 친일사관 이야기가 이렇게 적혀 있다. '친일 세력이 해방 후에도 사회 주도세력이 되면서 역사학계도 조선 후기 노론과 일제 식민사학을 계승한 학자들이 주도해 현재에 이르렀다. 그간 주류 사학계는 정체성론이니 타율성론이니 하는 총론으로 식민사관을 비판하는 것처럼 국민들을 호도했지만 동북아시아재단의 누리집과 한일역사공동연구위원회의 보고서에서 보듯이 식민사학은 현재도 정설일 뿐만 아니라 시간이 갈수록 그 정도가 심해지는 가치관의 전도현상을 보이고 있다.'

9 이청, 『안중근』(경덕출판사, 2009), 15쪽.

이야기 시작은 이등박문[10]이 기차를 타고 하얼빈으로 달려오고 있기 직전, 러시아 황제 차르 니콜라이 2세와 코코프체프가, 일본의 특사 이등박문을 어떻게 대해야 할까에 대한 이야기로부터 시작한다. 하얼빈에 마중 나갈 러시아 대표는 재정장관 코코프체프이다. 작가의 눈길은 이등박문의 속뜻을 품은 꼼수 부림과 러시아 대표 코코프체프 사이에 어떤 이야기가 이루어질 것인가 하는 이야기를 내세우고 있다. 이 작품 첫 머리에서는 러시아 황제 차르 니콜라이 2세의 심복이자 재정대신인 코코프체프의 눈길로 이등박문은 물론이고 그의 속셈과 그날 만나려는 이등의 속셈을 읽을 만한 여러 서류들을 드러내 보이고 포스머츠 회담에서 미국 대통령 루스벨트와 맺었던 몇몇 조항을 드러내 보이면서 1909년 7월에 일본의 메이지 정부 내각이 결정한 한국 합병 조치에 대한 기록들을 자세하게 드러내고 있다. '만세 1계 천황이 일본을 다스린다.'는 제1조를 비롯하여 살아있는 신으로 천황을 치켜세워놓은 일본의 헌법을 만든 괴물 이등박문, 그는 현대인의 눈으로 읽을 때 도무지 이해할 수 없는 성격에 속하는 인물이다. 아니 어쩌면 일본이라는 나라 자체가 이해할 수 없는 나라인지도 모르겠다. 송원희는 그의 작품 『대한국인 안중근』 앞머리를 고종 황제를 겁박하는 이등박문의 음흉하고 발칙스런 장면으로부터 이 작품

10　일본 사람 이름 부르기 원칙을 나는 내 글쓰기에 정해놓은 것이 있다. 대학생 시절 옛 스승들로부터 나는 이등박문(伊藤博文)이니 복택유길(福澤諭吉)이니, 향상광랑(香山光郎 -이광수) 하는 식으로 배웠다. 게다가 나는 일본말을 모른다. 일부러 알려고 해 본 적이 없는 것 또한 내 한계이자 일본에 대한 나의 나됨을 나타내는 징후임을 밝힌다. 그러나 작가가 쓴 것을 인용할 때에는 거기 쓰인 대로 쓰기로 한다.

이야기를 시작한다. 도대체 어느 나라 대신이 다른 나라, 조선 왕궁에 들어가 당신을 보호해 줄 터이니, 자기 일본 천황의 황명을 받들라고 겁박할 수 있는가? 이 사실은 실제로 있었던 사건이었을 수도 없었을 수도 있는 내용이지만 사실에 가까운 이야기 말머리 장치일 터이다.

작가는 자기가 드러내놓은 인물들에 대해 꼼꼼하게 신경을 써 묘사한다. 그렇게 내세워 드러낸 인물 그리기란, 그 작품을 독자들에게 기억시키는 커다란 당김 줄이기 때문에, 작가가 그런 기술을 익히는 것은 기본이다. 뿐만 아니라 그 인물을 이야기하면서 작가는 그 화자를 통해 주변인물이 지껄이는 말도 보태어 작가 속뜻을 전한다. 코코프체프와 이야기하던 차르 니콜라이 2세가 던지던, 일본에 대한 음탕한 어법을 드러낸 다음, 기습적으로 러시아의 입장을 풀어나가는 장면도 실은 작가의 속뜻이 딴 데 있기 때문이다. 이등박문이 러시아 대신을 만나자는 속셈이 뭐냐는 이야기 가운데 일본을 비웃던 니콜라이 2세는 이렇게 던진다.

'일본놈들 말이야, 여자 배 위에서도 쥐새끼들처럼 빨리 일을 끝낸다면서? 그래서 한국을 삼키는데도 서두르고, 만주로 뻗는 데도 조급한 게 아닌가?'
키득거리는 황제를 한심한 눈으로 보던 코코프체프가 더 참지 못하고 한마디 했다.
'폐하, 우리는 패전국입니다.'

'그렇지.'[11]

이 대담 속에는 작가의 속셈이 뚜렷하게 들어있다. 그것은 조만간 러시아가 겪어야 할 앞으로의 운명에 대한 예언, 말하자면 혁명으로 황권 자체를 빼앗길 그런 늙어빠지고 닳아빠진 왕권에 대한 혐오, 미워함과 멸시가 이 말 속에는 담겨 있다. 게다가 그렇게 드넓은 땅과 군사력을 지녔던 러시아가 어째서, 어떻게 되었기에 러·일 전쟁에서 남김없이 깨어져 손을 들어 졌는가? 두말할 필요도 없이 러시아 황권 제국이 국내의 볼셰비키 혁명 세력들의 꿈틀댐에게 마음이 밀리고 있었던 황권 탓 아니었던가? 더 구체적으로 말하면 왕권 세력들이 일반 사람들을 너무 함부로 보고, 그들의 사는 기본 권리를 빼앗거나 억압하면서, 올라타 더는 그 천박한 몸놀림이 그대로 유지되기가 어려운 지경에 빠졌기 때문일 터이다. 남을 억누르는 모든 권력은 썩게 마련이고, 그것이 썩되 지나치게 썩으면, 권력자들은 언제든지 더럽고 비참하게 나뒹굴 수밖에 없다. 니콜라이 2세를 이야기하는 짬에도 작가는 이야기의 빛을 조절한다. 작가는 인물을 통해서 아니 그의 사람됨과 그의 행동, 말투를 통해서 작품 전체의 울림이나 향취 그리고 글 빛깔을 드러낸다.

두 번째, 인물 이야기에서는 이런 눈길도 조절한다. 이야기에 등장하는 인물 특히 앞장선 인물과 방해꾼 인물됨은 처음부터 끝까지 같은 꼴로 이어지는가? 아니면 그 특성을 바꾸어

---

11 앞의 책, 12쪽.

성격이 비틀어지곤 하는가? 이것을 지켜보면서 인물됨들을 따지는 눈길이 있다. 한 성격으로 굳게 이어지다가 끝장을 보는 인물을 '붙박이 또는 굳은 성격'이라 부른다. 이 성격은 한번 도덕적으로 옳은 사람이나 남을 돕는 사람, 또는 나쁜 짓으로 미움 받는 사람은, 끝까지 그런 사람됨으로 나아가는 인물들이다. 이청의 장편소설 『안중근』이나 송원희의 『대한국인 안중근』은 모두 한국 역사에서 뚜렷한 발자취를 남겨 올바른 일을 이룩한 영웅 안중근이기 때문에 '붙박이'나 '굳은' 성격의 사람됨으로 만들어 갈 수밖에 없는 작품들이다.[12] 그렇기 때문에 이런 인물에 대한 소설화는 부담스러운 수밖에 없다. 그런데도 놀랍게도 송원희는 이 어려운 사람됨 만들기에서 안중근의 새로운 모양을 잠깐 등장시키고 있다. 안중근은 집을 떠난 이후로부터 외국을 떠돌며 의병활동은 물론이고 남의 나라에 몸을 의지해 살고 있는 조선 사람들에게 부지런히 민족의식을 일깨워 왜적과 싸울 것을 부추기고 다녔다. 모든 사람이 다 민족을 되찾는다는 뜻으로 모일 수는 없다. 하루 벌어 하루를 살아가는 백성들의 눈에 이런 안중근은 귀찮거나 버거운 사람일 수도 있었다. 안중근은 두 번째 의병 전투에서 크게 손실을 겪었다. 같이 의병으로 떨쳐나섰던 젊은 남정네들이 많이 죽었다. 졸지에 과부가 된 젊은 여인이 분해할 것은 불을 보듯 빤하다. 왜놈들도 밉지만 그들과 싸우자고 부추기며 다니는 안

---

12 그런데 송원희 작품 속에서 안중근이 의병모집에 나섰다가 유부녀를 겁탈하러 다닌다는 모함으로 마을 사람들에게 두들겨 맞으면서 봉변을 당하는 장면이 있다. 지극한 소설적 상상력! 위의 책, 223~226쪽 참조.

중근도 밉다. 안중근의 사람됨은 이런 결점도 지니고 있었을 수 있다. 의병전투에서 두 번 실패하고 나서 또 다시 의병을 모집하러 다니다가 그는 전사자 부인에게서 큰 봉변을 당하였다. 작품 이야기 진행 상 틀림없이 안중근을 곤경에 빠뜨리기 위해 일부러 만들어진, 방해꾼 부인에게 봉변을 당하는 장면이 송원희의 작품에는 들어 있다. 틀에 박힌 영웅 상에서 벗어나게 해 보려는 작가의 깊은 속뜻으로 읽히는 대목이다. '위대하다는 것은 어쩌면 평범한 사람들로부터 오해받는 것'일 수 있다. 안중근의 결정적 실수(이른바 hamartia)로 보이는 장면이 송원희 소설에 와서 이제 두 가지로 늘어났다. 하나가 의병에서 포로로 잡은 왜군을 놓아주면서 무기까지 그대로 주어 보내는 장면[13]이다. 이 장면 때문에 그를 따르던 의병들이 무척 실망하여 그를 따르지 않으려는 실제 이야기가 그 첫째이다. 안중근, 그는 어쩌면 진짜 낭만적인 영웅이었던 것 같다. 포로로 잡았던 왜병들에게 무기까지 들려 보내 주는 그는 낭만적 영웅됨에 손색이 없다. 둘째는 의병으로 나갔다가 죽은 한 아내의 화풀이 계략 이야기이다. 안중근을 급히 부르므로 안중근 의병 유가족 집엘 간다. 그런데 엉뚱하게 이 남편 잃은 여인이 자기는 남정네가 없으니 나를 책임지라고 외쳐 옷자락을 풀어 헤친 다음, 소리를 친다. 그 소리를 듣고 마을 사람들을 불러들인 다음 안중근이 의병을 모집한답시고 여인들을 겁탈하러 다닌다고 떠벌이자 동네 남정네들은 그에게 뭇매질을 가하였다. 참

---

13   이 장면은 실제로 있었던 장면이어서 모든 이야기 속에 등장한다.

재미있는 이야기 마디이다. 이런 사람됨 만들기의 재치와 여유가 송원희의 작품이 불러들인 그 둘째 이야기이다.

한 시대를 넘어서는 영웅, 사람됨의 최고 자질을 지닌 사람, 그런 사람은 어느 시대가 오든 당대의 삶을 드려다 보게 하는 맑은 거울로 산다. 최근 젊은 작가 김연수의 단편소설 「이등박문을, 쏘지 못하다」는 아주 독특하게 그 일을 뒤틀어 안중근 사건을 읽고 있다. 하얼빈에서 우덕순은 이등박문을 쏘지 못하였다. 이것은 우연이 아닐 것인가? 안중근은 고유명사가 아니라 보통명사라는 한 주인공 이야기에 작가는 이렇게 안중근 의거를 일깨운다.

> 안중근은 혹시 어찌될지 몰라 자신과 뜻을 함께 하겠다고 결심한 우덕순에게 다른 역에서 기다리고 있다가 서로 기회가 닿는 대로 이또오를 저격하자고 제의했고 우덕순은 이 의견에 동조했다. 그래서 하얼삔에서는 안중근이, 하얼삔 남쪽에 있는 채가구에서는 우덕순이 브라우닝을 들고 이또오가 도착하기만을 기다리고 있었다. 둘의 권총에는 탄두에 열십자가 그어진 덤덤탄이 장전돼 있었다. 마침내 안중근이 이또오를 저격하기 전까지 두 사람의 조건은 동일했다. 어느 쪽이든 상관이 없었겠지만, 그 시기와 장소를 결정하는 것은 바로 역사 그 자신이다. 안중근이란 편의상 붙인 이름일 뿐이다. 만약에 우덕순이 이또오를 죽였다면 그 이름은 아마도 우덕순이었을 것이다. 그러므로 안중근이란 특정한 인물을 일컫는 단어가 아니라 우리 민족 전체의 독립의지를 대변하는 용어다. 이는

안중근이 아니었더라도 이또오는 한국인에게 저격당할 운명
이었다는 얘기였으며, 따라서 안중근의 거사를 개인적인 소영
웅주의로 모는 것은 부당하기 이를 데 없는 자조적인 견해에
불과하다는 것.[14]

안중근을 앞장선 인물로 설정하려고 하면 모든 작가들은
실제로 살아 그렇게 행한 안중근의 말투나 움직임, 이등박문
이나 미국 대통령 루스벨트[15] 따위 제국주의 악당들로부터 엄
청난 행악질을 당하고 나서, 분해 부르르 떠는 몸짓 따위를 똑
바로 묘사할 수 있을까 하는 문제에서 벗어날 수가 없다. 너무
나 뚜렷한 악행을 저지르는 인물 이등박문과 그를 죽임으로써
악행의 잘못을 세계에 알리려는 뜻을 굳게 지녔던, 안중근은
붙박이 성격의 인물들이면서, 동시에 영웅소설 범주에도 들여
놓을 수밖에 없다. 그는 당대는 물론이고 지금 시대에도 누구
와 비교할 수 없는 시대를 뛰어넘는 영웅임에 틀림없다. 그는
우리나라 사람들이 영원히 기려야 할 영웅[16]이기 때문에 그에

---

14 김연수, 나는 유령작가입니다, 『이등박문을, 쏘지 못하다』(창작과 비평사, 2009), 196쪽.

15 가츠라-태프트 비밀 협약은 미국 대통령 시어도르 루스벨트의 정치적 책략에 따른 조치
    였다. 도대체 남의 나라 한국을 제 편한 대로 일본에게 넘겨준다는 조약 따위를 해도 그
    가 나쁜 부라퀴라고 부를 수가 없는 것인가? 미국은 그 때로부터 오늘날까지도 한국 사
    람들에게 해서는 안 될 일들을 저지르며 자기들 이익을 챙겨가고 있다.

16 안중근을 영웅으로 읽을 것인가? 아니면 의인으로 읽을 것인가? 안중근은 의인인 동시
    에 영웅이다. 영웅은 자기 이웃이 겪는 아픔이나 슬픔, 어떤 어려움도 참지 못하고 그것을
    고치려고 하는 사람임으로 의인이자 사람됨의 격을 최고로 갖춘 사람이다. 그런 사람일
    수록 거쳐야 할 고통이 따른다. 영웅이 넘어야 할 길은 첩첩산중, 험한 고난의 길이다. 안
    중근에게 일본인들의 행패는 그것 자체가 고통이다. 블라디보스토크로 향해 고국을 떠날
    때 동지 김동억과 겪는 어려움은 이청 작품에서는 줄여지고 있지만 송원희 작품에서는
    이 부분이 아주 볼만하다.

대한 이야기를 가지고 소설을 창작하려는 작가들은 안중근을 쭈그려 트리기 전에는 그의 영웅다운 이야기를 피해 갈 수 없다. 영웅은 이웃의 아픔을 쫓아내기 위해 목숨을 거는 사람이다.[17] 대부분의 영웅 소설들은 그 인물들이 붙박이 성격으로 되어 있다는 것도 알려둘 필요가 있다. 위에 인용한 김연수 소설의 이야기는 러시아와 퍽 가까운 하얼빈에 언어 장애자이며 나이가 마흔 하나가 되도록 결혼도 못한 동생 성수를 데리고 조선족 여자를 아내로 맺어주려고 중국엘 갔다가, 고급 승용차 독일제 아우디를 타고 나타난 중개꾼들의 행적들을 보면서, 넌더리를 내고 뒤돌아서는 한 주인공의 이야기 내용이 중심이다. 하얼빈의 안중근 얘기는 하버드 대학교 고고학 교수 출신인 한 인물에게서 듣는, 끼워진 이야기이다. 사람살이 삶의 우연과 필연 이야기를 통해 이 작가는 도무지 살고 싶지 않는 이 현실 세계를 그렇게 드러낸 것이었다. 말더듬이(언어장애자) 성수, 죽고 싶다고 중얼대는 이 말더듬이는 실은 작가 김연수가 말하고자 하는 우리 시대의 모든 사람들의 실상이다. 삶의 일상이 모두 우연처럼 여겨지는 주인공을 드러냄으로써, 2009년 오늘의 이 삶 판이야말로 모두 우연처럼 뭔가가 이루어지는, 어떤 악의에 덮여 있는 게 아니냐, 하는 작가 속뜻이 이 작품 속에는 들어 있다. 오늘의 우리 삶은 이 작가가 보여주듯, 모든 게 우연처럼 가장한 악당들의

---

17 아르헨티나 출신 체 게바라가 미국이라는 커다란 제국주의 발톱에 맞서 싸우던 쿠바 혁명을 위해 싸우던 모습에서 영웅의 얼굴과 그 발자취는 뚜렷하다. 장 코르미에 지음, 김미선 옮김, 『체 게바라 평전』(실천문학사, 2000) 참조.

장난질로 벌여놓은 노예의 길 위에 놓여있는 것이나 아닐까![18] 그렇게 사람들은 모두 말을 더듬는 말더듬이로 떨어졌고, 그 것을 빤히 보고 있는 화자 나도 또한 죽고 싶은 마음의 질병을 견디지 못한다. 이 이야기로 2009년도 오늘의 어두운 삶 판을 보는 주인공의 진저리는 이렇게 안중근을, 뒤틀어진 눈길로 볼 수밖에 없다는, 말 뒤집는 투(아이러니)로 살아나 있다. 이 말 뒤집기는 우리시대에 정말로 필요한 영웅에 대한 열망을 담 고 있을 수도 있다. 게다가 안중근을 높게 평가는 사람은 엉뚱 한 미국 대학교수 출신의 한 인물이다. 이 소설 주인공을 비롯 하여 한국사람 누구도 안중근을 큰 인물로 기리는 사람은 없 다. 한국에는 안중근을 잊을 수밖에 없는 망각의 모자에 덮씌 워 있거나 아니면 그렇게 잊도록 세뇌된 눈 먼 한국 사람만 득 시글거린다는 말 뒤틀기도 이 소설에는 들어있다.

소설은 인물 그 자체가 모든 이야기를 넓히거나 좁히고 깊 이 파고 들게 한다. 게다가 우리는 자기 얼굴에 늘 책임을 지 고 산다. 얼굴값에 대한 짐은 누구나 짊어진 덫이다. 사람됨(인 물됨)이 개인 그 자체로 끝이냐 아니면 그 사람이 곧 나라 전 체 또는 집단 전체를 상징하느냐는 모든 사람들이 자기에게 묻 는 물음이기도 하다. 이 이청의 장편소설 『안중근』은 그 주인 공 앞장 꾼 안중근이나 방해꾼 이등박문이나 모두 개인 얘기

---

18 쑹훙빙 지음, 차혜정이 옮긴 『화폐전쟁』(랜덤하우스, 2008)을 읽으면 국제금융재벌들에 의해 전 세계가 그들 돈의 위력 앞에 몸을 숙여 종으로 떨어지는 장면이 몸서리치게 나온 다. 이 시대는 그런 부라퀴들에 의해 우리들 삶이 조절되는 살얼음판 같은 노예시장인지 도 모르겠다. 젊은 작가 김연수가 본 것은 그런 뱀파이어들의 노예였다고 나는 읽는다.

에서 멈추는 인물들이 아니다. 그리고 그 작품 속에 등장하는 인물들은 꽤 많이 나온다. 가장 크게는 이완용이나 을사 5적에 드는 인물들이다. 그리고는 이등 옆에 붙어 다니는 부라퀴 하수인들! 러일 전쟁에서 이기고 제 나라로 가지 않고 조선 땅에 군대를 주둔시킨 하세가와 육군대장이라든가 이등박문의 꼭두각시로 심부름이나 하는 송병준을 비롯한 이완용, 을사년에 이름을 낸 한국사람 다섯 도둑놈들 따위 방해꾼 주변 말고, 앞장 꾼 주변에도, 인물들은 많다. 그러나 가장 구체적이고 실제적으로 안중근을 살려내는 인물들은 미묘하게도 이등박문이나 가쓰라 총리대신의 하수인으로 안중근을 죄인으로 만들어 가는 검찰관 미조부찌와 안중근이 징역을 살 때 그를 감시한, 간수 치바 토시치[19] 헌병 상병 같은 인물들이다. 안중근을 둘러싼 한국의 수많은 독립 운동가들의 얼굴들은 두말할 필요도 없는 옆 인물들이다. 심지어 당시에 의병활동으로 한국인들의 마음을 사로잡았던 최익현이나 유인석, 안창호, 이상설, 이준, 양기탁 등 무수한 인물들이 빼앗긴 나라를 되찾으려는 뜻으로 불타고 있었다. 송원희 작품 『대한국인 안중근』에서는 이 인물들이 안중근과 만나는 장면들도 여실하게 그려져 있다. 안중근이 한 개인적 자아 나로 끝나지 않는다는 가장 정

---

19 가끔씩 안중근을 생각할 때면 안중근이 뤼순 감옥에서 전옥 노릇을 하였던 치바 도시치라는 사람이 자기 집에 안중근 영정과 글씨를 걸어놓고 평생을 경배하였고, 그 자손에게까지 그것이 대물림되어 내려오다가, 어느 해 그에게 써주었던 안중근의 글씨를 안중근 기념사업회에 기증하였다는 이야기를 미묘한 느낌으로 맞곤 하였었다. 그런데 2002년에 치바 도시치를 지켜본 사이토 타이켄이 쓰고 이승은이 옮긴 『내 마음의 안중근』(집사재, 2002)이라는 책이 나왔다. 왜국 사람으로 안중근의 사람됨의 높이에 감동받았던 이야기가 줄줄이 쓰여 있다. 착잡한 느낌을 주는 책이다.

확한 징표로 작가는 그렇게 그들을 만나게 하였다. 뿐만이 아니다. 가톨릭 곽 신부나 홍 신부들은 안중근에게 엄청난 힘과 영감을 주었고 꿈과 실천력을 길러준 인물들인데 놀랍게도 뮤텔 주교만은 〈정교분리원칙(?)〉이라는 핑계를 구실로 헐벗고 굶주리며 착취와 억압에 고통 받는 한국 사람들을 외면하는 모습을 보이고 있어서 종교 이름으로 갇힌 사람됨의 값을 생각하게 한다.[20]

모든 소설 작품은 이야기로 되어 있다. 그 이야기는 늘 처음이 있고 가운데가 있으며, 끝이 있다. 소설이란 이런 이야기를 꾸미는 말의 빛과 어둠으로 것으로 된 떨기이다.[21] 그 처음과 가운데와 끝을 어떻게 만들어 갖추고 꾸며내느냐 하는 것은 작가의 재능이나 그가 선택한 기법에 따라 달라질 수가 있다.

배경-두 나라 또는 이웃 나라

이야기 배경은 늘 시간과 공간을 차지한다. 모든 존재가 시간과 공간을 넘어서 살 수는 없기 때문에 이야기가 이 시간과 공간을 떠나서는 있을 수가 없다. 모든 삶의 일은 언제나 어떤

---

20 정현기, 갇힘과 가둠에 대하여. 〈우리말로학문하기〉 2008년 8월 여름 발표모임에서 한 발표문 참조. 모든 사람들은 이름이나 믿음, 관념, 자기 앎의 내용에 갇혀 산다. 이 가운데 잘못된 믿음에 갇혀 지내는 사람들의 짓에는 남을 내리 누르거나 깔보는 따위, 보기 흉한 것들이 아주 많다.

21 이 원리는 그리스의 시학이론가 아리스토텔레스의 「시학」에서 시작되었다. 모든 작품은 시작과 중간과 종결이 있는 전체라는 것이 그의 핵심이론의 길목이다. 아리스토텔레스, 천병희, 『시학』(문예출판사, 1990), 54~59쪽. 이 시, 중, 종 원리는 「시학」 7장과 8장에 이어서 풀이가 되고 있다. 재미있게도 이 「시학」에서 아리스토텔레스는 '모방자(시인이라는 뜻)가 모방하는 것은 인간인데 그 인간은 필연적으로 착한 사람(善人)과 악한 사람(惡人)이라고 한다. 인간의 성격이 거의 언제나 이 두 범주에 속하는 것은, 모든 인간이 덕과 부덕(不德)에 의하여 그 성격이 구별되기 때문이다.' 29쪽.

곳에서 벌어진다. 시간과 장소, 소설론에서 가장 중요한 배경으로 풀이되는 이 얼개의 한 기둥인 그 어느 곳과 어느 때, 지금 안중근의 짧았던 삶에서 우리는 무엇을 읽을 수 있나? 역사와 소설이 만나는 곳은 바로 이 두, 시간과 공간이면서, 서로 갈리는 지점이기도 하다. 곳과 때라는 이 두 배경의 알짜배기 質料 자체가 끊임없이 바뀌고 달라지는 현상이기 때문에, 역사가들은 언제나 이 두 배경을 정확히 쓰려고 애쓴다.[22] 역사가는 그들이 써놓은 사실 기록이 거기 꼭 맞아떨어지는 진실을 담고 있다고 알리고 싶어 한다. 역사가들이 써놓은 것이 엉터리라는 것이 드러나면 그걸 누가 믿고 읽을 것인가? 그런데 정말 역사가는 가짜 사실을 만들어 쓰지는 않는가? 이 문제는 이 논의에서 벗어나는 주제이다. 하지만 스스로 성공한 삶이라고 착각하면서 남을 해코지한 나라 역사가들이 정말 그들 역사의 나쁜 짓들을 그대로 기록할까? 웬만한, 바른 마음을 기른 역사가가 아니고, 그런 기록을 기대하기는 어렵다는 게 내 생각이다. 아니 자기나라 영토 확장을 위한 영웅적인 행적이었다고 드높여 기리도록 하기가 쉽다. 균형을 잃는 뻔뻔스러움은 역사가든 소설가든 사람을 진실로부터 멀리하게 하는 고질병이다. 이 작품 『안중근』은 일본이 남의 나라를 짓밟았던 나쁜 짓거리 발걸음 자국들을 그린 것이기 때문에, 두 나라 사이의 도

---

22 근현대사에서 이른바 실증사학이라는 검증 잣대 얘기는 아주 많은 허점을 지니고 있음에도 불구하고 역사기술의 금과옥조로 떠받들어지는 형편이다. 남의 나라 역사를 증명할 실증자료들을 훔쳐다가 감쪽같이 감춘 다음 실증자료가 없으니 역사가 없다느니 뭐니 하는 따위 헛소리들은 제국주의 악당들이 이제껏 써먹어왔던 나쁜 버릇들에 속한다.

덕적인 잘잘못을 따지는 일은 피할 수가 없다. 이등박문이 옳았다면 안중근은 옳지 않거나 나쁜 살해자이다. 그러나 안중근이 옳다면 이등박문은 그 반대에 서서 도덕적 재판을 받아야 할 나쁜 악당이다. 일본과 한국 사이에는 커다란 바다가 흐른다. 도무지 합쳐지기 어려운 바다, 일본은 어떤 말로도 한국인을 괴롭힌 역사를 변호할 수가 없는 범죄의 나라이다. 임진왜란으로부터 한일합방이라는 침략의 자취를 지닌 나라 일본, 그들과 우리들 사이에는 건널 수 없는 강물이 흐른다.

『토지』의 작가 박경리가 그의 일본론에서 일본이야말로 '거짓에 순치되어 숨통이 막힌 나라'[23]라고 보면서 일본을 이웃으로 둔 우리야말로 불행한 이웃이라고 말한 것은 그야말로 핵심을 찌른 것이다. 『생명의 아픔』이라는 수상집의 한 장 「일본인은 한국인에게 충고할 자격이 없다」는 글에서 박경리는 이렇게 말했다.

> 일본을 이웃으로 둔 것은 우리 민족의 불운이었다. 일본이 이웃에 폐를 끼치는 한 우리는 민족주의일 수밖에 없다. 피해를 주지 않을 때 비로소 우리는 민족을 떠나 인간으로서 인류로서 손을 잡을 것이며 민족주의도 필요 없게 된다[24]

안중근이 자기에게 죄악을 뒤집어씌우려고 벌인 일본인 재

---

23 박경리, 『생명의 아픔』(이룸, 2004), 154~158쪽 참조.

24 위의 책, 196쪽.

판과정에서 읽은 일본이야말로, 박경리 선생이 평생 드러내려고 하였던, 일본론의 뼈대를 짚어 보여주는 내용이었다. 안중근이 불같은 행동으로 한국론과 동시에 일본론의 뼈대를 세웠다면 박경리는 길고 긴 이야기 마디들을 가지고 일본론인 동시에 한국론을 썼다. 그것이 그의 『토지』이다. 박경리의 아주 긴 장편소설 『토지』는 누구도 다시 쓰지 못할 뚜렷한 일본론이며 동시에 한국론이다. 이 작품 속에는 안중근과 닮은 독립투사들이 중국의 만주벌판은 물론이고 연해주 일대, 러시아령으로 이어지는 지역 여기저기 깔려 나라 되찾기를 위해 혈투를 벌이고 있다. 안중근과 같은 영웅이자 의사는 작가 박경리가 꿈꾼 『토지』의 커다란 말길의 흐름이었다. 다시 이청의 작품 이야기로 돌아간다.

　이청의 작품 『안중근』의 배경은 크게 두 지역으로부터 눈길이 갈려 나타난다. 하나는 안중근이 살았던 평안도 해주로부터 진남포, 그리고 서울, 만주 연변지역, 그리고는 하얼빈이고 채가구이며 만주지역 조선 백성들이 망명해 살고 있는 러시아령 외국 땅이다. 이 소설에서 가장 중요한 제1주인공 앞장꾼 안중근의 사람됨을 그리는 것은 작가가 해야 할 가장 중요한 말머리 몫이기 때문에 그가 낳고 자라고 배운 곳에 대한 묘사는 그만큼 중요하다. 그래서 안중근이 태어나 자랐으며 배운 곳인 그의 고향 이야기와 그를 낳고 기르며 가르쳤던 아버지 안태훈, 어머니 조마리아의 사람됨과 그들의 고향 이야기는 허투루 지나칠 수가 없다. 모두가 주인공 안중근의 배경을 이루는 곳이고 피붙이이자 이웃들, 거기다가 그의 사랑하는 아내 김아려와 두 자식과 뱃속에든 자식이 또 있다. 그런 주인공 안중근은 한국이라는 꺼져가는 운명 앞에 그것을 막아서려고 마음을 정한 이십대에서 삼십대로 넘어서려는 청년이다. 태생이나 성품, 사람됨 모두와 함께 그가 마주치는 사람들조차, 작가는 적당하게 넘겨, 이야기할 수가 없다. 너무나 뚜렷한 행적을 보인 역사 인물이기 때문이다.

그러나 가장 정확하게 말해 이청이 쓴 소설 작품의 배경은 딱 셋이다. 하나가 일본이라면 또 하나는 한국, 그리고는 그 두 나라를 둘러싸고 이익을 찾아 눈을 부릅뜬 미국과 러시아 중국 등이 셋째 배경이다. 이 배경을 좀 더 줄여서 밝히면 일본이 서양 특히 미국의 등밀이로 시작한 제국주의 정책과 관련된 나라 사이의 먹고 먹히는 더러운 싸움판 이야기가 그 가장 큰 배경을 이룬다. 미국의 제국주의 정책은 이렇게 조선 반도에 와서 왜정이라는 사냥개에 의해 부라퀴 짓으로 저질러졌다.[25] 이 소설 구성의 두 번째 원리인 배경이 제국주의라는 나쁜 질병이라고 본 사람이 이 작품 주인공 안중근이었다면, 그가 읽은 가장 나쁜 바이러스는 이등박문이었던 것이다. 나쁜 바이러스는 어떤 방법을 쓰든 없애야 한다. 강한 자는 먹고 약한 자는 먹힌다는 생물원리를 가장 악용한 이들이 제국주의자들이

---

25 1905년에 맺었던 가쓰라-태프트 밀약은 결정적으로 한국의 운명을 어려움에 빠뜨린 출발점이었다. 미국은 그 때나 이때나 변함없이 일본을 사냥개로 내세워 한국을 조정하려 하는 들짐승 나라이다. 정경모, 한강도 흐르고 다마가와도 흐르고 58, 한겨레신문 2009년 7월 23일 목요일자 '길을 찾아서' 연재칼럼, 참조. 이 글에서 그는 '미국은 한국에 대한 지배권을 일본에 떠넘기겠다는 의사'를 지녔다고 썼다. 이 말은 1969년 11월 워싱턴에서 닉슨이 일본 총리 사토에게 한 말이라고 소개하고 있다.

었다. 그들은 그런 나쁜 정책으로 남의 나라를 먹어치워도 된다고 스스로를 세뇌시킨, 일본을 포함하여, 19세기 서양의 제국주의 악당들이었다. 그들이 그렇게 믿고 따르던 생물학자 챨스 다윈의 적자생존 원리의 한 장면을 옮겨 보이면 이렇다.

> 나는 개체적 자아가 매우 중요하다는 사실을 알고 있었기 때문에 조금이라도 가치가 있는 개체는 모두 보존하고 열등한 개체는 도태시킨다는 데서, 무의식적인 인위적인 선택의 결과를 상세히 말했던 것이다. 또한 나는 가령 기형와 같이 구조상의 어떤 우연한 편차가 자연상태에서 보존되는 것은 극히 드문 예라는 것, 또 처음에는 보존된다 하더라도 그 뒤에 정상적인 개체와 교잡(계통, 품종, 성질이 다른 암컷과 수컷의 교배)함으로써 일반적으로 사라진다는 것을 알았다.[26]

남의 나라를 먹어치우기 위한 전략을 짜는 악당들이, 가장 먼저 내세워 실행하는 짓거리는, 자기들보다 그 민족이 열성인 자라는 것을 스스로도 믿게 하는 것이었다. 그래서 왜놈들은 툭하면 조센징을 더러운 바보라든가 둘만 모이면 싸움질로 나날을 보내는 족속이라는 투의 생각을 저희들 스스로에게도 집어넣었다.[27] 뿐만 아니라 왜국에 유학한 조선 유학생들에게도

---

26 다윈, 송철용, 『종의 기원』(동서문화사, 2009), 106쪽.

27 이청 안중근 위 책 182쪽에는 안중근을 심문하는 미조부찌 건찰관이 그런 생각을 다진다. 선험적인 열등감에 길든 왜놈들의 딱한 허세인 셈이다. 송원희 작품 『대한국인 안중근』 158쪽, 로마 교황이 이등박문에게 했다는 말로 '조선이라는 미개한 나라'이니 그 곳에 있는 가톨릭 신자들을 보호해 달라고 했다고 썼다.

그런 생각 바이러스는 심어지게 되어 여기 부화뇌동한 앎 꾼(지식인)들이 있었다. 바로 왜정시대 일본 유학파 몇 몇 젊은이들과, 친일파들이었다. 이인직을 비롯한 이광수 및 친일패들의 행적에는 우리 한국인들 스스로 못난 민족임을 내세우려는 악성 바이러스 보균자들의 말투가 여러 글투에 배어 있다.[28] 그들은 늘 선진국, 문명한 나라 일본, 미국 유럽 따위를 입에 달고 다니면서 우리는 왜 이리 지지리 못났느냐고 중얼거리는 정신병자들이었다. 이런 정신병 중세는 오늘날 한국 남한에서 크게 극성을 부리고 있는 게 사실이다.

눈을 바로 뜨고 있는 사람은 결코 남들, 남의 나라 사람들의 안다는 소리에 그렇게 꼴까닥 넘어가지 않는다. 앞에 옮겨 보인 신진 작가 김연수가 「이등박문, 쏘지 못하다」에서 밝힌 안중근이 일반명사가 아니라 보통명사라는 진술은 깊이 생각해 볼만한 명제이긴 하다. 그러나 안중근이 아니었더라도 누군가 한국 사람의 손에 의해 마땅히 죽어야 할 나쁜 짓을 저지른, 이등박문은 한국 사람들에게는 잊을 수 없는 죄인이고, 더러운 악당에 지나지 않는 천격일 뿐이기 때문에, 우연히 안중근의 손에 죽게 되었다는 투는, 소설적 말장난에 지나지 않는 진술이다. 이등박문은 비록, 우리가 이렇게 형편없는 악당으로 매도하고 깔보지만, 그는 일본이라는 엄청난 숫자의 사람들 야욕을 등에 진 사람이었기 때문에 한국사람 누구도 그를 총 쏘

---

28 이광수, 김원모/이경훈 옮김, 『동포에 고한다』(철학과 현실, 1997)와 이경훈 편역 이광수 친일문학전집2(평민사, 1995) 참조.

아 죽일 사람은 없다. 그런 불같은 성격, 굽히지 않는 정의감, 자기 민족에 대한 자부심, 그리고 그런 명사수의 실력과 영웅의 담력을 지닌 사람이 아니고는 그런 일을 행할 수가 없다. 게다가 안중근 그는 당대 세계를 꿰뚫어 읽어, 이 세계가 미쳐 돌아가는 판국임을 알았던 사람이고, 그것은 결코 바꾸기 어려운 탐욕이 날뛰는 더러운 세상임을 깨달아 알았던 사람이다. 뿐만 아니라 그는 삶과 죽음에 대한 뚜렷한 가톨릭 세계관도 지니고 있어서 모든 존재가 다 죽지만 의롭게 살다가 죽는 길이 무엇이지도 알았던 사람이다. 그는 초인에 속하는 인물이다. 이승만 따위의 인물과는 비교도 할 수 없는 의인이었다. 그만이 이룩할 수 있는 사람됨을 그는 서른두 살을 살면서 만들었다. 안중근 그는 정말 누구인가? 그리고 왜 우리에게 이제 떠오르는 의인으로 하필 안중근인가? 그리고 이등박문은 누구인가? 그는 왜 안중근의 총에 맞아 죽어야 했는가? 이 두 사람 삶의 발자취 속에 고였던 착함과 악함은 어떤 것인가? 우리는 이것을 곰곰 따져볼 차례이다. 작가 이청이 쓴 『안중근』과 송원희가 쓴 『대한국인 안중근』을 겹쳐 드려다 보면서 이 두 인물이 지닌 착함과 악함이 그렇게 만날 수밖에 없었던 발자취의 내용들을 살펴 보이기로 한다.

안중근 의사가 이등을 쏜 이유

소설작품에서 뺄 수 없는 구성 요건이 사건 드러내기이다.

사건은 그것이 일어나게 되는 앞뒤가 있다. 원인 없는 결과란 없기 때문이다. 모든 사람은 나날이 어떤 일(사건)을 벌인다. 그러나 소설에서의 이 일 벌임은 좀 남달라 보이는 것을 찾아내어 내 보인다. 10년 동안 트로이 전쟁에 나가 이기고 돌아오는 그리스 연합군 사령관 아가멤논이 자기 집에 돌아와 목욕탕에서 목욕을 하다가 아내 클뤼타임네스트라에게 도끼에 맞아 죽는다. 이건 참으로 큰 사건이다. 어째서 그런 일이 벌어졌는가? 그 원인은 무엇인가? 이등박문도 일본에서는 천황과 맞먹는 지위에 있던, 그래서 왜국 국민들에게 그렇게나 존경을 받았던(?), 이등박문이 하얼빈 역에서 젊은 안중근에게 총알 세 발을 맞아 즉사한다. 이게 도대체 웬일이란 말인가? 그 원인은 무엇인가? 아가멤논은 전쟁터에 나가 딴 여자들과 10년간 즐기고 살았으며, 전쟁터에 나가다가 배가 움직이지 않는다고 자기 딸을 데려다가 생짜로 바다의 신에게 제물로 바쳤다. 딸자식을 남편 탓에 잃은 일은 어미로서 남편 살해의 첫째 원인일 수 있다. 그렇게 무작스러운 일이 남편에게서 벌어진 것은 미움의 표적일 충분한 이유가 된다. 뛰어난 장수 아킬레스에게 시집보낸다고 딸을 데려간 남편의 거짓 짓거리에 아내는 화가 났다. 그렇게 미워했던 남편 아가멤논은 이기고 돌아오는 전차 안에 예쁜 트로이 왕녀 카산드라를 데리고 돌아온다. 눈에 불이 날 판이다. 게다가 그 여인 또한 10년 동안 그 인척인 이이기스토스와 통정을 해 왔다. 그게 들통이 나는 날엔 자기도 죽을 판이다. 세 번 째 이유가 된다. 그래서 먼저 남편과 카산드라를 쳐 죽였다. 그게 저 유명한 그리스 비극 작품 「아가멤논」의 이야기 줄기이다. 원인과 결과가 뚜렷한 이 비극 작품은 뒤에 다시 그 딸로부터 어머니 살해라는 결과로 이어지고 또 그 원인을 이유로 다른 결과가 이어지고 이어진다.

그렇다면 이등박문은 무슨 이유로 안중근에게 총살형으로 맞아죽을 수밖에 없었는가? 그 이유 찾기를 이 소설에서는 이야기 아래 깔고 있다. 소설 작품이기 때문이다. 게다가 이미 그 이유는 안중근의 입을 통해 다 이야기되어 있기 때문이다. 뿐만이 아니다. 한말 문인 황현의 기록이나 안중근을 심문한 왜정 검찰관 미조부찌가 심문하면서 물었던 모든 이야기 가운데 안중근이 이등박문을 죽여야 할 이유들은 너무나 많다. 이등박문은 정말 어리석고도 나빠 꾀죄죄한[29] 죄인이었다. 송원희는 실제로 있었던 이등 죄악의 열다섯 가지 이야기를 요약하여 하나하나 들어보았다. 심문과정의 야릇하고도 뜻 깊은 장면을 드러내고자 하는 작가의 속 뜻 때문일 터이다. 그러나 이청 소설 『안중근』에서는 안중근이 이등박문을 죽여야 할 이유로 들이댄 열다섯 가지 이유는 생략하였다. 그것조차 작가가 계산한 어떤 뜻에 의해 정리된 것일 터인데 그는 미조부찌 심문관의 대담과정을 이렇게만 적어 놓고 있다.

---

29 한국말의 이 '꾀죄죄하다'는 말은 참 재미있는 표현이다. 국어사전에서는 '차림새가 지저분하고 궁상스럽거나', '마음이 옹졸하고 작살스런 사람'을 이르는 말이라고 되어 있다. 그러나 나는 이 말의 뜻을 이렇게 풀려고 한다. 스스로 못났다는 마음조림(열등감)과 탐욕으로 가득 찬 사람 쳐놓고 꾀죄죄하지 않은 사람은 없다. 독재자들이나 수전노로 떼돈을 모아 떵떵거리는 사람들 또한 꾀죄죄하지 않은 사람이 없다. 그들 마음속에 도사린 헐벗은 마음이 얼마나 시리고 차면 그따위 행악으로 남을 짓밟는 짓을 아무런 자기 물음 없이 저지를 수 있을까? 친일파, 친미파, 독재자 이상한 재벌들 모두가 다 꾀죄죄한 열등감으로 칠갑을 한 탐욕덩어리라고 나는 읽는다.

그러나 그 후 이토 히로부미가 한국의 통감으로 부임해 5개조의 협약을 체결했습니다. 그것은 앞서 한국독립을 공고히한다는 의사와는 정반대의 행위로서 모든 한국인들은 참으래야 참을 수 없어 이에 불복했습니다. 더 나아가 1907년에는 또 7개조의 협약이 체결되었는데, 이것 역시 앞서 5개조와 같이 한국의 황제폐하가 친히 옥새를 찍지도 않았으며, 총리대신이 동의한 바가 없는데도 이토 통감이 강제로 압박해 체결한 것이기 때문에 한국인은 모두 이에 불복하고 나라의 주권을 되찾고자 일어서게 된 것입니다. 본래 한국은 4000년 이래 무武의 나라가 아니라 문필로 세운 나라입니다.[30]

이기웅이 편역한 역사기록 『안중근 전쟁 끝나지 않았다』에의하면 안중근이 이등박문을 죽여야 할 이유 열다섯 가지가뚜렷하게 나와 있다.[31] 그러나 작가 이청이나 송원희가 쓴 소설

---

30   이청, 안중근(경덕출판사, 2009), 274~275쪽.

31   첫째, 조선왕비 민비 시해한 죄. 둘째, 1905년 을사 5조 강제 늑약한 죄. 셋째, 1907년 정미 7조약 강제로 맺은 죄. 넷째, 이등이 조선황제 폐위시킨 죄. 다섯째, 한국군대를 강제 해산시킨 죄. 여섯째 의병을 토벌한답시고 양민들을 많이 죽였던 죄. 일곱째, 한국의 정치 및 그 밖의 모든 권리를 빼앗은 죄. 여덟째 한국의 모든 좋은 교육용 교과서를 빼앗아 불태운 죄. 아홉째 한국국민들은 신문을 못 보게 한 죄. 열째, 이토는 충당시킬 돈이 전혀 없는데도 불구하고, 한국 국민 몰래 못된 한국 관리들에게 돈을 주어 결국 제일은행권을 발행하게 한 죄. 열한째, 한국국민의 부담으로 돌아갈 국채 이천삼백만 원을 모집하여 이를 국민들에게 알리지도 않고 관리들 사이에서 분배하거나 토지 약탈을 위해 사용한 죄. 열둘째 동양평화를 교란한 죄. 열셋째, 한국국민은 원하지도 않는 한국 보호명목으로 이등이 독선적인 정치를 하고 있는 죄. 열넷째, 지금으로부터 40여 년 전 지금 황제의 아버지를 살해한 죄. 열다섯째, 이등은 한국국민이 분개하고 있음에도 불구하고, 일본 황제와 세계 각국에 한국은 별일 없다고 속이고 있는 죄. 이기웅 편역 안중근 전쟁 끝나지 않았다(열화당, 2000), 34쪽. 이 안중근 의사가 이등박문이 죽어야 할 이유로 댄 죄악 조항은 필자가 줄이거나 말을 짧게 가려 뽑았다. 황현의 『매천야록』에서 기록한 내용은 이보다 간략한 문장으로 요약되어 있고 열다섯 째 조항이 빠져 있다. 황현, 임형택 외 옮김 『역주 매천야록』하권(문학과 지성사, 2006), 629~630쪽 참조.

들에서는 이런 구체적인 역사기록을 그대로 옮겨놓을 필요는 없었던 것이다. 그렇게 되면 소설은 역사 사실 이야기 물결 속으로 빠져들어 소설이 갖는 특성을 조금도 살려내 수가 없다. 그렇지만 이미 1905년에 행한 〈을사 5조약〉이나 1907년에 저지른 〈정미 7조약〉에는 이등박문이란 주인공이 한국사람 어떤 누구에게든 총에 맞아 죽어 마땅한, 죄악 내용으로 포대기를 싼 채 웅크리고 있다. 남의 나라 외교권 모두를 빼앗고 그 나라의 모든 권한을 다 빼앗아 제 나라에 귀속시킨다는 그런 외교문서(?)가 도대체 어떻게 가능한 것인가? 제국주의의 죄악이 모두 이렇게 공개적인 문서로 되어 있는 한 그 더러운 모습은 역사에 꼭 살아남는다.[32] 이등박문이 안중근에게 맞아죽어야 할 그런 죄악을 일본 국민의 이름으로 저질렀고 미국 대통령 시어도르 루스벨트가 등 밀어준다는 등밀이를 믿고 이런 죄악은 저질러졌다. 제국주의 나라가 반세기 넘게 한반도에 저지른 죄악 또한 결코 가볍지가 않다. 이것은 현재 한국 사람들 모두가 입을 다물고 있지만 속으로는 알고 있는 사실이기도 한 일이다. 그러기 때문에 공개적으로도 한국사람 모두는 이 사실을 눈감고 모르는 척해서는 안 될 일이다.

이처럼 뚜렷한 두 인물은 역사 기록에 뚜렷하게 나오는 사람들이어서, 그 역사 기록의 말길로부터, 소설작가는 자유로울 수가 없다. 남의 집 머슴 출신의 자식으로 태어나 영국 유학도

32　앞에 인용문으로 든 쑹훙빙의 『화폐전쟁』 이야기에는 국제은행재벌들이 히틀러에게 엄청난 돈을 대어주어 무기를 만들게 하고 그 전쟁이 쉽게 끝나지 않도록 질질 끌 계략을 꾸민 이야기가 충격적으로 나온다. 위의 책, 207~239쪽 참조.

마쳤고, 정치계에 들어온 다음에는 승승장구 왜국 백성들이 알아주는 이 이등박문, 꼼수에 능하고 능글맞으며, 일을 밀어 붙이는 승부욕이 강한 이 인물이 저지른 잘못이란, 아니 죄악이란, 무엇인가? 문제는 그가 왜국을 대표하는 정치 패이고 조선 총독부를 만들어 조선 제 1대 총독을 맡았으며 총리대신을 네 번이나 이어 맡아 하였으니 그가 한 일들은 무두가 왜국(일본)이라는 나라를 위한 것이며 그 나라 왜국(일본) 사람들이 모두 믿어 밀어준 인물이다. 그런 그가 한국 사람들에게 저지른 악행의 실례는 너무 뚜렷하다. 그가 안중근에게 총에 맞아 죽어야 할 죄악들을 살펴 볼 차례이다. 그가 일으킨 악행 사건들 또한 역사책에 있는 대로 이청이나 송원희가 그들의 작품에 있는 그대로 기록하여 놓았다. 그들의 기록은 황현의 역사기록들인 『매천야록梅泉野錄』이나 정교, 조광 편 『대한계년사』의 내용들과도 대부분 같다. 안중근은 1879년 9월 2일에 태어나 1910년 3월 26일 뤼순 감옥에서 돌아갔다. 작가 이청은 『안중근』 앞 장에서 러시아 재정대신 코코프체프의 눈을 통해 다음과 같이 이등박문의 죄악을 적어놓고 있다.

도요토미 히데요시 이래 일본의 숙원이던 조선 침략과 합병의 단초를 열게 된 것은 역사가 이토에게 짐 지운 필연적인 역할이었다. 그는 이미 약관의 젊은 나이에 조선에 잠입하여 조선 정정을 살피고 간 것을 비롯하여, 권력의 정상에 오른 후에는 직접 대한제국의 왕을 윽박질러 보호조약을 체결하고 한국을 보호국으로 만들더니 마침내 대한제국의 황제를 밀어

내고 새로운 황제를 앉힌 다음 한국을 사실상 속국으로 만든 장본인이었다. 통감부를 설치하고 초대 통감이 되어 일본 역사상 최대의 소망이었던 한국 합병의 길을 터놓았던 공신이기도 했다.[33]

이런 한 마디의 긴 이야기 속에는 여러 단락으로 떼어 풀어야 할 단계별 사건이 뭉쳐 있다. 그것을 조금 풀어 보이면 이렇다. 첫째 일본은 임진왜란 때부터 조선을 먹어 삼키겠다는 욕심이 있어왔다. 둘째, 야심이 시커면 이등박문은 이미 조선 땅에 몰래 들어와서, 이 나라 되어가는 꼴을 정탐하고, 그것을 빼앗아 먹어치울 방법을 찾아내었다. 1905년에 이미 미국 대통령 루스벨트는 조선을 일본에게 넘겨주겠다는 '가츠라-태프트 비밀 협약'을 맺도록 하였는데, 태프트는 루스벨트 대통령 이후 미국 대통령이 되었고, 가츠라는 일본의 총리대신이 되어 있다. 두 악당들이 웃으며 몰래 주고받는 눈짓을 모르는 조선의 운명은 불을 보듯 빤한 꼴이었다. 1905년에 '을사보호조약' 다섯 개 조항과 1907년도에 강제로 맺은 '정미7조약'은 참 보기에 역하다. 이등박문이 강압적으로 남의 나라에 와서 저지른 악행은 이 두 조약으로 뚜렷한 꼴로 드러났다. 이등박문은 한국 청년 안중근에게 죽어 마땅한 죄인으로 참 꾀죄죄한 도적이었을 뿐이다.

---

33 이청, 『안중근』(경덕출판사, 2009), 25쪽.

맺는 말-끝나지 않은 안중근 전쟁

　모든 나라 사람들 삶이 대체로 그렇겠지만 한국의 역사, 아니 한국에서 살아 온 사람들의 삶은, 나라 안팎으로 가파르고 버텨내기 힘겨운 일들로 가득 차 있다. 오랜 동안 왕권 치하에서 거기 빌붙어 눈을 내리 깔아 허리를 굽히거나 알랑거려야 하는 삶도 있었다. 또는 그런 왕권세력을 등에 진 천하게 못된 사람들이 부라리는 눈길과 칼부림, 발길질에 걷어차이면서도 참고 살아야 하기도 하였다. 그걸 참지 못하였던 조상들은 아마도 모두 죽임을 당하였거나 몸 둘 곳을 찾지 못하였을 터이다. 권력자들이 만든 가지가지 법령에 묶여 갇힌 채 사람들은 묵묵히 꾸벅거리며 주어진 삶을 살아내었다. 치욕을 견디면서 사는 삶, 뿐만이 아니다. 툭하면 이웃 나라로부터 침략을 받아 억압과 절망을 견디면서도 살아야 하였다. 나라 안에서 권력자들의 행패가 무르익어 사람들이 살기 힘겨울 때면 나라 밖 이웃 나라는 그 나라를 반드시 깔보기 시작하고 꼼꼼하게 먹어치울 궁리에 빠진다. 미국 대통령 시어도르 루스벨트나 태프트 따위 엉뚱하게 먼 나라 대통령들까지 당대 한국의 실정을 우습게 여겨 일본에게 집어삼켜도 된다고 등을 밀었을까? 임진년에 7~8년 동안이나 이 나라에 와서 분탕질을 쳤던 임진왜란 막바지에 중국에서 구해준답시고 온 명나라 장수들이 막판에는 일본군대를 두려워하여, 한강을 건너가 패주하는 왜병들을 몰살하지 않고, 이 핑계 저 핑계로 살려 보내는 꾀를 부리는 책략[34] 따위는, 모두 남의 나라 일에 그렇게 목숨 걸 이유가 없다고 생각하기 때문일 터이다. 천하기 짝이 없었던, 벼슬아치 고부 군수 행악질 때문에, 갑오년에 농민들이 들고 일어났던 〈갑오농민전쟁〉때 뻔히 왜국이 저들끼리 맺은 텐진조약(3.장래 조선국에 변란이나 중대 사건이 일어나 청·일 양국 혹은 1국이 파병을 요할 때에는 마땅히 우선 상대방 국가에게 문서로 알릴 것이며, 그 사건이 진정되면 즉시 철회하여 다시 주둔하지 않는다.)을 빌미로 밀고 들어올 것을 뻔히 알면서도 청나라에 파병을 청한 나라꼴도 너무 처참한 내용으로 읽힌다. 어째서 그렇게 남의 나라문제를 놓고 저들 이웃 나라들이 제멋대로 하도록 내버려 두었는가? 이 문제는 이 나라 초등학교 시절부터 아이들에게 민족교육을 시켜 남에게 휘둘림 당하지 않을 슬기와 힘을 기르도록 가르쳤어야 하는 것이 아닌가?

삶은 참 질긴 칡넝쿨 같기도 하다. 그런데 일본으로부터 침략을 당한 경우, 『삼국유사』나 『삼국사기』에 기록되어 나타난 대로, 틈틈이 한반도에 쳐들어온 왜구 이야기는 빼고라도, 1592~1598년까지 8년 동안 풍신수길과 그 일파가 일으켰던 〈임진왜란〉과 이등박문으로 비롯되는 〈한일합방〉이라는 치욕적인 침략 내용은 한국 사람들에게는 지금도 지워지지 않는 큰 상처이다. 이 두 번의 큰 상처를 놓고 아직도 그 해석의 여지가 있는 듯이, 친일로 이득을 보아온 꽤 많은 약삭빨라 어리석은 한국 사람들이, 뻔뻔스럽게, 자기 이웃의 아픔을 나 몰라

---

34 유성룡 지음, 남윤수 옮김, 『징비록』(하서출판사, 2003), 162~164쪽 참조.

라 하는 몸짓들을 보이고 있다. 참 아프다. 그 뿐만이 아니다. 일본을 정확하게 읽고 있는 지성인들의 눈에는 아직도 일본이 한국을 다시 짓밟고 들어와 분탕질을 치려는 야욕을 남몰래 불태우고 있다는 증언이 있다.[35] 남을 종으로 삼으려는 질병, 그리고 남에게 종살이를 하더라도 자기만 몸을 뽑아 주인에게 아유구용阿諛苟容하여 자기만 살면 된다는 그런 익숙한 종질 질병, 그것은 앞으로 이 나라가 꼭 치료하고 넘어가야 할 질병의 하나이다. 남의 종살이에 익숙한 사람을 만들어 놓는 패는 늘 나쁜 부라퀴이기 쉽다. 누군가를 자기 밑에 두고 마음대로 부리면서 일체의 사람 사는 바른 길(도덕)에서 비껴난 몇 몇 사람들 부라퀴 짓에, 너무 많은 사람들은, 힘겨워하고 억압받으며 괴로워한다. 이 문제는 안중근이 이등박문을 쏘아 쓰러뜨렸던 그 시대뿐만이 아니라 지금도 이어서 그런 일이 우리가 사는 이 자리에서 다시 반복되어 벌어지고 있다. 그렇기 때문에 안중근의 이름은 우리에게 귀중한 울림이다. 그야말로 그는 우리가 앞으로 살아나가는 발길의 밝은 거울이자 등불이기 때문이다. 한국에 이런 위대한 영웅이 있었다는 것은 우리에겐 큰 복이다. 그런데도 이런 영웅을 한국 사람들은 너무 모르고 지낸다. 뭔가 우리가 찾아내어 생각을 바꾸게 해야 할 뚜렷한

---

35 2009년도 9월 현재까지 연재하고 있는 재일 통일운동가 정경모 선생의 글 「길을 찾아서-정경모 한강도 흐르고 다마가와도 흐르고」 27쪽 칼럼(91)에 보면 '일본은 일·청, 일·러 두 전쟁에 이어 삼세 번째 다시 한 번 일어나 조선반도를 석권한 다음 38선을 일본의 힘으로 압록강 밖으로 밀어내야 한다.'는 따위, '일본은 이토 히로부미의 길을 따라 다시 한 번 조선에 뿌리를 박아야 한다.'는 따위의 요시다 시게루 전 총리 발언이 살아 움직이고 있다고 썼다.

이유가 있다.

그는, 자기를 희생하면서 부라퀴 이등박문을 쏘아 죽이는 행위의 정당성을, 당대의 우스꽝스런 독선의 일본 법정 재판 과정에서 주장하였으되, 결코 구구한 변명을 늘어놓거나 살아 남기 위해 마음 쓰지 않았다. 그는 당당하게 자기 일의 올바른 이유를 뚜렷하게 내세워 보여주었다. 그것은 결코 아무나 이룩할 수 있는 그런 몸가짐이 아니다. 이웃과 동족의 아픔을 정말 아파할 줄 알았던 큰 정신과 마음 씀을 지녔던 사람, 안중근 그는 우리에게 어떻게 사는 것이 정말 잘 사는 길인지를 밝혀주었다. 작가는 이런 인물을 있는 그대로 다루기가 퍽 버거운 것이 사실이다. 뭔가 작가 자신이나 독자들에게 상상력을 동원할 그런 빈틈이 작았기 때문에 그럴듯한 사람됨을 만들어 나가는 작가에게는 커다란 짐이 될 수밖에 없었다. 그런데도 불구하고 북한에서 나온 림종상 각색의 『안중근 이등박문을 쏘다』와 나란히 세울 남한의 작가 송원희와 이청이 『대한국인 안중근』과 『안중근』을 써 우리 앞에 그 위대한 영웅정신의 실상을 밝혀주었다. 이청의 소설 제목도 실은 '대한국인'이라는 수식어가 붙어 있다. 그런데 그는 수식어 〈대한국인〉을 한자말로 적었기 때문에 한글로 『안중근』이라 제목을 붙인 것에서 조금 비껴나간 것으로 읽혔다. 하지만 위 두 작가 송원희와 이청은 모두 『대한국인 안중근』이라는 제목의 이야기 문학 소설 작품으로 완성한 것이었음을 밝힌다. 그들은 모두 안중근이 어째서 이등박문을 처단할 수밖에 없었는지를, 100년이 지난 오늘날의 날카로운 눈빛으로 읽어, 앞으로 우리 한국 사람들이 지켜 나아가야 할 정신을 맑은 밝혀 놓았다.

송원희의 장편소설 『대한국인 안중근』에서 특기할 일은 한 영웅이 되기까지는 어떤 가로거침과 어려움, 고된 나날들이 이어지고 있는지를 소설쓰기 특유의 자상한 눈 돌림으로 밝혀놓아, 영웅 됨으로 나아가는 피어린 고난을 옮겨, 읽기에 아주 편안한 느낌을 갖도록 하였다. 앞으로 이 두 작가 이외의 작가가 나와 다시 안중근 삶과 죽음을 웅장한 용틀임으로 형상화할 것을 우리는 쉼 없이 빌고 기다려야 한다. 두 작가의 깊은 마음 씀에 나는 고마운 마음을 다시 보탠다.

윤동주의 시 눈총

나의 나됨과 너의 너됨
또 그의 그됨

드는 말

　'너는 누구냐?' '나? 나는 나이다.' '네가 너인 것은 무엇으로 증명할 것인가?' '나는 네가 묻는 말을 너와 나의 말로 대답하고 또 내가 누구인지를 깊이 생각하면서 내가 나로 되어가는 나임을 아는 사람이다.' '네가 된다는 것은 무슨 뜻인가?' '글쎄! 그 참 어려운 물음이로구나! 하지만 나는 이렇게 대답하겠다. 이 대답은 당신인 너에게 이렇게 묻는 것으로 답하겠다. 그런데, 나에게 너는 누구냐고 묻는, 너 당신은 누구냐?' '나는 네게 묻는 사람이다.' '그렇다면 나도 할 말이 있다. 나는 당신인 네가 묻는 말을 답할 수도 있고 안 할 수도 있는 사람이다. 단기檀紀로 4348년 서기로는 2015년도 한가위 날을 며칠 앞둔 이 날 당신 앞에 앉아 나는 당신 눈을 들여다보면서 앉아있는 있음이다.' '아아 그런가? 당신의 있음은 당당하고 씩씩하구나!' '네가 내게 그렇게 말하면서 내가 그렇다면 그런 것이겠다. 하지만 당신인 너도 그런 있음으로 내게 다가선다. 옆에 있는 그도 그 됨에 뚜렷한 그가 보인다. 당신도 그를 보는가?' '그렇다.' '나의 나됨이 이렇게 너의 말로 쉽고도 시원하게 주고받

을 수 있다는 그게 바로 너의 너됨이나 나의 나됨 또 그의 그됨
으로 합쳐지는 우리의 우리됨이 아닐까?'

우리는 너나 내가 또 그가 나의 나이면서 나로 무엇인가 되
어가려는 나됨'으로 선 있음이다. 그렇게 되어가는 내가 지닌
것 가운데 말과 글이야말로 너와 내가 또 그가 편하게 주고받
을 수 있는 가장 행복한 다리이다. 우리가 편하게 또 쉽게 쓸
수 있는 말글이 있다는 것을 나는 오늘 우리가 지닌 가장 아름
답고 또 복된 살아있음의 징표라고 말할 생각이다. 나는 늘 나
라고 하는 자아 있음과 너라고 하는 세계 또 그와 그들이라고
하는 세계 앞에 마주 선 있음 꼴이다. 나와 네가 또 나와 그가
서로 말을 주고받을 수 있다는 것은 살아있음의 한 뚜렷한 징
표인데 이것이 무너지거나 망가지는 것은 곧 이 소통 길을 하
나로 묶어내려 하거나 여러 말글을 막으려는 좋지 않은 한 의
도가 있을 때 이루어진다.

나는 언제나 나이고 너는 또 늘 너이며 그는 그다. 나는 내
가 지닌 오랜 버릇이 있고 또 너는 네가 지녀 온 오랜 버릇(이
말은 문화라는 말 대신에 쓰는 말이다.)을 지녔으며 그 또한 그런 문

---

1   우리가 늘 즐기는 김치라는 음식이 있다. 이 김치 되기에는 재료가 퍽 많다. 배추나 무 고
춧가루 소금, 갓, 청각, 미나리, 멸치젓이나 새우젓 등속의 재료가 있지만 그것을 각기 김
치라고는 부르지 않는다. 그것들이 섞여 버무려지는 순간 김치는 태어난다. 처음 버무려
놓은 것을 겉절이김치라고 부른다고 일단 말해 두기로 한다. 이 김치가 독에 들어가 차곡
차곡 누여 쌓인 다음 하루가 지나면 첫날 맛과 다르다. 이틀 사흘 나흘 그리고 온 겨울이
다 가고 일이년이 훌쩍 넘어가도 김치는 김치다. 김치는 시간의 길이를 지닌 채 역사의 지
형도가 만들어진다. 김치종류는 또 얼마나 많은가? 사람처럼! 어느 순간의 김치를 당신
은 김치라고 부를 것인가? 그리고 당신의 존재 그 있음도 갓 태어나는 순간으로부터 한
살 두 살 수십 년씩 살다가 늙다가 결국은 죽어간다. 어느 순간을 당신인 너이자 너 됨으
로 이를 것인가? 영어 아이덴티티의 옮김 말은 존재동일성이다. 그런데 이 두 말만큼 어
려운 낱말도 드물다. 아이덴티티란 바로 나의 나됨이다.

화를 지닌 채 살아 있다. 그렇게 사람들끼리는 서로 넘나 들어 서도 안 되고 함부로 그가 지닌 문화감각을 넘보아 빼앗아도 안 된다. 각자가 지닌 존엄성은 그만큼 크깊으며 넓높다. 우리 가 각자 지닌 문화감각이나 버릇이란 누구와도 비교되어 높낮 이로 판별할 수 없는 귀한 것이다. 그런데 이 인류 역사 속에서 는 그런 남의 귀중한 있음 값을 짓밟아 제 것으로 하려는 야욕 으로 전쟁을 일으켜 사람들 목숨을 빼앗았고 또 제 종으로 만 드는 만행을 저질러왔다. 인류의 가장 치욕스런 부도덕 실례였 던 것이다. 로마가 세계를 짓밟았던 역사나 영국이 중국에 저 지른 아편전쟁에 어떤 변명으로 윤리적 답변이 가능할 것이며, 왜국이 36년 동안 이 나라에 들어와 조선인들의 문화와 그 전 통을 짓밟고 말글을 빼앗으려 하였던 일들이 어떻게 변명 가 능할 것인가? 이 무슨 해괴한 악행들이었는지 생각이 좀 있는 사람들은 마땅히 부끄러워해야 할 일이 아닐 것인가?

나는 최근 열 다섯 차례로 내는 문학평론집 제목으로 『안 중근과 이등박문 현상』이라고 붙여 마지막 교정쇄를 손보아 9 월 18일 출판사로 넘겼다. 이 비평집에서 내가 주로 하려고 하 였던 주장의 핵심은 이 세상은 대체로 두 축의 사람들로 이루 어져 있다는 내용이다. 그 하나가 이등박문처럼 남의 것을 걸 터들어 제 것으로 하려는 탐욕확장의 길이라면, 또 하나는 그 런 탐욕 부림을 바르지 않다고 여기면서, 그런 행적 실현패들 을 응징하려는 안중근 같은 사람들이다. 우리가 일반적으로 일컫곤 하는 제국주의 책략이라는 말이 지닌 뜻을 깊이 새기 다 보면 이 말의 함축된 범위가 퍽 넓다는 것을 알게 된다. 제국주의란 근본적으로 내 것도 내 것이요 네 것도 내 것이라는 마음의 착시현상을 가슴속에 키워가는 모둠생각이다. 이 생각의 틀은 다른 이름으로 자주 몸꼴을 바꾸면서 이 세상 속에서 진행되어 왔다.

1894~1895년에 벌어진 청일전쟁에서 이긴[2] 일본은 다시 1904년도에 러시아와 전쟁을 일으켜 러시아를 또 이겼다.[3] 승승장구 이긴 자들이 지닐 수 있는 자만심이란 의례 간이 배 바깥으로 튀어나오기 쉽다. 그런 놈들[4] 눈에는 이 세상에 두려운 게 없을 지경으로 이 세상 모두가 마음만 먹으면 제 것이 되는 것으로 착각한다. 그런 놈들이 주로 지상에서 전쟁을 일으켜 왔다. 그렇게 각 나라에 가서 전쟁을 일으킨 패들은 남들도 망가뜨리고 자신들도 하나 둘 망가져가고 있다.[5] 무언가 남을 억

---

2 한 때 한국의 국문학과에서 가르치는 한국현대문학의 앞자리에 오면 으레 이인직의 『혈의 누』가 나오곤 한 적이 있었다. 이 소설 이야기가 청일전쟁을 배경으로 깔면서 이인직이 하려고 한 말은 한국인의 살 길은 오직 일본에 의지하여 그 나라 종이 되는 길이라는 밀정 속삭임이었다.

3 어째서 그렇게 큰 나라 러시아가 왜국에게 저렇게 허무하게 깨어져 패배하였을까? 이게 참 궁금했던 것인데 실은 그 당시 러시아에서는 1917년에 터뜨릴 혁명의 불을 지피느라 나라안팎 민중들이 들뜨는 분위기로 들끓고 있어서 왜국침략을 제대로 막지 못하였던 꼴새였다. 짜르 독재 왕권이라는 게 그 기득권을 지키려고 딴 나라 침략에 눈을 미쳐 뜰 수조차 없었을 법 하다.

4 한자말의 자(者)의 뜻풀이 자전에는 첫째 풀이가 놈이다. 그런데 어째 우리는 이 글자를 자꾸 잣자로만 쓸까? 나는 이 글자를 '놈'으로 써서 학술 언어로 만들어야 한다고 주장할 생각이다.

5 지난 50여 년 동안 미국이 전 세계에서 일으킨 전쟁만 해도 열두 차례가 넘는다. 그 전쟁 상대국가들을 보이면 이렇다. 한국, 베트남, 그라나다, 파나마 침공, 걸프전쟁, 이라크, 하이티, 이란, 소말리아, 아프가니스탄, 수단, 코소보(더글러스 러미스 〈경제성장이 안되면 우리는 풍요롭지 못할 것인가〉 녹색평론 사 판 39~40쪽), 그리고 지금은 미국이 만들어 쐐기를 박던 헌법 9조를 폐지하게 내버려둠으로써 일본으로 하여금 전쟁을 일으킬 만한 힘을 넣어주면서 꼬드기고 있다. 그걸 미국의 제국주의 책략 가운데 〈조지 케넌 프로젝트〉라고도 한다.

누르며 자기 힘을 확장한다든지 자기 재산을 늘린다는 야망은 옆의 사람이나 이웃 사람들의 사람됨을 찌그러뜨린다. 왜국의 저런 당대 역사 행적은 모두 다 서양 제국주의 책략에서 본받은 것이었고 또 한반도에서 벌인 1905년의 〈카스라-태프트 밀약〉이나 같은 해에 제국주의 악당 나라들끼리 맺은 〈포츠머스 회담〉이라는 것들이 실은 다 남의 나라를 침략하여 제 것으로 하려는 악의와 이어져 있었다. 남을 내 있음의 수단으로 삼으려는 모든 의도는 그것 자체가 악이다. 제국주의의 가장 밑에 흐르는 정신은 남을 내 먹이로 삼으려는 악으로 촘촘하게 짜여있다. 이 제국주의라는 말은 다시 여러 꼴의 말로 몸꼴을 바꾸는데 그것은 식민주의나, 개척주의, 개발주의, 세계화, 지구화globalization, 자본주의 따위로도 몸꼴을 바꾸어 왔다. 자본주의라는 말은 개인 재산권을 인정하는 정신으로 출발하지만 실은 그게 곧 제국주의나 식민주의를 다른 이름으로 몸꼴을 바꾼 정신일 뿐이다.[6] 자본주의가 들어가는 곳마다 재난은 일어나게 되어 있다. 이게 우리가 이 시대에 사는 질곡의 샘이다. 개똥같은 세계 질서가 오늘날의 이 세계 꼴 본새이다.

오늘 이 발표자리에서 내가 내놓아 밝혀보여야 할 말 뼈대는 〈우리말로 학문하기〉의 나아갈 방향이 그 첫째인 것 같다. 그리고 두 번째가 '자기말로 학문하기' 정신의 국제적 연대를

---

6   캐나다 출신저술가 나오미 클라인은 그의 저술 『쇼크 독트린』(살림, 2008)에서 자본주의란 근본적으로 재난을 일으켜서 돈을 긁어모으는 것이므로 아예 이 모든 생각을 '재난 자본주의 복합체'라고 읽는다. 자본이 가는 곳마다 재난은 일어날 뿐만 아니라 재난을 일으켜야 돈이 되므로 그렇게 본 것이다.

맺고자 하는 뜻 세우기와 관계가 깊다고 나는 판단하였고 그래서 이 자리에 섰다. 국제적인 문제로 나선 것이 이 말 글 문제일 수도 있다. 1938년부터 왜정 부라퀴들은 우리말을 탄압하면서 왜말만 쓰도록 강요하였다. 1957년도 정음사 판 『세계사연표』 197쪽에 보면 4271년(1938년) '중등학교에서 조선어과를 폐지' 하였다고 써 놓았다. 이 해부터 왜국 부라퀴들은 중등학교에서 한국말 사용을 금지하면서 왜 말글만 쓰도록 강요하였다.

나의 나됨 발판은 내가 내 말과 내가 지닌 글을 쓰는 일로부터 쌓여가는 것이다. 그게 사람마다 지닌 고유한 그의 문화이고 전통이며 자기됨의 첫째 뜻이다. 자기의 말도 없고 글도 없는 존재란 대체로 남의 종이거나 노예로 낙인 찍혀 태어난 있음 꼴이기 쉽다. 나는 누구인가? 너는 또 누구인가? 그리고 그는? 1950년대쯤인가? 광복을 맞은 이 나라의 말글 쓰기 원칙에 관한 논의를 위해 서울에서 폭넓게 각종 분야 지식인들이 모여 이 나라 말글 쓰기 문제를 토론에 붙였던 적이 있었다. 이광수나 최남선, 최현배, 이희승, 양주동 등 인문학전공의 학자들이 모여 말법 규칙과 함께 인칭 대이름씨를 정하는 일에 여러 의견이 개진되었었다.

이 때 가장 심각하게 문제가 되었던 낱말은 사람을 칭하는 대이름씨에 관한 것이었다고 양주동 선생은 전했다. 1인칭 대이름씨가 '나', 2인칭 대이름씨가 '너' 그리고 3인칭 대이름씨는 '그'인데 여성을 부르는 대이름씨, 영어로는 she를 무엇으로 불러야 하는가? '피녀彼女', '궐녀厥女' 따위 한자말로 된 대

이름씨를 사람들이 들이대곤 하였으나, '그미' '그녀'[7] 등으로 부르는 게 어떻겠느냐는 의견에 또 한바탕 논란이 일어났었다고 했다. '그녀'로 부를 때 가령 그녀가 그녀에게 그녀를 할 때는 그럴듯하게 넘어가지만 '그녀'는 부를 때면 '그녀는…' '그년은…'으로 불려 '그녀'가 '그년'으로 읽히는 상당한 결점이 있으니 어쩌느냐? 뭐 이런 논의였던 것으로 무애 선생은 새로운 말 만들기의 어려움을 강의한 적이 있었다. 이 이야기 내용은 그의 산문에서도 밝혀놓은 적이 있다. 『문주반생기文酒半生記』였거나 『无涯詩文選』 어딘가 속에 이 이야기는 들어 있다. 요즘 우리가 여성을 칭할 때 알게 모르게 '그녀는…' 이라는 말을 꺼리는 이유가 바로 우리말의 욕설과 이 낱말이 겹쳐 있기 때문이다. 이처럼 말은 그것을 쓰는 사람과 듣는 사람의 격이나 존엄성 모두를 드러낸다.

모든 사람은 자아 나의 나임을 누구에게도 종속시키려 하지 않는다. 나는 늘 나이고 너일 수 없는 존엄한 있음이라는 정신이 바로 있음 그 자신이자 삶의 뜻이기 때문이다. 앞에서 보였듯이 1938년부터 조선어과를 한국 교육 마당에서 제거해 버림으로써 왜국인들은 왜어를 조선인들 모두에게 따라 쓰도록 함으로써 우리를 모두 왜국인들 종으로 만들려고 하였었다. 이 책략은 폴란드가 독일에서 썼던 책략이기도 하였다고 했다. 어느 나라를 점령하기만 하면 자기 말로 통일하여 그를

7 　소설가 만우 박영준 선생이나 박영한 같은 작가 또 연세대학교 국문학과 출신 작가들이 한때 그들 소설 속에서 여성 대이름씨 she를 쓸 때 '그미'라고 쓴 것이 여러 편 있다. 그리고 아예 '그'라고 남성 대이름씨와 같게 쓰는 이들도 있다.

자기 무릎 밑에 꿇려 노예화하려고 한다. 아주 오래된 유대인 신화, 성경 속에 〈신명기 사상〉이라 부르는 구약 말씀 가운데 「창세기」11장 바벨탑 이야기는 오늘 우리가 논의하려고 하는, 지구에 사는 사람들 말글 쓰기의 통일원리란 결코 옳지 않다는 것을 보여주는, 좋은 보기일 수가 있다.

> 온 세상 사람들은 한 가지 말을 쓰고 있었다. 물론 낱말도 같았다.…… '당장 땅에 내려가서 사람들이 쓰는 말을 뒤섞어 놓아 서로 알아듣지 못하게 해야겠다.'[8]

저렇게 시작되는 바벨탑 신화는 말이 하나로 통일되니까 자만심이 하늘로 치솟아 하느님 보시기에 이거 안 되겠다 싶어 이 형편을 바꿔야하겠다고 생각한 내용이다. 말을 하나로 쓰도록 하여놓으니 이 인간들이 하는 짓이라는 게 못할 게 없겠다고 여긴 야훼께서 말길을 갈라놓아 각 지방 말이 사람들을 떼거리로 만들어 자만심을 키우는 것을 막았다는 거다. 이명박 정권 시절에는 우리말글을 영어로 통일하자는 투의 말들이 수군수군 이 나라 대학가에 퍼져 언론사에서도 이 꼼수에 놀아나는 눈꼴 신 일들이 있었다. 모든 권력자는 이런 통일을 원한다. 아니 그렇게 영어공용으로 바뀌면 그것으로 이득을 보는 패들이 반드시 있고 권력자들이란 그런 이득을 취하는 패들의 등에 업혀 자기 권력을 굳힌다. 그러므로 이런 권력자들

---

8   김주명 편, 창세기 11장 2~7절, 『구약성경』(대한성서공회, 1985년), 13~14쪽.

모두가 폭력배들일 수밖에 없다. 남의 죽음이나 불행이 있어야 그들의 이득이 늘어나니 말이다. 참혹한 일이다.

　이등박문은 왜 하얼빈에 가서 안중근 총알 세례를 받고 죽었나? 그러니까 왜국이 조선 땅덩어리는 말할 것도 노동력으로 바뀔 조선 사람을 움켜쥐어야만 자기들 세력이나 재산이 늘어난다는 엉큼한 속셈을 그는 실천하려고 하였고, 왜국 사람들은 그런 엉큼한 그를 밀고 따르고 있었던 것이다. 그러므로 조선 말글은 물론이고 오랫동안 지켜왔던 이름까지 통일하려는 흉한 꾀를 부렸던 것인데, 그런 꾀부림이 안중근에게 이미 들통이 났던 것이다. 아니지 조선 백성 모두가 다 그걸 알고 분해서 어쩔 줄 모르고 있었겠지만, 속수무책이라고 생각하고 있던 차에, 이등박문이 하얼빈에 온다는 소식을 듣자마자 안중근은 달려가 그를 쏘아 죽였던 것이다. 그런데 왜 하필 하얼빈이냐? 그것은 두 차례(청나라, 러시아와 치른) 전쟁에서 이긴 중국과 러시아 벼슬아치 패들을 불러내어 조선은 이제부터 왜국의 땅이라는 것을 못 박아, 확정하려고 그곳으로 갔던 것이다. 그러다가 중국, 러시아, 왜국 사람들 앞에서 그 꼴이 난 것이다. 너와 나는 같은 말을 쓰더라도 서로 버릇도 다르고 좋아하는 것과 싫어하는 것이 다른 있음 꼴로 살아있다. 그런 다른 있음 꼴을 하나로 통일하려고 하는 일은 결코 누구든지 해서는 안 되는 일이다. 세계는 각기 그들 나름의 자기 생긴대로 살아가는 종족들의 버릇文化 깜냥이 있다. 오래된 말이나 오래 전해진 버릇 그리고 짓들도 너와 나의 것을 하나의 틀로 통일해서는 안 된다. 그것이 나의 나됨으로 가는 길이고 너의 너됨 그리고 그의 그뭄으로 존중해주는 삶의 깊은 뜻이다.

이 지구 위에서 벌어진 사람들의 행적들을 곰곰이 짚어보면 포악한 포식자들이 착하고 유순한 사람들을 먹잇감으로 여겨 입에 들어가는 것을 빼앗아 삼키는 것은 말할 것도 없고 그들이 써 온 말이나 글, 오래된 버릇이나 문화, 전통, 놀이 그런 것들을 다 빼앗아 제 입맛에 맞도록 하려는 짓거리를 일삼아왔다. 이런 따위 참혹한 역사진실 앞에 서면 그저 막막할 뿐이다.

1941년 11월 20일 자로 발표된 시 한편 「서시」

1941년에 왜정 폭력배들은 '사상범예방구금령思想犯豫防拘禁令'을 발표하여 한국사람 누구든 아무 때나 잡아들여 가두거나 무턱대고 족쳐 움쭉달싹할 수 없도록 묶어 놓았다. 그, 전전해에는 이미 이른바 창씨개명으로 왜식 이름으로 바꾸라는 조선민사령朝鮮民事令을 개정하여 오랫동안 이어 내려온 성씨姓氏를 바꾸라고 강제하였다. 남을 내게 맞추려는 혹독한 억압과 폭력이 이렇게 벌어지고 있었던 1941년 11월에 윤동주尹東柱라는 시인이 나타나 아주 유약해 보이는 「서시」를 발표하였다.

죽는 날까지 하늘을 우러러
한점 부끄럼이 없기를,

잎새에 이는 바람에도
나는 괴로워했다.
별을 노래하는 마음으로
모든 죽어가는 것을 사랑해야지
그리고 나한테 주어진 길을
걸어가야겠다.

오늘밤에도 별이 바람에 스치운다.
〈1941년, 11월 20일〉

　이 시를 사람들은 퍽 가볍게 읽거나 그 깊은 뜻에 대해서 생각하지 않는 경향이 있다는 걸 나는 자주 느꼈다. 제목까지 붙여 봐도 열 줄에 지나지 않는 이 짧은 시 한편이 얼마나 견고하고 깊은 뜻이 들어있는지를 깊이 살펴보고 따져 본 이들은 그리 많지 않은 것 같다. 이런 내 생각이 편벽이거나 잘 못 알고 있는 것이기를 바란다. 어쩌면 그럴지도 모르는 일이다.

　이 시에서 큰 울림을 싣고 있는 시 말씀은 '한 점 부끄러움 없기를', '모든 죽어가는 것을 사랑해야지', '나한테 주어진 길을 가야겠다'는 세 구절이다. 우리들 삶에서 '부끄러움(염치=廉恥)'이라는 가치는 어쩌면 우리 인종의 모여 삶의 가장 큰 가치 잣대일지 모른다. 모여 사는 사람들 사이에서 누군가 이 부끄러움을 잃거나 잊게 되면 그 모둠사회는 결속력이 무너지기 쉽다. 개인 나인 내가 또 다른 개인 너 그대나 어떤 그에게 못된 짓(물건을 훔친다든지, 남 앞에 가서 그를 헐뜯어 흉을 본다든지, 무슨 고

자질로 그의 은밀한 내적 존엄성을 파헤친다든지, 제 나라를 먹겠다고 나선 다른 나라 놈들에게 각종 은밀한 제나라 정보를 파헤쳐 넘겨준다든지 따위, 사람들끼리는 서로 지켜내야 할 아주 많은 덕목이 있다. 그걸 너와 내가 서로 지켜야 할 윤리규범이라고도 도덕 규칙이라고도 이른다. 이 규칙을 깼을 경우!)[9]'을 저지르는 일은 그것 자체로 부끄러운 일이다. 개인과 개인 사이에서 그런 덕목을 어기는 경우 말고도 나라와 나라 사이에 벌이는 쟁패나 싸움에도 뭔가 그 나라 사람 된 이들은 지켜야 할 최소한의 책임과 의무가 있다.

윤동주가 이 시를 발표할 당시에는 전 세계가 부끄러운 짓을 저지른 죄악으로 시뻘겋게 물들어 있던 때였다. 서세동점 西勢東占 책략으로 영국, 프랑스, 독일, 러시아 미국 따위 범죄 국가들이 남의 나라를 집어 삼키면서 무수한 인류의 피를 부르던 꼴을 본받아 왜국이 이 정책을 수립한 것은 잘 알려졌다시피, 미국이 왜국 등을 떠밀어 그러라고 시켰던 것이다. 19세기 서양으로부터 옮아온 이런 제국주의 책략 바이러스를 왜국은 제 것으로 받아들여, 이 나라 조선을 집어삼킬 야심 실천을 본격화하였다. 전 세계가 온통 남의 피를 먹고 자아 나를 지탱하려는 더러운 죄악으로 물들였던 시기였다. 위에서 각주를 달아놓은 프랑스 박물관이나 영국의 대영박물관에 전시되어 있

---

9   20여 년 전에 나는 프랑스 파리를 다녀온 적이 있었다. 프랑스 사람들이 입만 열면 자랑하는 루브르박물관이나 오르세 박물관 그리고 퐁피두 박물관엘 들려 이것저것 살피다가 나는 그야말로 기절할 듯이 깜짝 놀랐다. 박물관에 전시되어 있던 거의 모든 유물들이 모두 그리스나 이집트 옛 유물들이었다. 아니 이게 도대체! 거기다가 파리 한 복판 콩코드 광장에 올연히 솟아있던 '오벨리스크'라니! 저건 이집트 신전 앞에 있었던 것이 아닌가? 이런 프랑스 놈들의 더러운 짓이 한 눈에 들어와 나는 그야말로 기절할 듯이 놀랐던 것이다.

는 모든 유물은 거의 다 남의 나라 것이었다.[10] 그 나라 도시는 완벽한 장물도시였던 것이다. 이 나라 사람들은 일체의 부끄러움을 잃은 악당들이었던 것이다. 영국, 프랑스, 독일, 러시아, 미국 등 제국주의 정책으로 남의 나라 물품이나 문화를 도륙질 해 훔쳐 제 나라 수도에 버젓이 전시해 놓는 짓거리들은 그것 자체가 엄청난 죄악이고 부끄러워해야 할 일이다. 그런데도 그들은 일체 부끄러움을 나타내거나 제 후손들에게 자기들의 잘못된 역사행적을 가르치려 하지 않는다. 뻔뻔스럽기가 하늘을 찌른다. 이렇게 세계가 온통 부끄러움 투성이 악행들로 천지를 이루던 그런 시대에 윤동주는 '하늘을 우러러 한 점 부끄러움이 없는 삶'을 꿈꾸는 시로 읊었던 것이다.[11] 이 시인은 미국, 영국, 독일, 프랑스 따위 서양 제국주의 국가 책략 실행에 맛을 들인 모든 죄인들을 행해 이런 한 말씀 시 구절로 도덕적 쑥떡을 먹였던 것인데, 아무도 그걸 눈치 채지 못했다. 그게 아니라면 아예 모르는 척하고 있거나 둘 가운데 하나이다.

그렇게 저지른 행악질로 식민지 백성들은 하염없이 죽어갔거나 모든 것을 빼앗겼다. 그래서 그는 위 시에 '모든 죽어가는 것을 사랑해야지.'라고도 읊었다. 그 당시 이 나라에서 죽어가는 것이 무엇이었을까? 우선 우리 말글이 죽어갔고 문화가 죽

---

10 내가 프랑스에 가서 놀랐던 이야기를 하자 외우 작가 김원일은 '야 현기야 너! 영국엘 가봐! 거긴 더해!' 그렇게 말했다. 나는 여태껏 영국엘 가보지 못하였다.

11 1905년도에 미국 대통령 시어도르 루스벨트의 사주를 받은 태프트 국무장관이 왜국 외무대신 가쓰라와 맺은 이 비밀 협약이야말로 국제적인 죄악의 협잡질이었고 그 해에 벌인 〈을사늑약〉, 1907년도에 강제한 〈정미 7조약〉 따위의 고약한 왜국의 강도짓들은 그야말로 사람다운 사람이라면 누구나 다들 부끄러워해야 할 그런 죄악의 폭력이자 도덕성 파탄 행위였던 것이다.

었으며 무엇보다도 젊은 조선 인 생명들이 왜국의 총알받이로 끌려 나가 죽었던 것이다. 이 시기에 왜놈들이 이 나라 말글을 없애려고 별의별 꼼수를 다 썼다는 이야기도, 다시 반복해 뇌까려야 한다고, 나는 주장할 생각이다.

윤동주의 다음 구절이야기를 조금 하면 이렇다.

'나한테 주어진 길을 걸어가야겠다.' 20대 젊은이의 목소리로 그는 그렇게 썼다.

왜정시대인 1910년부터 1945년 그동안이나, 미국의 엄청난 정치적 핵우산 밑에서 옹송거리며 저 나라 눈치나 보는 역대정권 밑에서 살아야 했던 지금이나, 이 나라 젊은이들에게 당신의 장래 희망이 무엇이냐 물어서, 나는 이런 길로 내 삶의 방향을 잡겠노라고 말할 수 있는 젊은이가 몇이나 될까? 영어 열심히 공부해서 미국 유학 다녀와서 이 나라 여러 고급직장에 적을 두고 고통 없는 삶을 살겠노라는 마음 속 정답이 아마도 젊은이들 머릿속에 똬리를 틀고 앉아 있을지도 모른다. 혈기 팔팔한 젊은이들로 하여금 그렇게 현실타협 바이러스나 키우도록 한 놈들이 누구인가? 그건 아마도 누군가를 비롯한 우리 나이 든 사람일시 분명하다.

그렇다면 윤동주의 저 살벌했던 시대에 썼던 시 구절이 뜻하는 '주어진 길'은 어떤 길인가? 윤동주는 어려서부터 기독교 신자였다. 그가 쓴 위의 시에서 본받아 그가 살았던 길로 살아야하겠다고 쓴 멘토 그이는 바로 예수 크리스트였다. 이 「서시」

와 같은 해에 썼던 짝 시가 또 하나 있는데 그게 바로 「십자가」
였다. 그 전문을 보이면 이렇다.

쫓아오던 햇빛인데
지금 敎會堂 꼭대기
十字架에 걸리었습니다.

尖塔이 저렇게도 높은데
어떻게 올라갈 수 있을까요.

鍾소리도 들려오지 않는데
휘파람이나 불며 서성거리다가,

괴로왔던 사나이,
幸福한 예수 그리스도에게
처럼
十字架가 許諾된다면

모가지를 드리우고
꽃처럼 피어나는 피를
어두워가는 하늘 밑에
조용히 흘리겠습니다.

이 시는 그가 연희전문학교 졸업 직전인 1941년 5월에 쓴 작품이었다. 이 시에 나오는 시적 자아는 '예수에게처럼 십자가가 주어진다면 모가지를 드리우고 꽃처럼 피어나는 피를 어두워가는 하늘 밑에 조용히 흘리겠습니다.'라고 읊었다. 그렇게 단호한 자기 갈 길을 정해놓고 성실하게 살아가던 윤동주를 왜놈들은 죽여 버렸다. 왜놈들이 전에 자기들이 저지른 죄악은 없다고 별의별 꼼수를 써서 발뺌하지만, 윤동주의 이 시를 통해, 그가 왜국 감옥에서 약물실험으로 비명에 죽게 한 죄악은 세계 각 나라마다 알 만한 사람들에게는 이미 퍼질 대로 퍼져 나아갔다. 우리는 이제 어떻게 나의 내 길을 걸어 나가야 할까? 많은 이들에게 이 물음은 치열하게 다가서는 숙제이다.

옛 소련의 문예책략 이야기

문학이라는 이름의 학문으로 공부를 해 온 사람들 가운데, 1970년대를 건너온 사람들로, 루카치라는 헝가리 출신 문예학자의 문예이론을 입에 달아보지 않은 사람은 거의 없을 것이다. 그의 어려운 꽈배기 투의 글인 『문제는 리얼리즘이다』, 『소설의 이론』을 비롯하여 『역사와 계급의식』, 『영혼과 형식』, 『미적인 것의 고유성』 등을 통해 공산주의 문예이론을 설파한 그의 이른바 '총체성 이론'을 모르면 어느새 바보가 되는 듯한 착시현상이 이 한국 사회에서는 넓고 깊게 퍼져나갔었다. 잘 알다시피 당시 이 나라는 군부독재자들이 정권을 찬탈하여 박정희가 설치던 시절이었다. '오직 한 사람을 위한 시대'라는 부제를 달고 1970년대 이 시대를 증언한 한홍구 교수의 『유신』[12] 시대를 읽으면 우리가 어떤 감옥 속에서 징역생활을 하였는지를 잘 알게 한다. 이 시대의 뛰어난 논객인 한홍구 교수가 잘 까발려낸 이 시대는 그야말로 견디기 어려운 폭력의 시대였다. 1970년대 이 시대는 독재자 박정희가 꾸며 만든 공포정치로 나날이 뒤숭숭하였다. 잠자고 일어나면 누군가가 잡혀가 고문을 당했네, 또 누구는 감옥에서 맞아죽었네 하는 흉흉한 소문으로 나라 안팎이 온통 공포에 질려 살 수밖에 없었던 정신병 시대였다고 나는 기억한다.

그런 때에 이 나라 지식인들은 소련 공산당 정치에 환상을 키우며 그 쪽 책들을 숨겨가지고 다니며 읽곤 하였다. 당시에 나는 '총체성' 이론의 배경을 소련(Soviet Union의 한자말)이라는 말로 이해하였다. 옛 러시아 지역에는 50여 개 이상의 종족이 모여 살고 있다. 그런 종족들을 하나로 묶어 한 나라, 공산화된 나라로 통합하려면 어떻게 해야 할까? 그것이 하나로 통합되어야만 비로소 공산사회는 가능해지리라는 멋진 꿈들을 그들이나 우리는 꿈꾸었다. 그야말로 참으로 멋진 신세계를 향한 우리들 삶의 꿈꾸기였다고 나는 읽었다. 나는 최근에 중학교 2학년짜리 학생들과 마르크스-엥겔스의 공저 『공산당 선언』을 읽었다. 우리가 이 책을 읽으면서 나는 이 이론이 얼마나 뚜렷하고도 바르게 우리 삶 판의 역사를 읽었고, 또 그런데도 불구하

---

12 한홍구, 『유신』(한겨레 출판, 2014) 참조.

고 그 대안으로 생각한 공산주의라는 꿈꾸기가, 얼마나 허황한 몽상 이야기로 꾸며져 있었는지를 뚜렷하게 보았다. 그는 인간이라는 짐승을 너무 낙관적으로 읽었다고 나는 보았다.

왕이라는 악당과 그들을 등에 진 권력패들로 시작한 것이 우리의 인류역사였다. 그런데 이런 인류역사가 부르조아 장사치들이 들고 일어나 그때까지 떠 받들어 모셔왔던 왕권 패들을 후려쳐 때려 뒤엎고 나면, 얼마동안은 이 부르조아 재벌 패들이 실권을 손에 쥐고 천하를 좌지우지 한다. 그런 다음 이른바 무산자 계급proletariat이 다음 실권을 장악하는 때가 온다. 가진 것이라곤 아무 것도 없이 그저 노동력만 있는, 이른바 손에 아무 것도 쥔 것이 없는 못 가진 이들은 조만간 떨쳐 들고일어난다. 이제 그들은 나날의 삶 속에서 허리 굽혀 굽실대었던 부르조아 재벌 패들을 때려잡아 뒤엎는다. 그게 역사발전의 제대로 된 길이다. 그렇게 부르조아 재벌 패들이 뒤집혀진 사회에서 정치적인 실권을 이제 못가진이들(무산자=proletariat)이 갖게 된다. 그렇게 되면 그제야 공산사회는 말끔하게 이루어질 수가 있다. 그런 사회가 미래에는 반드시 이루어질 것이라는 꿈을 그들은 일찌감치(1848년도에) 짧은(30여 쪽짜리) 그 책『공산당 선언』에서 적어 놓았다. 그러려면 전 세계 무산자가 하나로 뭉쳐 유산계급 악당들을 타도해야 한다고 선언한다. 참 그럴 듯도 하고 또 너무 허황하기도 한 이 이론이야말로 1970년대에서 80년대를 살았던 한국의 지식인들은, 환상적인 꿈꾸기로 여겨, 이 이론을 우리들 삶의 희망으로 불꽃처럼 피우고는 하였었다. 그래서 50~60여 개 종족이 하나로 뭉치려면 '총체의 힘'이 꼭 필요하다.

　우리는 다 하나다!? 정말 우리는 다 하나일까? 너와 나는 쓰는 말과 글이 다르고 오래 익혀온 버릇이 다르며, 그 버릇들이 곧 문화로 되는 너와 내가 서로 다른 길가에 놓인 채 살아가고 있다. 게다가 그들 종족들은 각기 서로 지녀온 전통도 다르다, 그런 우리가 다 같이 하나일까? 서로 다른 우리는 이제 공산화되는 사회주의 꿈을 이루기 위해 하나로 뭉쳐 '총체적인 인생살이'를 이룩해야 한다. 정말 그게 현실적으로 이루어질 수 있는 것일까? 환상적인 이상주의자이며 천재적인 몽상가였던 마르크스나 그 후계자들은 그렇게 주장해 왔다. 정말 우리는 다 하나일까? 권력자들은 대체로 이런 따위 감언이설로 사람들을 속인다. 그러나 엄격하게 따지고 보면 나는 나이고 너는 너이다. 그리고 그도 그일 뿐이다. 우리가 하나 됨으로 가는 길은 내가 너를 훼손하거나 억압하지 않는 사람됨이 되도록 서로를 지켜줄 때 비로소 하나로 착각하게 된다. 삶은 어쩌면 자기를 인식하는 착각의 연속이고 또 착시의 길 걷기일지도 모른다. 너의 너임 또 너의 너됨을 그대로 인정하면서, 주제넘게 너 속에 나를 집어넣으려고 넘나들지 않는다면, 그렇게 그들 삶을 그대로 내버려둘 수 있는 그런 사회라면, 적어도 우리가 꿈꿀 만한 좋은 사회일 것이다. 그러나 전체라는 사회집단을 위해서 개인인 나는 사회가 요구하는 총체적 가치에 복무해야 한다고 루카치 류의 말꾼들은 논리 정연하게 내지른다. 이런 말들이 정말로 옳은 건지 아닌지를 우리는 언제나 가려내야 한다. 달콤한 말 속에 들어 있는 독소나 거짓됨을 가려내는 일이야말로 인문학이 감당해야 할 덫이기도 하다.

> 별이 빛나는 창공을 보고 갈 수가 있고 또 가야만 하는 지도
> 를 읽을 수 있던 시대는 얼마나 행복했던가? 그리고 별빛이
> 그 길을 훤히 밝혀 주던 시대는 얼마나 행복했던가?

『소설의 이론』 머리말로 씌어 있던 이 말은 70~80년대 한
국의 젊은 대학생들 사이에서 그야말로 엄청나게 빛나는 금언
으로 믿도록 퍼져있었다. 그걸 누군가와 말이 통할 사람과 만
나면 만날 적마다 앵무새처럼 중얼거리곤 하였던 시절이 내겐
있었다. 그런 시대란 어떤 나라 어느 시대였던가? 루카치 그가
내세워 보여주려 하였던, 전형적인 그런 민주국가, 그 나라는
예전 시대 그리스였다는 거다. 나는 이 그리스라는 나라만 거
론되면 머리가 뒤숭숭해지곤 하여왔다. 처음에 나는 그 나라
야말로 민주주의의 최고급 상층에 모셔둘만한 정치를 오래전
부터 해왔다는 말로 믿어왔다. 정말 그랬을까?

1970~1980년대 금서목록에 올라있는 대한민국의 엄혹한
군부독재자 시절에 몰래 숨겨가며 읽었던 젊은 시절을 몽땅
나는 사기당한 느낌이 있다. 그래서 헝가리 출신 게오르그 루
카치야말로 우리 시대 최고의 지성인이라고 침을 튀기며 떠들
곤 하였던 때가 있었다. 지금도 부끄럽다. 그는 소련에 10여 년
머물면서 이런 통합, 총체성 이론을 완성하였다고 했다. 그는
곧 레닌이나 스탈린이 지닌 권력 틀에 사변적 기름칠이나 해
준 철저한 관변학자였던 것을 나는 몰랐던 것이다. 우리는 지

금도 그리스의 철학자 플라톤이나 아리스토텔레스 같은 그리스 사람들이 권력 틀 기름칠 꾼 관변 학자들이었을 뿐이라는 걸 모르고 지내는 편이다. 기원전 그리스의 알렉산더 왕이 디오게네스 앞에 말 탄 채 나타나 '내가 누군지 아느냐?' 그리고 바라는 게 뭐냐?'물었다던 저 방자스런 권력 깡패 앞에서 '내 빛이나 막지 말아 달라!'고 진짜 철학인다운 말을 했다던 디오게네스에 비하면 사람은 계급의 등급이 있어 철학자 군왕, 은행가, 체육인 목사 그리고 베끼는 예술가 따위로 나누어 살폈다던 좀스런 사람들을 일러 대단한 철학자입네 아니면 서양 철학의 아버지입네 시조입네 따위로 읊조리는 서양 앎 패들의 시큼한 말투가 이제 와서는 시들해 졌다는 것을 나는 밝히겠다.

그런데 실은 1930년대 후반 들어 세계가 온통 서양 제국주의 악당들이 설치던 그런 때에 아니, 이 나라는 이미 왜국 날도둑들이 나라 곳곳마다 자리 잡고 들어앉아, 왜말글만 써라! 성과 이름을 왜식으로 갈아라! 황국신민 됨을 깊이 깨우쳐 새겨라 따위 말도 안 되는 그런 행패를 부리던 때, 소련에서도 바흐찐이라는 문예이론가가 조심스럽게 무슨 이론을 던졌다가, 퍽 애를 먹었던 모양이다. 16세기 프랑스 작가 라블레의 풍자소설 『가르강뛰아』와 『빵따그뤼엘』을 가지고 소련 당대 사회현실을 그려내려 하였던, 그가 박사학위 논문으로 썼다는 이론 틀에서 그는 '다성악'이라는 독특한 말을 만들어 내었던 모양이다. 다성악! 모든 이야기는 긴 줄기로 이루어지되 이야기 중간 중간 틈틈이 다른 이야기 말씀들이 끼어든다. 그래서 우리의 이야기는 늘 여러 음과 빛을 지닌 채 소통되는 것이다. 소설은 그렇게 다성악적인 음색으로 직조되어 있다는 거다. 그의 그런 주장은 그의 저술 『도스또예쁘스끼 시학의 몇 문제』에서 시도되었다. 이 책은 1988년도 〈정음사〉에서 러시아 문학전공의 학자 김근식이 옮겨 처음으로 이 나라에 소개되었다. 이 책 앞머리에 속하는 제 1장 제목은 「도스또예쁘스끼의 다성악적 소설과 비평문학」이다. 그의 독특한 어법이 우리 눈을 확 가로챈다.

> 독립적이며 융합하지 않는 다수의 목소리들과 의식들, 그리고 각기 완전한 가치를 띤 목소리들의 진정한 다성악polyphony은 실제로 도스또예쁘스끼 소설의 핵심적인 특성이 되고 있다. 그의 작품에서 전개되고 있는 것은 한 작가의 의식에 비친 단일한 객관적 세계에서의 여러 성격들과 운명들이 아니라, 동등한 권리와 각자 자신의 세계를 가진 다수의 의식들이 각자 비융합성을 간직한 채로 어떤 사건의 통일체 속으로 결합하고 있는 과정이다.[13]

오늘 발표할 말 틀로 붙인 나의 저 이상해 보일 제목인 「나의 나됨과 너의 너됨 또 그의 그됨」이라는 말을 가지고, 나는 너도 나도 그도 하나로 융합할 수는 없는, '있음存在'으로의 사람들이 지닌 개인임을 이야기하려고 한다. 앞에 인용해 온 바흐찐이 읽은 사회현상은 어쩌면 내가 오늘 발표하고자 하는 생

---

13 도스또예쁘스끼, 김근식 옮김, 『도스또예쁘스끼 시학의 몇 문제』(정음사, 1988), 11쪽.

각과 퍽 비슷할지도 모른다. 사람은 어차피 모여 살게는 되어 있으니, 나와 너는 또 그는 서로 어울려 살아야 하는 것이지, 반드시 하나로 합쳐야 한다고 주장할 근거는 아무데도 없다. 그런데도 현실은 그렇지만 않다. 왜정시절 왜놈들이 우리말을 없애고 왜말에 왜글만 쓰도록 강요하였다든지, 근래 들어 이 나라에서 영어 공용론을 솔솔 뿌려 미-영국 사람들이 쓰는 말로 통합하려는 꼼수 따위는, 모두 다 내가 너를 억압하여 너를 수단으로만 여기려는 특이한 집단의 도덕적 불감 증세와 관계가 깊다. 누구든지 오랫동안 써왔던 익숙한 내말을 바꾸어 네말로 하-써야 한다든지, 그의 말이 세계 많은 나라 사람들이 쓰고 있으니까 너도 그의 말을 배워 그걸 써야 한다고 억압한다면, 그 억압 속에는 반드시 누군가를 억눌러 깔고 앉겠다는 폭력이 들어 있다고, 나는 주장할 생각이다.

최근 한 때 이명박이라는 사람과 그 패거리들이 이 나라를 말아먹던 시절에 어디로부터 흘러나온 것인지도 모르게 각 대학교에서는 영어를 공용어로 쓰자는 주장이 솔솔 뿌려진 적이 있었다. 이런 권력 마피아들의 말투는 누구를 막론하고 대체로 미치광이들의 횡설수설이 들어 있다.[14] 한 나라의 살림살이 문

---

14 한자말로 광기(狂氣)라고 쓰는 이 미치광이 짓은 프랑스의 한 학자 미셀 푸꼬가 1961년 도에 낸 저술 『광기의 역사』에서 깊이 있게 다뤄졌다. 그는 16세기 이래 인간들 삶에서 일어나 보인 여러 미친 증세를 밝혀낸 인간 짓들에 관한 한 징후를 그는 광기의 역사에서 밝혔다. 1930년대 초 이 나라 작가 염상섭이 「표본실의 청개구리」에서 보여주고자 한 소설적 전망은 자본주의 시대가 실은 미치광이들의 발광시절이라는 진단이었다고 나는 읽는다. 제국주의 식민지개척주의 또는 자본주의 시절에 돈이 손에 넘치게 있는 자들이 마음 놓고 하고 제 멋대로 저지르는 모든 행위란 곧 미치광이 짓이라는 게 또한 나의 생각이다. 이 나라 사람들 70 퍼센트 이상의 사람들이 모르는 일을 마음 놓고 저지르며 4대 강을 막는다, 창조경제를 펼친다 하는 따위 짓거리들을 저지르는 패들은 대체로 미친 증세

제를 어떻게 한 사람 대통령이라는 사람 뜻대로 저지를 수 있고 또 그게 그대로 용인된 채 그대로 넘어갈 수가 있는 것일까? 이런 미치광이들이 전 세계에 포진한 상태로 이 지구는 온통 몸살을 앓고 있다. 그런데도 뭔가를 안다는 사람들은 모두 이런 사회 문제를 심각하게 다루어 고치자는 주장을 어둠 속에 묻어 잠재운 채 침묵의 몽둥이나 그것을 두려워하는 비겁한 숨죽임으로 죽여 간다.

불과 70여 년 동안 공산주의 정권을 유지하려 만든 문화적 지배 론이었던 '총체성 이론'은 당시만 해도 엄청난 세력으로 공산진영 국가에서 통용되어 왔었다. 그러나 그런 시절에 한 앎 꾼이 그 문제에 제동을 걸며 무슨 소리냐? 너는 너고 나는 나다. 그리고 또 그는 또한 그다. 그렇게 소리를 내며 '모든 물방울은 그 하나씩마다 태양이 빛난다.'고 말함으로써 문화나 종족 그리고 말이나 문자 전통이 하나로 통합되는 야바위 짓을 비판했던 적이 있었다. 대체로 엉뚱한 권력을 움켜쥔 권력자들은 모든 주민을 하나로 묶어 자기 말 한 말씀에 고분고분 말을 잘 듣도록 만드는 게 꿈이기 쉽다. 그들은 대체로 미쳐 있기 쉬우니까! 아니 모든 권력자들은 대체로 미치광이들이다. 이런 권력 미치광이들 속에다 나는 오늘, 눈감고 못 들은 척, 못 본 척, 잠든 척 하는 놈들까지, 그 범주에 넣어야 한다고도 주장할 생각이다. 문학은 바로 이런 미치광이들을 골라내어 세상

가 있다고 나는 볼 생각이고 또 권력자들 대부분이 다들 이런 미치광이라고도 주장할 생각이다.

에 들어냄으로써 사람들로 하여금 그 미치광이 광대 짓에 넘어가지 않도록 하는 기능을 지닌 말글 쓰기의 하나라고도 나는 주장할 생각이다. 모여 사는 사람들 사이에서 귀와 눈이 멀었거나 말을 못 하거나 하는 인생을 미치광이와는 어떻게 구분해야 할까? 생물학적으로 그런 사람들과 사회학적으로 그런 사람들은 근본적으로 다르다는 것을 밝히면서 나는 한 작가의 이야기를 끼워 넣으려고 한다.

포르투갈에서 태어난 주제 사라마구José Saramago는 1998년도에 노벨문학상을 받았다. 그는 『눈먼 자들의 도시』를 1995년도에 발표하였는데 이 작품 속에는 안과의사 부인 한 사람만 빼놓고는 다들 온통 눈이 멀었다. 그래서 그 도시는 눈먼 자들만 횡행한다. 그들을 정부가 수용하는 병동은 정신병동이다. 그 속에서 벌이는 음탕한 인간의 짓들은 가히 눈 뜨고 읽을 만하다. 그 뿐만이 아니다. 그 눈먼 자들 가운데 어디서 권총 한 자루를 손에 쥔 놈 하나가 총으로 위협하여 많은 젊은 여인들을 끌어다가 벗겨놓고 별의별 음탕한 짓거리로 사람됨을 농락한다. 이 도시는 어느 날 문득, 어쩌다가 이렇게 눈먼 자를 만나는 사람마다, 눈이 먼다. 이렇게 사람들이 어이없이 눈이 멀고 또 멀어버린다는 이 가상세계 현실이란, 실은 우리 시대의 정확한 실상이라는 게 그의 주장이다. 그런데 따지고 보면 작가 사라마구 뿐만이 아니라 우리 자신도 우리가 사는 이 시대란 눈 먼 자들이 횡행하는 그런 삶 판이라고 믿을 수밖에 없어 보인다. 우리 시대는 눈먼 자들의 도시인데다, 돈과 말길트기言路, 속임수, 총포라는 권력을 지닌 몇 놈들에 의해 사람들 대부분이 겁탈당하는 시절에, 우리는 모두 다 발가벗겨진 상태로 노출되어있다. 2015년 9월 30일자 〈한겨레〉신문 10쪽에는 "허재호 같은 억대 '황제 노역'은 사라졌지만…일당 수천만 원 '귀족 노역' 여전"이라는 기사에 돈 관련 범죄를 저지른 재벌 회장들에게 징역살이를 돈으로 바꾸어 계산할 때 하루의 삯이 한 때는 억대였다가 지금은 수 천 만원 씩 계산하여 판결한다고 기사화하였다. 이 시대 미치광이의 가장 핵심 숙주가 실은 '돈'이라는 환상이라는 것도 우리는 눈감고 모르는 척한다. 그렇게 눈먼 상태로 모르는 척 또 못 본 척 넘기곤 하는 진실기피 현상은 어쩌면 우리가 짓고 있는 가장 큰 죄악일지도 모른다.

내 말글과 나의 나뉨

이 지구에 모여 사는 사람들은 각기 그들 종족이 모여 살던 지역적 환경에 따라서 그들만이 쓰던 말글을 지닌 채 살아간다. 〈워싱턴 포스트〉 기자가 정리하여 놓았다고 인터넷에 떠있는 기사를 보면 세계 언어의 숫자는 대강 칠천백두(7,102)가지이며 가장 많이 쓰이는 말이 중국어인데 금세기 말쯤이면 이 언어의 반 가까이 사라질 것이라고 내다보고 있다. 이런 현상은 곧 제국주의 정책(식민지정책, 자본주의 정책, 세계화, 글로벌리제이션 따위 말들은 모두 이 제국주의 정책과 같은 통 속에 든 영감탱이들이다.)의 영향이 가장 큰 요인으로 그는 내다봤다. 알게 모르게 우리는 내가 쓰는 말과 글을 우습게 여기려는 버릇으로 길들여 왔다. 아니다. 어쩌면 자기 존재 그 살아있음 값조차 남보다 아래쪽에 있다는 열등감에 길들여져 왔다. 그렇게 사람들을 기죽게 길들이는 놈들은 누구일까? 어째서 너는 귀해 보이고 나는 천해 보이는 걸까? 네가 쓰는 말은 귀해 보이고 내가 쓰는 말은 이처럼 천해 보이는 걸까? 각 대학교에서 외국물을 좀 먹고 온 학자들이 강의시간이나 대화에서 쓰는 말이 대체로 영어 낱말 조립이다. 이미 그들은 외국, 특히 요즘은 거의 다 미국인데, 그 미국에 가서 박사학위를 받아 온 다음 그들은 미국의 언어식민지 정책에 완전하게 물들어 왔다고 봐야 한다. 그들이 묻혀 익힌, 서양만 밝히는 서양선호 바이러스는, 그의 생애 당대에는 거의 떼어버리기가 어렵다. 그런 말버릇을 자기 입에서 떼어내려고 한다면 아마도 엄청난 노력을 기우려야 할 것이다. 그래서 우리는 우리말로 학문하기 문제를 심각하게 제기하는 것이다.

왜국 악당들이 1939년도부터 조선 중등학교 교육에서 왜국 말글만 쓰도록 법령을 제정하여 강제한 것은 어쩌면 이런 사람됨의 어리석은 습속을 잘 알았기 때문일 터이다. 그러나 그들이 쓴 강제주입 책략은 순진한 식민지정책의 한 꼴 새였기 쉽다. 지금 미국이 세계 각국에 벌이고 있는 언어식민지 책략은 왜국 책략에 비할 바가 안 될 정도로 그야말로 교활하고 악독하기 그지없다. 우리가 몇 년 전에 겪었던 이 나라 앎 꾼들의 수군거리던 말투를 생각해 볼 필요가 있다. 이를테면 이 나라 대통령이라는 이명박 같은 얼간이 악당을 시켜 스스로 영어만 쓰도록 만들어보자는 투로 그들은 영어제국주의 책략을 쓴다. 각 대학교 무슨 교수들 입으로 흘린, 영어로 강의하고 영어를 공용어로 하자는, 의견몰이가 있었던 일을 우리는 기억한다. 참 무서운 일이다. 각종 극우파 신문들이 입을 모아 그런 의견몰이에 나섰던 일을 잊어서는 안 된다. 그들은 어느 때든 자기 편 이익을 위해 민족[15]입네 동족입네 하는 공동체 문화를 헌 신 버리듯 버릴 준비가 들어 있는 족속이다.

광복 직후 이 나라 문학교육 과정에서 왜국 밀정인 이인직의 『혈의 누』니 『치악산』 따위의 밀정 소설을 한국문학의 빼어난 별로 인식하게 하는 글쓰기로 젊은이들을 현혹하였음을 우리는 눈여겨 읽지 않아왔다. 초기의 동경 유학파로 분류되는 사람들 가운데 이인직이나 이광수 이해조 김동인 들은 왜국이야말로 우리나라가 본받아 나라를 발전시킬 수 있는 유일한 살길이라고 목청을 드높였다. 김동인이 쓴 『춘원연구春園硏究』 앞머리에는 이렇게 시작한다.

> 이러구러 이씨조선도 그 終末이 가까왔다. 세대가 차차 복잡하여 가면서 外事多端 外國(西洋)文化의 수입 등, 차차 어지러워 가서 民間事에 일일이 양반들이 간섭하기가 힘들어 갔다.

---

15 한 때 민족주의라는 말을 금기시한 때가 있었다. 히틀러니 무솔리니니 하는 미치광이들이 내세우며 저지른 악행에 민족주의라는 강렬한 구호가 있었다. 순수한 민족 어쩌고 하는 말투가 남을 억압하는 말투로 보였기 때문이다. 그러나 백범 김구가 민족주의를 규정한 말뜻은 이렇다. '民族主義는 世界가 規定하는 自己 民族만 强化하여 他民族을 壓迫하는 主義가 아니고 韓國民族도 獨立하야 다른 民族과 가튼 完全 幸福을 享有하자 함' 백범 김구 자서전, 『백범일지』(서울; 돌베개 도진순 주해, 2003), 309쪽.

아직껏 인생의 末技로서 수모받던 예술도 차차 그 날개를 자유로이 펴도 간섭할 사람이 없어졌다.

菊初 李人稙; 한 개의 彗星이 나타났다. 菊初 李人稙이었다.

과연 彗星이었다. 황량한 조선의 벌판에 문학이라는 씨를 뿌리고자 나타난 菊初는 〈鬼의 聲〉〈치악산〉〈血의 淚〉 등 몇 개의 씨를 뿌려놓고는 요절하였다. 혜성과 같이 나타났다가 혜성과 같이 사라졌다.

山間에 피었던 한 개 名花, 그러나 樵夫들은 이 名花를 알지 못하였다. 남이 알지 못하는 새에 피었다가 져 버렸다.

그 뒤를 받아 가지고 일어선 사람이 春園 李光洙다. 初年의 號는 孤舟─외배, 그 뒤에 春園, 長白山人 등 여러 가지의 이름을 가진 李光洙.[16]

이인직이나 김동인은 한국 문학사에서 이른바 개화기[17] 문학이라는 엉뚱한 말투를 대변하는 인물들이다. 그런 판결은 그들 스스로 그것을 자처하였고 또 뒤쪽 후계자들도 그의 편에 서서 그렇게 서술하는 것을 당연한 것으로 여겨왔다.

나는 꽤 오래 전부터 이들 왜정 시대 문인들에 대한 평가 문제를 심각하게 고심하여 왔다. 한국 소설사나 한국 문학사 기술을 완결 짓지 못한 상태어서나마 나는 이들에 대한 문학

---

16 『동인전집』제 8권(弘字出版社, 1969년), 487쪽.

17 개화기라는 말은 이 나라가 미개한 나라라는 것을 전제하고 만들어진 말투다. 이런 말투 자체가 실은 제국주의 패들이 부려대는 침략정책 의견몰이의 전초적인 전략이다. 더글러스 러미스 지음, 김종철/이완 옮김, 『경제성장이 안 되면 우리는 풍요롭지 못할 것인가』 (대구; 녹색평론가, 2002), 61~69쪽 참조.

적 판결을 '밀정소설론'이라는 장으로 풀이하여 왔다. 밀정密偵이란 간첩間諜이나 간자間者, 영어로 스파이spy라고도 불리고, 우리나라 말로는 '발쇠꾼'이라고 불린다. 적대상태에 있는 두 나라 사이에 서서 자기 이익이 되는 쪽으로만 언제든 생각이나 행동을 바꾸면서 양쪽 모두에게 해를 끼치는 사람됨을 '밀정'이나 '스파이' '발쇠꾼'으로 일러 사람들은 그들을 아예 사람취급조차 하지 않으려 해왔다. 아민 말루프가 쓴 『아랍인의 눈으로 본 십자군 전쟁』에는 프랑코 패들은(프랑스 것들)이 밀정들을 잡아 불에 구워먹는 장면이 눈 시리게 나온다. 사람됨의 끔찍한 역사적 발자취로 읽혀 머리털이 곤두선다. 너와 내 사이에 내편도 아니고 네 편도 아닌 사람이 왔다 갔다 하면서 양쪽 눈치나 살피는 그런 놈을 누가 찐덥게 맞아 대접하겠는가?

우리 말글로 이야기 문학인 소설을 써서 한국의 개항기開港期 작가로 이름을 올린 이인직李人稙이나 이광수李光洙, 김동인金東仁 같은 사람들을 밀정 소설가 테두리에 넣을 수 있는 근거가 무엇이냐? 이런 물음에 대한 대답은 제대로 하지 못하면 아주 난처한 골목길로 몰릴 우려가 있다. 그러나 나는 자주 이 테두리를 내 문학사 기술관련 글에 넣고 대강 이런 방식으로 논증하여왔다. 이것을 다시 강조하면서 풀어 보이면 대체로 이렇게 정리된다. 이 대답에서 반드시 전제되어야 할 정리란, 문학이 무엇이냐? 하는 문제 풀이로부터 시작해야 할 것이다. 문학이란 무엇인가? 시나 소설은 무엇인가? 그리고 비평이란 무엇인가? 게다가 한국문인(작가 시인 비평가)이란 누구를 가리키는 말인가? 조금 서둘러 넘어가자면, 한국 사람으로서 한국말글로 이야기 문학인 소설小說을 기록하였고 또 시詩로 썼다면, 일단 그들을 한국 작가나 시인이라 일컫는 데, 큰 무리는 없을 터이다. 다시 두 번째 전제조건으로 넘어가기로 한다. 모든 문학작품은 그것을 누군가가 읽어 시인이나 작가가 썼던 글 속에서 무엇인지 전해오는 소통의 어떤 말맛을 전해 받아야 비로소 문학행위가 이루어진다. 그러므로 문학행위는 그 작품들은 읽을 수 있는 독자가 전제돼야 한다. 한국말글로 된 한국 소설은 누가 읽는가? 한국말글을 익히 아는 한국 사람이 이 이야기나 느낌 글을 읽을 수밖에 없다. 자아! 이제 곧바로 밀정 소설론으로 넘어가기로 한다.

1894에서 그 다음 해(1895년)까지 한국 땅의 허리춤 되는 평양 땅에서 격렬한 전투가 벌어졌다. 왜국과 청나라 대국(청국) 병정들이 이 나라에 와서 콩 볶는 듯한 총질로 싸움을 벌였다. 싸움의 원인분석이 이 소설에서는 별로 없으나 그 원인은 누가 조선 사람들을 움켜잡아 종으로 삼을 것인가를 가리는 판씨름이었던 것이다.[18] 한국 사람으로서 이처럼 참혹한 겪음에 어떤 뜻이 숨어 있었는가? 이른바 '개화기 소설의 개척자이며 혜성 같은 인물'이라고 칭찬받던 이인직은 바로 이런 참혹한 한국 사람들의 겪음 내기를 적으면서 왜국 총이야말로

---

18 이 시기 동학농민전쟁이나 조선 왕조 패들이 청국이냐 왜국이냐 아니면 아라사냐 남의 나라에 등줄기를 대고 자기 패들 권력을 유지하려고 빌빌거리다가 그렇게 엄청난 재난을 불러들였다는 사실은 정확하게 기술되어 알려지고 있는지 걱정스러운 요즘이다. 국정교과서를 굳이 고집하는 현 정권 패들의 친미일 악당패들의 꼼수들이 너무 눈에 띄게 1930년대 조선 삶 판을 닮아가고 있으니 이를 어쩌나?

맞아도 총알에 독이 없는 착한 총알이라는 투의 과장된 수사
로 써서 왜국을 칭찬해 마지않았다. 그처럼 무서운 전쟁 통에
아버지 어머니를 잃고 떠돌던 옥련이는 다행이도 왜놈 총탄에
맞는 바람에 독이 번지지 않아 목숨을 살린데다가 그를 구출
한 왜병 군의관 이노우에에게 양녀로 입양되어 왜국에까지 갔
고, 양부 아버지가 죽자 양 어머니의 학대를 견디기 어려워하
였으나, 우연히 구완서를 만나 둘이 함께 미국으로 건너가 신
식 교육을 받아 눈을 확 떴고, 그곳에서 미국에 가 있던 아버
지 김관일을 만났다는 기쁨을 평양의 어머니에게 편지로 전하
는 이야기이다. 이 이야기의 작가 속뜻은 무엇인가? 이인직이
왜국에서 길러낸 밀정 또는 간자間者 발쇠꾼이라는 증거는 바
로 그가 자기화법으로 주장하려는 강렬한 속뜻이 바로 친일친
미에 있다고 읽히기 때문이다. 당대 한국의 운명은 일본만이
한국인을 구원할 나라이며 그 뒤에는 미국이 또 든든하게 버
티고 있다는 주장은 오늘날 극우 보수 반동이라고 읽히는 일
베라든지 각종 극우 조직 패들의 주장에서 다시 읽게 된다. 여
북하면 '헬조선'이라는 말로 이 나라 형편을 젊은이들 스스로
비하할까? 참혹한 일이다.

　상해 임시정부 산하 기관지 〈독립신문〉사장을 맡았던, 이
광수는 1921년 '죽어도 괜찮은 일곱 놈들七可殺'을 〈독립신
문〉에 기초 발표하여 조선 사람들을 격동시켰었다. 그러나 그
다음 해엔가 조선에 들어와 친일행적으로 많은 조선 사람들
을 부끄럽게 하였던 이광수 같은 인물은 그의 대표소설이라고
거론되곤 하는 「무정」에서부터 이미 왜국을 등에 멘 꾀죄죄

한 밀정의 하나였다. 그렇다면 김동인은 어떻게 그 밀정소설론에 넣을 수 있을까? 그의 대표작품을 무엇으로 읽던, 그의 초기 작품 「약한 자의 슬픔」 속의 주인공은 당대 강자로 착각하였던 왜국부라퀴를 등에 댄 꾀죄죄한 작가였고 그가 뒷날 광복 직후에 쓴 「망국인기亡國人記」는 지금 읽어도 얼굴이 붉어질 참담한 어리석음을 드러내고 있을 뿐이다. 밀정이 무엇이겠는가? 왜국 유학의 명패를 어깨에 찰싹 붙인 채 잘 난 척하고, 이 나라 방방곡곡에 가서 아는 척하는 말을 지껄였거나, 어깨에 힘을 주고 얼굴을 치켜든 앎 패들을 모두 다 그렇게 읽어야 하는 것이 아닐까? 뒷날 '친일문학론'으로 또는 방대한 『친일인명사전』들에 이름을 올린 부끄러운 조선인들이 얼마나 많았던가? 그런 시기에도 다음과 같은 시 글쓰기로, 자기 자리를 힘겹게 버티고 있는 동족 말글 쓰는 이들에게, 용기를 준 시인들은 있었다. 1925년도에 발표한 이상화의 시 「시인에게」를 보이면 이렇다.

한 편의 시 그것으로
새로운 세계 하나를 낳아야 할 줄 깨칠 그 때라야
시인아 너의 존재가
비로소 우주에게 없지 못할 너로 알려질 것이다.
가뭄 든 논께에는 청개고리의 울음이 있어야 하듯—

새 세계란 속에서도
마음과 몸이 갈려 사는 줄풍류만 나와 보아라.

시인아 너의 목숨은

진저리나는 절름바리 노릇을 아직도 하는 것이다.

언제든지 日蝕된 해가 돋으면 뭣하며 진들 어떠랴.

시인아 너의 영광은

멋진 개 꼬리도 밟는 어린애의 짬없는 그 마음이 되야

밤이라도 낮이라도

새 세계를 낳으려 소댄 자욱이 시가 될 때에—있다.

촛불로 날라들어 죽어도 아름다운 나비를 보아라.[19]

　참으로 아름답고 빼어난 정신의 물줄기를 뿜어내는 시임에 틀림이 없다. 이상화는 마음으로도 몸으로도 나라를 잃은 이들의 아픔을 꿰뚫어 읽었던 지성인이자 훌륭한 시인이었다. 꾀죄죄하고 어리석은 이인직이나 이광수 따위와는 아예 격을 달리하는 정신의 보금자리를 꾸며낸 사람 그가 바로 이상화였다. 사람의 드높은 격조를 만드는 것이 곧 정신 다잡기와 관계가 깊다는 것을 알게 하는 좋은 시의 본보기이기도 하다.

19　김학동, 『이상화 작품집』(형설출판사, 1977), 89쪽. 「詩人에게」 전문으로, 일부 낱말을 저자가 현대 낱말로 수정하였다. 예컨대, 한아를=하나를, 절눔바리노룻=절름바리 노릇, 잇다=있다 등이 있다.

맺는 말

자기 말글로 글을 쓴다든지 말을 많이 반복해서 한다는 것이 얼마나 무섭고 두려우며 또 행복한 일인지를 아는 이는 많지 않다. 자기 말글을 누군가에게 빼앗긴 채 남의 말글로 살아야 한다면 그게 어떤 불행한 삶의 조건인지를 실제로 겪어보지 않은 사람들은 잘 모를 터이다. 오늘 이 자리에서 내가 여러 말로 지껄인 수다스런 주장들을 결론적으로 줄여서 내세워 볼 것은 대체로 이렇다.

첫째 사람은 이 세상 어느 누구도 남에게 굽실거리며 한 세상 살기를 바라는 이는 아무도 없다. 실은 그런데 이게 정말일까? 어쩌면 남이 나를 자주 때리거나, 죽이지만 않는다면, 남의 종질로 한 세상살이를 사는 것도 괜찮겠다고 여기는 사람도 있을 것인가? 그게 그렇다면 내 주장이란 어쩌면 남에게 가하는 폭력일 수도 있겠다. 나는 그가 누구이든 나에게 이래라저래라 하면 당장 돌아선다. 설령 내가 깊이 사랑하는 사람이라 할지라도 행여 그가 나에게 자꾸 이래라 저래라 한다면 나는 또한 내 사랑하는 마음을 돌릴 것임에 틀림이 없다. 나는 언제나 나이고 너는 또한 언제나 너이기 때문이다. 내가 나이고 네가 너라는 또 그가 그라는 이 말뜻을 조금 넓히면 나는 하나의 세계이자 국가이며 나라이고 우주다. 너 또한 그렇다. 그도 그렇고!

둘째, 모든 인간은 '내 것' 착시현상인 소유라는 감옥에 갇혀 산다. 내가 지닌 내 몸뚱이가 내 것이라면 내 몸뚱이 속에

든 모든 형이하학적인 것은 물론이고 형이상학적인 모든 것 또한 나에게 귀속된 어떤 것이다. 내가 어려서부터 써온 말과 글은 어느 누가 바꾸라든지 버리라고 내게 절대 말할 수 없다. 내가 너 그대에게 그렇게 말할 수 없듯이! 그런데도 인류는 가끔씩 그런 경우를 당하곤 하여 왔다. 그런 경우를 만드는 패들은 역사적으로 꽤 많았다. 그들이 누구인가? 권력을 손에 쥔 악당들인 왕이나 천자 천황 대통령 영수 주석 따위 별의별 해괴한 이름을 다 가져다 붙인 권력패들이 바로 그들이다. 권력패들에게는 늘 남녀 노예와 종들이 필요하다. 그런 종들은 자기가 쓰는 말글을 같이 써야 부려먹기가 편리하다. 그래서 그들은 툭하면 말글이나 무슨 원칙을 하나로 뭉뚱거려 융(통)합하자고 외친다거나 법률을 만들자고 그것을 강제한다. 악마들일시 분명하다. 권력으로 남을 강제하려는 이들이야말로 죄악의 사신들임을 모두가 잘 인식하여 대처해야 한다.

셋째, 세계의 각 종족들이 오랫동안 써왔던 모든 말이나 글은 그것 자체가 인류의 귀중한 자산이자 보물이다. 우리는 각자가 선 자리에서 세계에 퍼져 있는 모든 인류자산을 지키는 데 온 힘을 써야 한다. 네가 이때까지 편하게 써왔던 너의 말글과 너의 너됨은 바로 같은 격으로 드높은 것이다. 내가 이때까지 써왔고 또 지켜온 말글이 존엄하고 드높은 값을 지닌 것도 또 그가 지녀왔던 것도 똑같이 고귀하고 드높은 것이듯이! 존엄한 가치, 드높은 값을 지닌 우리들 삶의 몸뚱이처럼, 우리가 각기 써 온 말글은 누구에게도 빼앗기거나 억압받아서는 안 된다는 것을 세계 여러 나라에 공표하여 널리 알려야 한다.

넷째, 우리나라 사람들이 알게 모르게 지닌 드높은 자산이 곧 우리 말글이라는 사실을, 우리는 어느 자리에서나 자주 말하고 글로 밝히며 주장해야 한다고 나는 믿는다. 그리고 나는 이 믿음을 자주 확인하여 남들에게도 이것을 주장하려고 한다. 너와 그 그들이 지닌 말과 글을 귀하게 여기며 그것을 드높여 기리는 정신 또한, 나의 나됨을 만들어 나가면서 나를 지키는, 그 정신 못지않게 지켜가야 한다고도 나는 주장할 생각이다.

다섯째, 마지막으로 다시 한 차례 강조해야 할 것은 어디까지나 나는 나이고 너는 너이며 그 또한 그다. 나와 너나 그가 서로를 알려고 한다면 너의 너임과 동시에 너됨을 절대적으로 존중하는 마음 쓰기를 지녀야 한다. 내가 네 쪽으로 다가설 때 나의 말로 너를 끌어들일 생각은 절대로 지녀서는 안 되는 것이다. 이것이 불문율이면서 동시에 사람이 지켜야 할 가장 올바른 삶의 길이다. 그런데 이 인류역사는 그것을 집단적으로 깨버린 죄악이 너무 크게 저질러져 왔다. 프랑코 족속이 1096년대로부터 195여 년 동안(1069~1291) 아라비아 쪽으로 십자가 형상을 등에 진 채 쳐들어가 각종 범죄를 저질렀고, 영국이 중국에 아편 밀매를 막는다는 핑계를 트집 잡아 아편전쟁을 치르는 악행들을 저질렀으며, 미국은 전 세계 각 나라마다 쳐들어가 분란을 일으키지 않은 나라가 없을 정도로 현재까지도 악행들을 저지르고 있다. 게다가 미국은 일찌감치 왜국을 시켜 이 나라 조선 땅에 왜놈들이 기어들어와 36년 동안 분란을 일으키게 하여 이 민족에게 치욕을 견디게 하여왔다. 이런 참혹하고도 더러운 인류의 역사적 참상을 우리는 지니고 있다. 세계 여러 나라에서 이런 따위 악행들이 저질러지는 동안 우리는 너의 너됨이나 나의 나됨 또는 그의 그됨이라는 절대적 있음 값이 자주 망가지거나 더럽게 떨어져 나간다. 너는 너이고 또 나는 나이며 그는 또한 그이다. 그가 쓰는 말글이나 문화는 누구도 훼손해서는 안 되는 이 세계문자를, 있는 그대로 존속되도록 우리가 보호하고 감시하며 북돋아야 할 철학적 원리라는 것을, 결론적으로 이 자리에서 다시 강조하려고 한다.

인문정신 찾기와
윤동주의 시

드는 말

　이 글은 2009년 5월 연세대학교 교육대학원에서 행한 특강을 위해 작성한 원고였다. 아직 이 원고를 내 평론집에 수록하지 않았기에, 이중으로 써먹는, 고단하고도 얌체 같은 짓은 아니겠거니 하면서 다시 읽어보았다. 게다가 당시에는 발표 제목조차 「제국주의와 윤동주의 시」였다. 제국주의란 남의 재물이나 토지를 빼앗아 자기 것으로 챙기는 조직폭력을 이르는 말이다. 사람의 역사를 가만히 들여다보면, 아주 오래 전부터, 이 제국주의라는 악덕이 동서양을 막론하고 저질러져 왔다. 왜국이 미국의 등밀이를 받으며[1] 저질렀던, 한반도 식민지 행악은 분명 비 인문정신의 한 사례였다. 이런 악행 속에서 당대 한국 사람들은 수없이 죽었거나, 자기 삶터에서 쫓겨나는, 수모를 견뎌야 했다. 윤동주 시를 오늘날 우리가 다시 읽고, 그의

1　1905년도에 비밀리에 맺는 〈가쓰라-태프트 밀약〉은 당시 미국 대통령 시어도르 루스벨트의 허락을 받아 이루어진 미국의 태평양 전략이었고, 이 밀약은 〈케넌 프로젝트〉라는 구상으로, 현재에도 살아 있다고 알려져 있다. "일본의 구식민지였던 곳, 그러니까 한반도와 만주 등을 일본의 재지배에 맡겨야 한반도를 타고 내려오는 소련 세력을 막을 수 있다는 것이 바로 '캐넌 구상'의 본질이다. 그리고 이걸 트루먼이 받아들였다."

짧았던 한 살이를 되돌아볼 까닭은, 현재에도 이런 악행이 이 나라에 슬금슬금 떠돌아다니거나, 꿈틀거리고 있다고 여기기 때문이다. 윤동주, 그는 인문정신의 아주 뚜렷한 추구자였고, 그것을 지키려고 목숨까지 잃은, 위대한 시인이었다. 그는 그가 살았던 당대에, 왜국과 싸워서 단호하게 물리치자고 앞서 나섰던 전사나, 혁명가는 아니었다. 그러나 그는 시를 그 시대에 써서, 왜국이 저지른 악행이 얼마나 천하고 어리석은 짓이었는지를 전 세계에 알렸고 또 지금도 그것을 증명하면서 찬연하게 빛나고 있다. 그에 관한 이야기를 시작해 보기로 한다.

'원본대조 윤동주 전집'『하늘과 바람과 별과 시』를 연세대학교에서 출판한지 네 해를 넘기고 있다. 이 시집은 윤동주 유가족 윤인석 교수(그 어머니 정덕희 여사와)가 보관하고 있는 윤동주 자필원고를 1999년도에 민음사 판『윤동주 가필 시고전집』을 낸 지 꼭 6년 만에 이루어진 일이었다. 연세대학교가 윤동주를 기리는 기념 사업회를 만들어 몇 가지 기념행사를 꾸리고 있던 왕성한 활동기에 접어들었던 2005년도의 일이었다.

윤동주에 관련된 이 두 시 전집 출간은 어쩌면 윤동주에 관한 연구를 위한 정본작업이 완결된 사건이었다.[2] 그러나 문단 글 판이든 다른 어떤 문화관련 단체에서 이렇다 할 새로운 평가 작업은 별로 없었다. 2008년도에 연극인 표재순 교수가

---

2 윤동주 정본시집이라는 책은 이미 2004년도에 홍장학이라는 교사가 〈문학과지성사〉에서 내었기 때문에 정본전집이라는 이름의 책은 두 권이 되는 셈이다. 당시 이 연세대학교 본 정본작업을 하고 있던 우리(신원섭, 윤인석, 정현기)는 이 〈문학과지성사〉 판 정본 출간을 이미 알았다. 하지만 이 홍장학 본에는 시 여섯 편이 빠져 있다. 현대어 철자본과 동시에 원본을 함께 수록하고 있던 우리는 여러 쪽에서 무척 공을 들였다.

기획하여 「하늘과 바람과 별과 시」라는 제목의 연극을 국립극장에서 연출한 것을 비롯하여, 전국 각지에서 여러 달 동안 공연한 것을 빼고는 이렇다 할 눈에 띄는 문학적 사건은 없었다. 이 문제 또한 문학과지성사 판 본을 낸 홍장학 선생이 그 정본 전집 머리말에서 쓴 '우리의 고질적인 정신적 치매'현상과도 깊은 관련이 있다.[3] 윤동주는 어린이들이나 감수성이 뛰어난 몇몇 젊은이들이 즐겨 읽고 외는 서정시인의 하나일 뿐이라는 생각들이 한국의 많은 문학이론가나 학자들의 마음을 집어삼키고 있음에 틀림없다. 윤동주의 시를 그가 썼던 시대 민족 공통의 아픔이나 제국주의의 더러운 부라퀴 짓에 대한 아무런 덧댐이 없이 그냥 느낌이 오는 대로 느낌을 누리기만 되는 것이라는 퍽 쉬운 '자기 감추기'와 눈 가리기가 우리 지식사회에는 널리 퍼져 있다.

그런데 정말 한 편의 시가 그것이 씌어진 때와 곳 바로 그것을 쓸 때의 바람, 꿈, 기분 따위와는 아무런 관련도 없이 60~70년이 훌쩍 넘는 시간적 벼랑을 뛰어넘어 느낌이 오는 대로 읽고 느끼기만 되는 것일까? 예컨대 이런 시가 오늘날 씌어져 발표된다면 일반 독자들이 어떻게 느낄까?

이 몸 삼기실 제 님을 좇아 삼기시니

---

3 2012년에는 안중근이 이등박문을 죽임으로써 한민족의 한과 설움을 풀어주었던 때로부터 109년이 되는 해다. 그런데도 한국지식사회는 이렇다 할 아무런 기념행사도 별다른 감흥의 움직임도 없다. 우리가 앓고 있는 '정신적 치매'현상으로 두 번째로 안중근을 죽이는 셈이 아닐 것인가!

한 생生연분이며 하늘 모를 일이런가

나 하나 젊어 있고 님 하나 날 괴시니

이 마음 이 사랑 견줄 데 노여없다

평생平生에 원願하오되 한데 네자 하였더니

늙거야 무슨 일로 외오 두고 그리는고

  이 시는 한국 고전 문학사에서 길이 보존되고 오늘날에도 널리 읽히고 배우는 송강松江 정철鄭澈(1536~1593)의 「사미인곡」이다. 조선조 명종 대로부터 광해군, 선조 때 살았고, 벼슬살이와 귀양살이를 거듭하였던, 이 시인은 뛰어난 글재주로 몇몇 벼슬살이를 하였던 지식인으로서 '임진왜란(1592~1598)' 때에도 왕을 보필하며 의주로 따라갔던 벼슬아치였다. 왕권시대에 벼슬아치란 왕의 입맛에 벗어나기라도 하면 내침 당하거나 귀양살이를 살다가 사약 따위를 받아 죽기도하는 그런 처지였다. 왕은 툭하면 그런 심통으로 자기 권위를 내 보인다. 참 고약한 일의 하나였다. 그런데 이 시인의 위 시는 왕을 애인으로 삼아 저렇게 애끓은 시로 남겼다. 하필 왕에 대한 그리움을 이 따위로 적어 뒷세상에까지 알린 것은, 지금 읽으면, 좀 역한 느낌이 없지 않다. 그런데도 그의 시는, 400여 년 밤낮을 훌쩍 뛰어넘는, 오늘날에도 한국인 모두에게 읽혀 마음을 사무치게 하는 울림이 있다. 내용 그 자체의 이끌림이라기보다는 아마 물 흐르듯이 진행되는 우리말글의 매력에 그런 울림이 있는 것이나 아닐 것인지 모르겠다. 왕권 당시 지식인들 삶의 한 부분이, 이렇게 왕 가까이 다가서는 것으로만 오직 자기의 자기

됨을 만들 수 있었으니, 그 시절의 일반 지식인들이 사는 목표는, 오늘날에도 바뀌지 않고 그런 부류의 사람들이 있다는 것으로 이해하는 분위기 또한 이 시 울림에 큰 몫을 하는 셈이다. 하지만 이런 꼴불견의 시를 오늘날은 쓰지 않는다. 그래서 모든 시는 그것이 씌어진 당시대로 달려가는 시간여행을 통해서만 이해할 수 있는 어떤 것이다. 시는 언제나 시간과 공간을 포괄하는 글쓰기이다. 그래서 곧바로 말해 윤동주의 시편들은 1910년 이래 그가 태어난 1917년도, 그리고 1945년도까지, 왜정 제국주의 악행과 떼어놓고 읽을 수 없다. 생각조차 하기 싫은 어두운 시대 이야기이지만, 우리는 우리 몸속에 들어 있는 이 어둠에 대한 깊은 통찰이 필요하므로 윤동주가 힘겹게 살아내었던 제국주의 시대로 거슬러 올라가야 한다.

1917년과 1945년 사이의 시인 윤동주

한 편의 시를 읽고 풀이한다는 것은 그것을 쓴 사람의 숨결과 마음 속 깊은 어둠이나 밝음, 슬픔을 지켜보고 그 느낌들을 함께 한다는 뜻이다. 시는 어떤 사람이 글로 자기가 살았던 때 그에게 준 느낌들을 전하는 어떤 신호이다. 그 신호를 알려면 먼저 그 신호를 보낸 사람의 개인적 자아를 알아야 하고 그의 역사존재인 자아 '그'를 또 알아야 한다. 뿐만이 아니다. 시인 개인 그는 역사존재 '그'이면서 동시에 사회 존재 '그'이기도 하다. 이 세 층위로 살았던 한 시인의 시를 읽기 위해 뒷사람들은 그 시를 썼던 사람이 살았던 시대로 달려가기를 주저해서는 안 된다. 세상 사람들은 나쁜 사람들과 좋은 사람들로 나뉜다. 그들은 서로 섞여 살면서 나쁜 일로 일생을 마치거나 좋은 일로 일생을 마친다. 윤동주는 독립운동가로 나선 사람도 아니었고, 혁명을 주창한 혁명가도 아니었다. 뿐만 아니라 그는 그가 살았던 시대가 엄청나게 더러운 악당들에 의해 아주 많은 사람들이 짓밟혀 고통과 절망으로 신음한다는 사실을 공식적으로 내세워 항의하지도 않았다. 그러면 그는 좋은 사람이었나? 분명 그는 좋은 사람 무리에 드는 사람이었다. 게다가 그는 서정적인 말 가락으로 시를 쓴 시인이었다. 윤동주는 나쁜 사람들로 가득 찼던 왜정 시대 한 복판에서 깊은 신음으로 날을 지새웠던 시인이었다. 그의 개인적 '그됨'을 찾으려면 그의 또 다른 그인 사회적 '그'를 찾아나서야 한다. 낳고 자라고 죽는 사람, 그게 그의 그 됨을 만들어가는 삶의 밭이다.

태어나 겪는 아픈 겪음살이

윤동주는 1917년에 태어났다. 1910년에 한국은 나라를 빼앗겨 왜인들의 천지가 되었다. 나라를 빼앗긴다는 것에 대해서, 그것을 직접 겪어보지 않은 사람들은, 그 아픔과 슬픔, 기죽음이 어떤 것인지 제대로 잘 알지 못한다. 이제까지 익숙해 있던 모든 것이 남의 것으로 되면서 모든 것이 다 서먹서먹할 수밖에 없고, 자기 것이라고 느꼈던 모든 것이 용납되지 않는다. 뛰어난 농학자였고 여러 글도 썼던 유달영은 이렇게 말한 적이 있다.

내가 이 세상에 태어나고 보니 글쎄 나라가 없어요! 나라를 빼앗겼다는 것, 그게 어떤 것인지 여러분들이 알기나 할까?……그건 짐승만도 못한 대접을 받는다는 뜻이예요.

그가 1911년생이니 한일 합방이라는 민족의 치욕을 당한 지 바로 1년 뒤 해에 그는 태어난 것이다. '짐승만도 못한 대접'이라니! 제국주의란 내 삶의 평안함이나 행복, 즐거움, 풍족함을 위해 남을 부려서 그가 만들어낸 먹을거리나 입을 거리 또는 집과 토지를 빼앗아 챙기는 부라퀴(악당)들의 뻔뻔스러움을 부르는 이름이다. 이 낱말의 다른 이름은 요즘 여기저기서 자주들 지껄이는 세계화, 개발이념⁴, 신자유주의, 식민주의, 글로벌레이제이션 따위와 같은 쌍둥이 말이다. 남을 내 행복의 수단으로 삼는다! 이것은 그런 생각 자체가 악이다.

윤동주가 태어났던 1917년은 제정 러시아를 무너뜨린 러시아 볼셰비키 혁명이 일어난 해였다. 제왕으로 군림하는 사람들은 여러 가지 말들로 사람들을 억누르고 그들의 인격을 짓밟는다. 러시아에서는 세계역사상 세 번째로 혁명을 일으켜 사람됨의 문제를 다시 생각하게 하는 일들을 일으켰다. 1789년도에 프랑스에서 일어났던 프랑스 혁명 다음으로, 한국에서는 1869년 동학혁명을 일으켰고, 그리고 1917년도에 러시아

4　개발이라는 말은 제2차 대전이 끝나고 난 1949년 미국 대통령 트루먼이 1948년 1월 20일 대통령에 당선되고 난 그 취임 연설에서 처음 밝힌 말이라고 한다. 세계를 개발하겠다고 지껄인 이 말은 세계를 미국식으로 만들어 그들의 바라는 대로 다른 나라를 이래라 저래라 하겠다는 뜻이었다. 더글러스 러미스 지음, 김종철/이완 옮김, 『경제성장이 안되면 우리는 풍요롭지 못할 것인가』(녹색평론사, 2002), 61쪽.

가 그런 일을 일으켰다. 이런 생각의 물결, 마음의 물결들이 일어났던 배경에는 여러 가지 악랄한 군국주의 또는 제국주의라는 부라퀴 짓들이 각국에서 벌어지고 있었던 것이다. 알다시피 1905년도에는 미국 대통령 시어도르 루스벨트의 등밀이 정책을 받아, 포츠마스에서 카츠라-태프트 조약을 몰래 맺어, 조선 땅을 일본이 집어삼키는데, 미국 대통령이 이를 밀어주겠다는 희극적인 비밀 협약을 맺었던 해였다. 고종 왕제는 멋도 모른 채 루스벨트 미국 대통령에게 편지를 보내어 일본인들의 악행을 막아달라고 빌고 있다.[5] 그러나 26대 미국 대통령 시어도르 루스벨트는 그 해에 자기 딸을 보내어 고종황제를 달래는 척 하면서 5년 뒤에는 남의 나라 조선을 왜국이 집어 삼키도록 하였다. 이유는 러시아의 남진 정책을 막기 위해서 조선을 일본에게 맡기겠다는 더러운 정치적 심보였다. 제국주의는 사람들을 더럽힌다. 이렇게 사람들이 더럽혀져 가던 때에 윤동주는 태어난 것이다. 그것도 중국 길림성에 있는 연변지역 용정에서였다.

윤동주가 연변 지역 용정에서 태어나 그곳에서 초등학교 중등학교를 졸업하고, 연희전문학교 문과생으로 입학한 해는 1938년 그의 나이 스물두 살 때였다. 그는 잠시 평양에 있던 숭실 고등학교에 유학 왔다가 이제까지 학교행정을 맡아하였던 한인 교장을 왜인으로 갈아치우는 눈꼴 신 일을 보고 퇴

---

5   미국정부에 보낸 한국 황제의 항의문. 유광렬 편, 『항일선언·창의문집(倡義文集)』(서문당, 1975), 63~65쪽.

교하거나 항의하였던 겪음이 있었다. 이 해에 조선에서는 중등 학교에서 조선어 과목을 폐지함으로써 조선어 말살 정책을 쓰기 시작하였다. 그런데 이번에는 전문 대학교에서조차 왜말로만 읽고 쓰라고 밀어붙인다. 나의 나됨을 왜 것에서 만들라고 강요된 삶판, 그것은 유달영 선생 말처럼, 사람을 짐승으로 떨어뜨린다는 뜻과 같은 억누름이다. 남에게 얽매어 궂긴 일을 마다할 수 없이 해야 하는 종 됨! 제국주의는 남을 종 삼아 배를 채우려는 부라퀴들의 행악을 일컫는 말이다. 번연히 자기가 쓰던 말을 버리고 남의 말을 쓰라는 억지를 참아야 하는 조선 사람, 그런 시대에 피 끓는 젊은 배우미 앎 꾼들이 겪어야 할 마음 상태는 어떤 것이었을까? 게다가 그 다음 다음 해인 1940년도에 이르면 이름과 성조차 왜식으로 갈아치우라는 창씨개명을 강요하였다. 말과 글은 말할 것도 없고, 조상 대대로 물려받아 자아 '나의 나됨'을 승인받던 그 존재증명인 성과 이름을 버려야 한다! 이때 윤동주가 쓴 시에 「어머니」가 있다.

어머니!
젖을 빨려 이 마음을 달래어 주시오.
이 밤이 자꾸 서러워지나이다.

이 아이는 턱에 수염자리 잡히도록
무엇을 먹고 자랐나이까?
오늘도 흰 주먹이
입에 그대로 물려 있나이다.

어머니
부서진 납인형도 슬혀진 지
벌써 오랩니다.

철비가 후누주군이 나라는 이 밤을
주먹이나 빨면서 새우리까?
어머니! 그 어진 손으로
이 울음을 달래어 주시오.

　이 시는 1938년 5월 28일에 쓴 시이다. 윤동주는 자기 시에 쓴 날자들을 적어놓았다. 일종의 시 일기인 셈이다. 자기가 살았던 때와 그 때만 알면 저절로 그가 어느 곳에 있었는지를 알게 하는 그런 글쓰기를 윤동주는 실행하였다. 이 문제에 대해서 비평가나 논의자들이 깊이 생각하여 뭐라고 한 말은 없다. 그러나 나는 이런 윤동주 글쓰기의 특징을 윤동주 시 읽기의 눈알이라고 생각한다. 왜 그는 자기가 쓴 시에다 그것을 쓴 날짜를 적었을까? 몇 가지 가설이 있을 수 있다. 첫째는 그냥 아무런 뜻도 없이 시 쓴 날짜를 적은 것. 다음 하나는 자기가 쓴 시에 뜻을 덧보태기 위해 그날을 적음으로써 그 시에 빛을 준 것. 셋째는 당대 역사 사실의 끔찍한 내용들에 대하여 일체 재갈을 물린 상태임을 알리기 위해 날짜를 쓴 것 등이다.
　갓난아이는 어머니의 젖으로 목숨을 잇는다. 그렇게 젖을 빨아 목숨을 잇던 아이가 어린 때를 보내고 나서, 턱에 수염이 듬성듬성 날 때쯤이면, 어머니는 아들에게 젖을 내보이지 않는다. 아니 젖을 뗄 때가 되면 바로 젖을 감추거나 금계랍 같은 쓴 약을 발라 젖을 못 빨게 한다. 그리고는 어른들이 먹는 음식을 먹게 한다. 어머니는 모든 목숨의 뿌리이고 살아 있음의 태이다. 어머니가 없으면 목숨들은 있을 수도 살아남을 수도 없다. 그런 어머니를 위 시의 화자는 애타게 찾고 있다. 어서 젖을 물려 외롭고 서러운 아이의 마음을 달래달라고 보챈다. 아이는 어머니가 없을 때 손가락을 빨며 잠이 들기도 한다. 그러나 참 어머니가 젖을 물려야 목숨은 이어진다. 이 시가 풍기는 뜻의 향기는 어머니를 다른 어떤 것이게 만든다. 그게 뭘까? 가장 다급한 것, 가장 필요한 것, 가장 소중한 것 그것을 윤동주 시의 화자는 찾아 부르고 있다. 1923년에 이상화가 그의 뛰어난 시 「나의 침실로」에서 '—가장 아름답고 오-랜 것은 오직 꿈속에만 있어라. 내말—'이라고 말을 앞세우고는, 그 꿈속에 든 것을 기다리는 마음이 그래서 '양털 같은 바람결에도 질식이 되어, 얄푸른 연기로 꺼지려는도다.'라고 읊었다. 이상화의 이런 싯적 화자가 애타게 찾고 기다리던 마음과 맥을 같이 하는 그런 보채기가 윤동주의 「어머니」 속에는 숨어 있다. 이상화도 윤동주도 그 때 기다리고 꿈 꿨던 것은 오직 민족이 묶인 종살이 밧줄로부터 놓여나는 것 말고 다른 것은 없었다.

'철비가 후즐근히 내리는 이 밤', 어머니도 없이 '주먹이나 빨면서 새우리까!' 어머니 조국! 내 삶을 있게 한 내 땅과 내 하늘, 내 바람과 내 강물 이 모든 것을 빼앗겨 헐떡이는 시인들에게 조국은 젖줄로 죽어가는 목숨을 살려줄 어머니이다. 이상화가 1920년대 일찌감치 민족 해방을 시의 말로 외쳤다면, 윤동주는 저들 왜국 부라퀴들이 더욱 악랄하게 조선 사람들을 못살게 굴던, 1938년도에 이렇게 읊었던 것이다.

왜 경찰에게 붙잡힌 조선청년

1943년도가 되면 그동안 엎치락뒤치락 출렁거리던, 윤동주를 둘러싼 세계가 커다란 물이랑을 이루면서 뒤집히기 시작한다. 이 해는 윤동주가 그의 고종사촌 형 송몽규와 함께 왜 경찰들에게 죄 없이 잡혀갔던 때이다. 이 해에 독일의 파시스트당은 해산되었고 연합군은 이탈리아 본토에 상륙함으로써 무쏘리니를 압박하였다. 이때 이탈리아는 연합군에 무조건 항복하였다. 카이로에서는 미국 32대 대통령 프랭클린 루스벨트와 영국 수상 윈스턴 처칠, 중국의 장개석 총통이 모여 이른바 〈카이로 회담〉을 열고 일본 영토문제를 결정하였으며, 왜 군국주의 패들이 이겼다고 거짓 떠들던 소식과는 딴 판으로 왜국이 전쟁에서는 패퇴('가다루카날 전투')하기 시작하였다. 〈카이로 회담〉에서 열강 제국 수뇌들은 한국의 독립을 약속하였는데, 일본 안에서는 이 따위로 독립사상을 지닌 한국 젊은이들을 붙잡아 가두는 행패를 일삼았다. 어떤 사람도 남의 발밑에 엎드려 남의 종살이하기를 바라는 사람은 없다. 제국주의는 남들을 억눌러 재산을 빼앗고, 사람들을 종살이로 만들어 버림으로써 거기서 나오는 이익을 챙기는 아주 고약한 나라 책략이다. 남의 나라에 쳐들어가 무기로 사람을 죽이고 땅을 빼앗는 왜정이 점점 팔을 널리 벌리다가 연합군에게 지기 시작하자 그들의 발악은 점점 격렬해지기 시작하였다. 윤동주와 그의 종형 송몽규가 이들 부라퀴 그물에 얽히게 된 것은 바로 그런 때였다.

　그러나 윤동주는 그 해가 오기 전 전해인 1941년도에, 자기 삶의 길을 시로 적어, 오늘날 우리가 모두 아끼고 아끼면서 읽곤 하는 주옥같은 시들을 남겼다. 그 가운데 가장 독특한 시는 바로 「십자가」였다. 그 시의 전문은 이렇다.

　　쫓아오던 햇빛인데
　　지금 敎會堂 꼭대기
　　十字架에 걸리었습니다.

　　尖塔이 저렇게도 높은데
　　어떻게 올라갈 수 있을까요.

　　鍾소리도 들려오지 않는데
　　휘파람이나 불며 서성거리다가,

　　괴로왔던 사나이,
　　幸福한 예수 그리스도에게
　　처럼
　　十字架가 許諾된다면

　　모가지를 드리우고
　　꽃처럼 피어나는 피를
　　어두워가는 하늘 밑에

조용히 흘리겠습니다.

　이 시는 그가 연희전문학교 졸업 직전인 1941년 5월에 쓴 작품이었다.[6] 이 시에서 주목할 부분은 우선 첫째 연이다. 십자가가 '햇빛'으로 빛난다는 어귀는 문학적 상징을 품고 있다. 십자가는 우리가 알다시피 2012년 전 유대 땅에서 죄 없이 죽어간 예수 그리스도를 죽였던 흉기였다. 예루살렘에 하나님 성소로 모시던 지성소를 관리하던 대제사장들은 참배 때마다 죽여 회생 제물로 바치던 양이나 비둘기의 상권을 쥐고 있던 안나스 일파, 사두개 파와 바리새 파들 모두가 예수를 죄인으로 단죄하였고, 그를 십자가에 매달아 죽인 것은 유대 총독 빌라도였다. 이렇게 십자가란 일정한 이익을 위해 사용되었던 흉기였다. 그러나 일단 그렇게 예수를 죽이고 난 이후, 2천 여 년 동안 죄 없이 죽은 예수의 피 흘림에 의해서 십자가는 사람을 죽이는 흉기가 아니라 밝은 길(도덕)의 잣대이며, 인류의 구원과 희망을 보이는 상징물로 되었다. 그곳으로 가는 길이 얼마나 험하고 어려우며 고통스러운 지를 윤동주는 알고 있었다. 그렇게 윤동주는 성경 속의 성인 예수 그리스도를 자기가 본받아야 할 목표로 정해 그렇게 뚜렷한 자기 삶의 발걸음을 밝혔다. 예수에게처럼 자기에게도 '십자가가 주어진다면' '모가지를 드리우고/꽃처럼 피어나는 피를/어두워가는 하늘 밑에/조용히 흘리

6　윤동주는 전시 학제 단축으로 1941년 12월 27일에 연희전문학교 4년을 졸업하였다. 그리고 이 당시에 전문학교는 보성전문과 함께 4년제였다. 정음사 판본 윤동주 시집 「하늘과 바람과 별과 시」 1987년도 연보 참조.

겠다'고 시인은 읊었다. 예수는 아주 나쁜(사악한) 패들에게 죽어간 사람이었다.

그런 예수의 삶 길을 따라 나서겠다고 공언한 윤동주를 왜정 패들은 무심히 죽였다. 왜정은 스스로 죄의 무덤을 판 것이었다. 수십만의 무고한 사람들을 죽이고도 그런 적이 없다고 시침을 떼곤 하는 왜인들의 뻔뻔스런 행악질이, 윤동주의 이 시에 이르면, 왜인들을 묶는 단단한 올무이자 감옥으로 바뀌어 살아난다. 그들은 윤동주의 시에서 그들이 저지른 악행의 죄악을 볼 수밖에 없다. 그들이 저지른 죄악에서 그들은 도무지 자유로울 수가 없게 되었다. 시의 위대한 점은 바로 이런 것이다. 윤동주는 공개적으로 왜놈들을 잡아 죽이자든지 왜정은 나쁜 사람들의 뻔뻔스런 부라퀴 짓이라고 말한 적이 없었다. 그는 묵묵하게 자기 말글로 쓴 시로 자기의 마음과 뜻을 밝혔을 뿐이다. 그는 이미 일본으로 유학의 길을 떠나기 전인 1934년도에 한국 사람들의 앞날이 없다는 것을 이렇게 「내일은 없다-어린 마음에 물은」로 노래하였다.

내일 내일 하기에
물었더니
밤을 자고 동 틀 때
내일이라고

×

새날을 찾던 나는
잠을 자고 돌보니
그때는 내일이 아니라
오늘이더라

×

무리여!
내일은 없나니
………

기다리는 앞날이 없다는 말은 철학적 탐색이기도 하고 사
회학적 탐색이기도 하다. 많은 사람들은 열심히 일하면서 내일
이면 그 일이 꽃 피어 맺힐 열매를 바라고 꿈꾼다. 그런데 아
무리 땀 흘려 일하거나 노력해도 앞날에 딸 열매 보람이 없다
면 그 누가 일하고 땀 흘리겠는가? 한국 땅은 이미 모두 왜놈
들에게 넘어간 것처럼 되었고, 일마다 왜놈 부라퀴 관리들이
이래라저래라 하며 못살게 굴었다.[7] 왜놈들에게 몸을 굽혀 자

---

7 이런 왜놈들에게 옥침은 이미 1907년에 맺었다고, 그래서 그걸 〈정미 7조약〉이라는 내
   용들 속에 다 들어 있었다. 그 내용을 보이면 이렇다.
   "6월 16일(갑술), 7개 조항의 새 조약을 체결했다.
   1. 한국정부는 무릇 시정(施政) 개선의 방법에 관계된 것은 한결같이 통감의 지도를 따
      른다.
   2. 한국의 법령과 제도는 반드시 통감의 승인을 거친다.
   3. 한국의 사법사무는 보통행정과 구별해서 행한다.
   4. 한국의 관리는 통감의 동의를 얻어 임면한다.
   5. 통감이 추천한 일본인은 한국 관리로 임용하도록 한다.

기를 버릴 때만 조금씩 이익을 줘 그들의 종살이에 익숙하도록 왜놈들은 한국 사람들을 길들였다. 한국 사람으로 살아가기는 정말로 힘겹다. 내일이 없는 젊은이! 아무런 희망이 없는 젊은이들의 삶! 미래가 아무것도 보장되어 있지 않은 젊은이의 삶을 윤동주는 저렇게 노래하였던 것이다. 그런 실존적 고뇌를 겪어야 하는 그 현실을 몸으로 느끼는 젊은이에게, 그런 어둠은, 죽음에 이르는 절망에 속한다. 이것은 당대 한국 사람이 지니고 있던 사회학적 탐색에 속하는 시간 읽기였다. 그리고 어제 오늘 담날, 이렇게 우리는 입 버릇되어, 시간을 구분하면서 지낸다. 그러나 막상 시간의 문제를 들여다보면 우리 앞에 있는 것은 오직 오늘밖에 없다. 담날이라고 말하는 순간 이미 그 시간은 오늘로 또 어제로 달아난다. 우리가 알 수 있고 느낄 수 있는 것은 오직 오늘 뿐이다. 시간의 철학적 탐색에 해당하는 시간 읽기이다. 그렇게 절망하여 힘겨워하던 윤동주를 왜국 특별 고등경찰은 잡아들였다. 그러므로 이 시는 당대 한국 젊은이들의 고통을 철학적 탐색인 것처럼 넌지시 읊었다. 아주 깊은 울림을 주는 내용이 이 시에 있다는 것을 아는 사람은 지금도 그리 많지 않다.

그들은 일본 유학생 조선 학생들인 송몽규와 그 사촌 동

---

6. 통감의 동의가 없으면 외국인을 고용하거나 초빙하지 못한다.
7. 갑진 년(1904년) 8월 22일 조인한 한일협약의 제 1항(대한정부는 일본이 추천한 일본인 1명을 재정고문으로 삼아, 무릇 재정에 관련된 사항은 일체 그의 의견을 따른다.-원주)을 지금부터 폐지한다."
조약문서의 끝에 '내각총리 이완용', '통감 후작 이등박문'이라고 써서 서명하여 조인을 하고, '대한'이나 '일본'이라는 글자는 모두 쓰지 않았다. 황현 지음, 임형택 외 옮김, 『역주 매천야록』, 하권 (문학과지성사, 2006), 412~413쪽.

생 윤동주, 고희욱을 잡아 들여 재판에 붙였다. 거기서 윤동주는 2년 징역형을 선고받아 후꾸오까福岡 감옥에서 징역 살다가 1년 만에 죽었다. 그 때의 왜국 재판부의 판결문을 지금 우리가 읽으면 꼭 코미디 대본을 읽는 듯하다. 다시 옮겨 보이면 이렇다.

어릴 때부터 民族的 學校敎育을 받아 思想的 文學書籍 等을 耽讀함과 交友의 感化 等에 의하여 일찍이 熾烈한 民族意識을 품고 있었는데, 성장하여 內鮮 간의 소위 차별문제에 대하여 깊이 怨嗟의 마음을 품는 한편 我 朝鮮 統治의 방침을 보고 조선 固有의 民族 文化를 絶滅하고 朝鮮 民族의 滅亡을 도모하는 것이라고 여긴 結果, 이에 朝鮮 民族을 解放하고 그 繁榮을 초래하기 위하여서는 朝鮮으로 하여금 제국 통치권의 지배로부터 이탈시켜 독립국가를 건설할 수밖에 없으며, 이를 위하여서는 조선 民族의 현시에 있어서의 實力 또는 과거의 獨立運動 失敗의 자취를 반성하고 당면 조선인의 實力, 民族性을 향상하여 獨立運動의 素地를 培養하도록 一般大衆의 文化昂揚 및 民族 意識의 誘發에 힘쓰지 않으면 안 된다고 決意하기에 이르렀다.

1944년 3월 31일

京都地方裁判所 第2刑事部

裁判長 判事 石井平雄

渡邊常造

瓦谷末雄[8]

코미디 대본을 읽는 듯한 이 판결문을 자세히 보면 정말로 웃긴다. 도대체 제 나라를 되찾으려는, 그래서 그것을 위해 자기 문화의식을 드높여야 한다고 결의하며, 마음을 굳힌 것이 죄라는 판결이 깃동 코미디가 아니고 무엇인가? 더러운 폭력조직 아래에서 월급을 받아 챙기던 왜정 판사라는 물건들이 저지르던 저런 우스꽝스런 짓거리들은, 실은 요즘도 이 나라 사법부, 행정부, 입법부에서도 버젓이 저질러지고 있어 보이니, 비참한 느낌을 버릴 수가 없다. 위 재판 판결문을 풀어보면 이렇다.

첫째, 윤동주 등은 어릴 때부터 민족교육을 받았다.

둘째, 그 교육의 결과로 왜정치하의 삶을 늘 원망하고 왜놈들[9]과 조선 사람들의 삶에는 아득한 차별이 있어서 그것을 없애야 한다. 그것은 조선이 독립하는 길이다.

셋째, 이때까지 벌여온 독립운동이 실패한 원인을 하나하나 따져서 앞으로는 실패하지 않도록 제대로 준비해야 한다고 결의하였다.

넷째, 조선 사람들은 하루 빨리 왜정 부라퀴 짓으로부터 벗

---

8   송우혜, 『윤동주평전』(세계사, 1998), 323~324쪽 참조.

9   일본, 일본 사람들을 부를 때 나는 왜국 또는 왜놈 따위로 부르는데 이것 또한 내가 받은 대학교 교육의 결과이다. 1960년 당시만 해도 연세대학교 교수들 가운데(양주동 교수 같은 분)왜놈이라고 부르는 분들이 자주 있었다. 현재 일본에는 왜놈들 천지이고 그들이 원하는 칭호 '일본'은 없어 보인다. 일장기에서 구현하고 있는 해의 뿌리라는 엄청난 자기모멸과 열등감은 그들이 왜놈들일 뿐이라는 것을 내보인다고 나는 읽는다. 그래서 나는 가능한대로 일본을 '왜국', 일본사람을 '왜놈'이라고 불러 글로라도 그 뜻을 남기려고 한다.

어나 독립해야 한다. 그러기 위해서는 조선 사람으로서의 민족성을 찾아 드높이고, 조선민족이 지녀 온 민족의식을 넓고 깊게 드높이도록 조선 사람들을 깨우쳐야 한다.

대강 이런 내용을 한 문장으로 질질 끌어 우스꽝스런 법률 판결문으로 얼버무려 놓았다. 도대체 나라를 빼앗긴 사람이 제 나라를 되찾겠다고 생각하였다고 징역살이를 시킨다는 법률이 어떻게 법률로 살아 있을 수가 있을까? 부라퀴들과 그들이 지배하는 나라는 이렇게 더렵혀진다. 올바른 모여살이를 위해 필요한 율법이 법률이라는 규정으로 만들어지는 것일 터인데, 남의 나라를 집어 삼키고 나면, 이따위로 더렵혀진 사람됨의 바른 길에 눈들이 멀게 된다. 눈먼 자들이 만들어 놓았고 눈먼 자들이 집행한 판결에 의해, 윤동주는 죄인이 되었고 그런 죄 아닌 욕을 짊어지고, 그들의 나라 감옥에서 죽어 갔다. 그들의 판결문을 자세히 들여다보면 그야말로 토악질을 참기가 어렵다. 질질 끄는 문장하며, 빙빙 돌려 중얼대는 궤변 따위, 그래서 나는 그들의 이런 나쁘고 더러운 장난질에 죽어간 윤동주를 생각하면 눈물만 나온다.

게다가, 그런데, 이런 따위 법률 판결문이나 기소문장 투는 광복되고 나서도 꽤 오랫동안 한국 판사들도 그런 말투에서 벗어나지 못하고 있었고, 요즘도 법조계에서는, 이런 투에서 벗어나기를 무척 어려워하고 있는 것으로 나는 믿고 있다.

남의 나라를 집어삼켜 그것을 소화시키려면 몇 가지 반드시 따라붙는 해야 할 악행이 있다. 먼저 먹어치운 그 나라 사람들을 어떻게 처리해야 할 것인가? 두말할 필요도 없이 자기

나라 사람들처럼 만들어 가는 일이다. 이런 날 닮게 하기(동화정책)가 잘 안 될 때면 그들을 죽이거나 짓밟아, 완전한 자기를 말살하여 새로운 사람을 만들어 가야 한다. 말 잘 듣는 기계적인 종 만들기! 왜정 때에 한국 사람들이 다른 나라로 떠나 알마아타나 연해주, 러시아 여기저기, 우즈베키스탄, 카자흐스탄, 키르키지아, 블라디보스토크, 우스리스크 또는 하와이 등으로 뿔뿔이 흩어져 살길을 찾아 가진 아픔과 설움을 견뎌야 하였다. 나라를 빼앗긴 나라 사람들의 처지가 어떻다는 이야기는 이미 유달영 선생의 말을 가지고 한 적이 있다. '짐승만도 못한 대접'을 받는다는 것. 짐승보다 못한 대접을 받지 않으려면 가진 아양을 떨어 부라퀴 왜놈들에게 빌붙는 수밖에 없다. 그게 제국주의 정책 가운데, 가장 중요한 할 일이니까![10] 그래서 식민지 침탈의 수모를 겪었던 나라 사람들과 식민지를 경영하였던 나라 사람들의 도덕 감정의 샘은 다르다. 겪은 사람들이 나쁜 일을 참지 못하는 '미움-미워함'이라는 아픔에 시달린다면, 남위에 올라 앉아 본 사람은 '뻔뻔스러움'이라는 고질병에 걸려 더러워져 있기 쉽다. 그런 걸, 누리는 자들이 지닌 자만심이라고도 부르고, 천박한 자들의 천격이라고도 나는 일컫는다.

---

10 이광수 지음, 김원모·이경훈 옮김, 『동포에 고함』(철학과 현실사, 1997)과 이경훈 편역, 『춘원 이광수 친일문학전집 II』(평민사, 1995) 등을 읽으면 참을 수 없는 토악질에 시달릴 수밖에 없다.

우리가 오늘 윤동주를 알아야 하는 이유

윤동주는 앞에서 보인 「십자가」를 쓰던 해에 그의 대표작으로 한국 젊은이들에게 애송되는 「서시」를 남겼다.

> 죽는 날까지 하늘을 우러러
> 한점 부끄럼이 없기를,
> 잎새에 이는 바람에도
> 나는 괴로워했다.
> 별을 노래하는 마음으로
> 모든 죽어가는 것을 사랑해야지
> 그리고 나한테 주어진 길을
> 걸어가야겠다.
>
> 오늘밤에도 별이 바람에 스치운다.
> 〈1941년, 11월 20일〉

이 시에 밑줄 친 것은 필자의 뜻대로 한 것이다. 왜 이런 밑줄까지 치면서 이 구절을 강조하려고 하였나? 요즘 우리는 많은 젊은이들이 자기가 갈 길을 몰라 방황하여 헤매며 두리번대는 사태들을 자주 만난다. 자기 앞 길에 대한 뚜렷한 꿈길이 없다면 앞에서 인용해 보였던 윤동주의 시 「내일은 없다」에서 드러내 보인 자기 삶 판과 다름이 없다. '나한테 주어진 길을/ 걸어가야겠다.'고 읊은 윤동주가 내세운 주인공은 정말 어떤 사람일까? 자기에게 주어진 길이 있다고 믿는 젊은이들은 정말 얼마나 있을까? 이른바 명문대학을 나와 대기업에 취직하고, 거기서 많은 돈을 벌어 잘 먹고 잘 입으며 잘 살겠다고 정한 길이라면 그것은 틀림없이 엉터리다. 그것이야말로 자본주의 시대가 만들어 뿌린 관념의 덫이기 쉽다.

돈을 많이 벌어 잘 산다는 관념! 그것은 일종의 철학적 사기놀음이다. 우리들 삶은 돈을 버는 일 말고도, 다른 할 일이 아주 많이, 있을 수 있다. 모든 것을 파는 값으로 정해놓은 시대는 더러운 때이기 때문이다. 사람은 돈을 벌기 위해 사는 것은 아니다. 사람들은 모두 살기 위해 사는 것이지 결코 돈 벌러 살고 있지만은 않다. 돈벌이 그것은 삶의 한 방편일 뿐이다. 그런데 자본주의, 신자유주의, 세계화, 다른 말로 하면 제국주의 시대에는 그것이 삶의 정답처럼 버젓이 행세한다. 윤동주가 살다가 죽임을 당했던 그 시대, 1917년부터 1945년까지 왜적 제국주의의 부라퀴 짓(행악)이 저질러지던 때에 윤동주는 자기에게 주어진 길을 걸어가야 하겠다고 썼다. 그에게 주어진 길이란 어떤 길이었나?[11] 그것은 윤동주가 같은 해에 써두었던 시, 앞에 끌어다 썼던 「십자가」 속 화자가 이미 마련한 길이었다. 예수가 죽임을 당하던 흉기였던 십자가에 매달려 예수에게처럼 모가지를 드리우고 어두워 가는 하늘 밑에 뿌리겠노라고 적었던 그 길이야말로 이 「서시」의 주인공이 정했다고 말한 길이

---

11 이상화가 그의 대표 시 「나의 침실로」를 쓰던 해에 발표한 「말세의 희탄(稀嘆)」에는 '피 묻은 동굴로 거꾸러지련다.'고 씀으로써 예수가 살해당한 다음 묻혔던, 요셉의 돌무덤을 부활의 동굴이며, 나의 침실이라는 시어로 썼었다.

었던 것이다.

윤동주의 시나 윤동주 시인을 떠올리면서 경건해지는 경험을 하지 않는 사람은 없다. 그것은 왜일까? 그것은 그가 온 몸으로 자기 삶을 들여다보았고 그 들여다 본 내용을 자기 말로 고스란히 적어 놓았기 때문이다. 시인은 죽어서 다시 태어난다. 살아 있는 동안 그렇게 떠들썩하게 사람들 입 초사에 오르내리던 시인들도 죽고 나면 점점 잊혀지다가 가뭇없이 기억의 저 쪽으로 사라지는 경우란 아주 많다. 윤동주는 정말로 죽어서 다시 태어난 시인이다. 그는 정말 빛나는 참 칼을 들고 자기를 옮겨 베꼈고, 자기를 덮고 있던 세계를 은유라는 숨죽이는 말법으로 옮겨 베껴놓았다. 그런데 왜정 부라퀴들은 그런 그를 죽여 놓았다. 예수가 죽임을 당하면서 빛으로 살아났듯이 윤동주 또한 죽임을 당하면서 빛나는 시의 말들로 사람들을 사무치게 한다. 세상 모든 이들의 죄를 홀로 다 뒤집어쓰고 죽임의 길로 나아간 예수의 삶이, 그래서 인류를 구원하는 영원한 빛이라면, 윤동주는 그와 같은 길을 걷겠다고 이미 죽기 전에 시로 말해 놓음으로써 빛의 시인이 되었다. 그렇게 짧게 살았고 또 그렇게 치열한 시를 남겼던 윤동주의 삶과 죽음은 정말 어떻게 읽혀야 옳을까?

윤동주를 죽인 놈※들은 왜정 부라퀴들이었다. 앞 주에서 내가 밝혔던 대로 지금 일본은 예전 부라퀴들의 유전자를 고스란히 지닌 패들이 정권을 쥐고 호시탐탐 옛 날의 즐거웠던 시절을 꿈꾸고 있는 것처럼 내겐 자꾸 보인다. 『삼국유사』, 『삼국사기』들을 읽다보면 왜국이 그렇게 주기적으로 조선 땅에 건

너와 노략질에 재미를 본 이야기와 그들의 노략질을 막느라 마음깨나 썼던 우리들 조상의 슬기로운 이야기가 아주 많다. 윤동주와 그의 시는 왜국이 한국을 보는 눈초리를 잊지 않고 읽는 중요한 시금석이라고 나는 생각한다. 그들이 임진왜란 당시에 얼마나 많은 조선 사람들을 죽였고(인구의 4분의 1정도를 죽게 하였다고 했다), 그들이 얼마나 많은 문화재와 인재들을 약탈하였는지를 깊이 살피다보면 참 놀랍기 그지없다. 왜정 식민지 수모를 견디던 때에 한국 사람들이 얼마나 죽었는지, 젊은 처녀들이 어떻게 수모를 견뎌야 했는지, 그들이 죽인 중국 사람이나 아시아 다른 나라 사람들에게 저지른 행악 따위가 어떠했는지는 정치적인 말법으로 그냥 얼버무리며 슬쩍슬쩍 넘겨왔다. 그런 적이 없다는 투의 얼굴 바꾸기! 그것이 남을 해쳐본 사람들이 지닌 뻔뻔스러움이다.

남의 나라 사람들을 짓밟아 죽인 것이 수 십 만 명이라고들 역사학 쪽에서 밝혀도, 그들의 나몰라라 하는 뻔뻔스러운 얼굴은 쇠붙이 같다. 그래서 중국의 문인 루우신魯迅은 '사방이 철벽으로 둘러쳐 진 감옥'이라고 당대의 현실을 진단하였다. 그렇게 두껍고 단단한 철벽으로 갇힌 채 잠자고 있는 사람들을 깨워본들 그게 무슨 소용이 있겠느냐는 문학적 탄식을 그는 하였다. 1998년에 노벨상을 받았던 주제 사라마구의 「눈먼 자들의 도시」가 한 때 꽤 많이 읽혔던 적이 있고, 요즘은 그 인기가 희미하게 사라져 가고 있는 모양이다. 영화로도 나왔다고 한다. 이 작품은 우리 시대를 상징적으로 보여주는 아주 기막힌 패러디이다. 모두들 눈을 감고 있다. 옳고 그름에 대해, 나

쓰고 좋은 것에 대해, 나와는 아무 상관도 없다고 눈을 감는다. 눈먼 사람들로 득시글거리는 도시가, 우리가 지금 살고 있는 바로 이 터전이라는 것이, 그의 문학적 전망이다. 진정한 작가나 시인은 자기가 살고 있는 삶의 터전이 어떻게 찢어져 있고, 어떤 꼴로 더럽혀져 있는지를 눈여겨 읽고, 그것을 기록하는 사람들이다. 그것을 기피하는 작가나 시인은 죽으면 영영 죽지만, 그런 행악이나 더러움에 눈을 감지 않고 똑바로 읽은 대로 기록하여 남기는 사람은, 비록 당대에는 남들이 눈 여겨 보거나 뚜렷하게 눈에 띄지 않을지 몰라도, 그는 죽어도 결코 죽지 않는다. 윤동주가 바로 그런 시인이었다. 윤동주의 시와 시인 윤동주가 오랫동안 살아남을 이유는 그러면 무엇일까?

맺는 말

윤동주는 살아 있는 동안 시집을 낸 적이 없었다. 그의 삶은 너무 갑작스럽고 어째볼 수도 없는 미친바람들로 휘몰아치던 때에 비롯되고 끝나버렸기 때문에, 도무지 어떻게 살아남아 도도하고 아름다운 시로 사람들을 사로잡을, 그런 사랑과 포근한 평안을 담을 수가 없었다. 소용들이 치는 욕망의 여울목에서 그는 죽어갔던 것이다. 제국주의는 욕망 그 자체를 부추기는 부라퀴들의 날뛰는 광기이다. 인도에서 영국이 그랬을 때 인도의 마하트마 간디는 앞장서서 그 부라퀴 짓을 막았다. 20세기가 저물어가던 때에 영국은 부라퀴 짓의 부질없는 덧정을 떼어버렸다. 지상에서 가장 업신여김 받아 마땅한 존재가 누구일까? 남을 짓밟고 남 위에 올라타 그들, 남이 만들어, 지닐 것을 빼앗아 재물을 챙기고 그것을 마땅한 것으로 치장하는 천격 인생들이 바로 그런 놈(자)들이다. 1995년에 씌어졌고, 2000년도에 한국말로 옮겨져 많이 읽힌, 장 코르미에의 『체 게바라 평전』의 한 대목에 보면, 에르네스토라는 평범한 의과대학생이 혁명을 위한 싸움꾼으로 나서게 되는 결정적인 장면 이야기가 나온다.

이 광산의 하루 생산량이 9만 톤이라 했을 때 어림잡아 수백만 불의 수익이 남는다는 계산이 되지. 그러니 인간에 의한 인간의 착취가 쉽사리 끝날 리는 만무하다는 게 이해가 되고도 남아.

칠레 구리광산에 대한 연구서에서 오캄포는 이곳의 생산성이 얼마나 대단했는지를 보여주는 증거로 최초의 투자액을 단 나흘 만에 회수할 수 있을 정도라고 분석했다.

………

오래 기다릴 것도 필요도 없이 중대한 결심의 계기가 찾아왔다. 굴뚝에서 내려온 그들이 십자가로 뒤덮이다시피 한 공동묘지 앞을 지날 때였다.

'도대체 몇 명이나 묻혀 있죠?' 에르네스토는 안내인에게 물었다.

'글쎄요. 확실치는 않지만……대략 만 명 정도?'

대수롭지 않다는 투로 안내인은 대답했다. 에르네스토는 그를 빤히 쳐다보았다.

'대략이라구요?'

'자세히 세어보지는 않았으니까……'

'그럼, 그 미망인들과 자식들은, 어떤 보상을 받았나요?'

그러자 사내는 아무런 대답 없이 어깨만 으쓱했다. 믿기지 않는다는 표정으로 에르네스토가 친구를 향해 고개를 돌렸을 때 알베르토는 그의 눈에 번뜩이는 불꽃을 보았다. 미래의 전사들, 미래의 혁명가들로 단련될 사람들, 가장 많은 것을 박탈당한 사람들에 대한 애정이 녹아 있는 눈빛이었다. 더불어 그들의 피를 빨아 마시는 이들에 대한 증오도.[12]

남을 억누르고 억지로 부려 거기서 나오는 이익을 챙기는 이들을 악당이라 부른다면 제국주의자들은 모두 다 악당들이다. 위의 이야기는 칠레 구리광산에서 미국인 기업가들이 남미에서 벌인 비인간적 피 빨이 모습에 대한 노여움으로 싸움꾼이 되기 시작한 체 게바라 이야기이다. 이런 이야기는 도처에 널려있다. 윤동주와 그의 시가 영원히 살아 있을 수밖에 없는 이유의 첫 번째이다. 2012년도는 안중근 의사가 이등박문을 죽인 지 103년이 되는 해이다. 이 안중근에 대한 전기를 읽다 보면 또 다시 왜국 사람들의 잔인하고 더러운 꼴들이 무섭게 다가선다. 안중근 또한 서른두 살에 왜놈들에게 죽임殺害당하였다. 안중근만큼 위대한 사람이 우리 윗대에 있었다는 것은

---

12   장 코르미에 지음, 김미선 옮김, 『체 게바라 평전』(실천문학사, 2000), 86~87쪽.

행복이다. 그런데 사람들은 모두 눈을 감았다. 아주 많은 재산이 있었으며, 행복한 가족, 아내와 세 자식들이 있었음에도 불구하고 같은 나라 백성들이 학대받는 것을 구하기 위해 떨쳐일어나 꾀죄죄한 왜적 이등박문을 총살하였다. 1909년 10월 26일 하얼빈에서 벌인 그의 빛나는 행적은 그 시작부터 끝까지 도도하고도 엄청난 울림을 우리에게 남겼다. 그것을 우리는 오늘날 모르는 체 눈 감고 있다. 부끄러운 일일 뿐이다. 부끄러움을 잃게 만든 시대에 우리는 몸담아 살고 있으니까!

문학의 길에는 몇 갈래 갈 길이 놓여 있다. 첫째는 당대의 삶이 어떤 폭력으로 짓누르고 있을 때 그 짓누르는 부라퀴에 대해 정면으로 나서서 싸우는 태도로 글을 쓰는 길이다. 정말로 거기 그렇게 있는 것들(진실)을 밝히는 글쓰기, 그것은 어쩌면 엄청난 위험을 무릅써야 할 수도 있다. 다른 하나는 당대 권력패들에게 무릎 꿇어 그들 악당들을 찬양하고는 어깨 두드려 칭찬받는 꼴 새로 글 쓰는 일이다. 이런 것을 나는 발쇠꾼 문학이라고 이름 붙였다. 발쇠꾼은 한자말로는 간자間者, 밀정密偵, 첩자諜者라고도 하고 영어로는 스파이spy라고도 이른다. 한국문학의 경우 이인직은 그 첫째가는 시시한 발쇠꾼 글쟁이였다.[13] 다른 하나의 글쓰기 꼴 본새는 무엇일까? 루우신魯迅에 의하면 이도저도 아닌 얼버무리기 꼴로 글쓰기이다. 윤동주

---

13 이인직의 신소설 「혈의 누」나 「치악산」은 왜놈들의 정치적 이익을 돕기 위해서 만들어진 이야기였다. 한국의 어려운 모든 문제는 오직 일본을 통해서만 해결할 수 있다는 전망을 담은 이 따위 글을 한국 최초의 혜성이라고 띄워 올린 김동인까지도 발쇠꾼 패거리에 들어가지 않을 수 없다는 것이 나의 생각이다.

의 글쓰기가 나아간 길은 그러면 무엇이었나?

1945년 한국은 광복을 맞았다. 그런데 윤동주는 그런 날이 오기 여섯 달 전에 왜정 감옥에서 죽임 당하였다. 나이 만스물여덟 살! 팔팔한 나이의 젊은이가 징역생활 1년을 버티지 못하고 죽었다는 것은 어떻게 풀어야 할까? 약물실험을 하였다는 이야기들은 다른 이야기 길을 통해 아니라는 말로 자꾸 훼방 놓는다. 그런 일은 없었다는 것이다. 그게 왜놈들이 이제껏 해온 버릇이었다. 제 맘도 속이면서 남을 속이기! 뻔뻔스럽기가 하늘을 찌르는 그런 몰염치한 민족이 왜족이었다. 위에 옮겨 놓았듯이 윤동주는 1941년에 자기 시집을 내려고 하면서 머리에 실릴 '이런 말로' 시를 썼다. 「서시」였다.

> 죽는 날까지 하늘을 우러러
> 한점 부끄럼이 없기를,
> 잎새에 이는 바람에도
> 나는 괴로워했다.

이 시에서 그는 부끄러움이 무엇인지를 사람들에게 가르쳤다. 한국 문화의 특징 가운데 하나, 염치를 모르면 일단, 그 사람은 끝장난 사람으로 업신여겼다. 부끄러움을 잃는다는 것! 그것이야말로 사람됨의 가장 바른 길을 잃었다는 것이 된다. 그래서 사람들은 남의 눈초리에 부끄러운 일이나 저지르지 않을까 늘 조심하고 마음을 다잡는다. 아이들에게 집에서 가르치는 가장 흔한 가르침도 남의 눈에 잘못될 일을 하지 말라는 것이었다. 부끄러워 할 줄 아는 민족! 그것이야말로 선진국의 잣대가 아닐까? 요즘은 그게 잘못된 채 써먹혀지고 있다. 남보다 먼저 무서운 무기를 만들어 그 힘으로 남을 위협해서 가진 재물이나 에너지를 빼앗아 챙기는 나라를 선진국이라 부르는 것도 또한 희극(코미디)에 속한다.

윤동주는 이렇게 부라퀴들의 손에 죽임을 당하였다. 그리고 나서 광복! 광복이 지난 1948년, 윤동주의 아우 윤일주가 들고 온 여러 윤동주 유품 시들과 친구 강처중, 정병욱 선생이 지녔던 시들을 모아 첫 시집 『하늘과 바람과 별과 시』를 냈다. 1945년 2월 16일 윤동주가 죽은, 기일을 기념하는 이 시집을 내기 위해 모인 분들의 이야기들도 실은 퍽 감동적이다. 윤동주의 친구이자 연대 동문이었던 강처중은 경향신문 기자였다. 윤동주는 그에게 자기 물건을 맡긴 채 유학길에 올랐었고, 그에게 여러 편의 시를 엽서로 써서 보냈다. 지금도 그에게 남겼던 책상은 '서랍만' 남아 있다. 그가 신문사 편집국장이었던 정지용에게 윤동주의 시를 소개하여 〈경향신문〉에 윤동주 시를 실었고, 뒤에 정지용으로 하여금, 윤동주 초판 시집 서문을 쓰는 계기를 마련하였다. 정지용의 윤동주 첫 시집 서문은 그의 시에 대한 아주 귀한 정의를 읽게 한다. 좋은 시란 정말 무엇인가? 그는 이렇게 썼다.

노자老子 오천언五千言에
'허기심虛其心 실기복實其腹 약기지弱其志 강기골强其骨'이라는 구句가 있다.

청년靑年 윤동주尹東柱는 의지意志가 약弱하였을 것이다. 그 렇기에 서정시抒情詩에 우수優秀한 것이겠고, 그러나 뼈가 강 强하였던 것이리라. 그렇기에 일적日賊에게 살을 내던지고 뼈를 차지한 것이 아니었던가?

무시무시한 고독孤獨에서 죽었고나! 29세가 되도록 시詩도 발표發表하여 본 적도 없이!

일제시대日帝時代에 날뛰던 부일문사附日文士놈들의 글이 다시 보아 침을 배앝을 것뿐이나, 무명無名 윤동주가 부끄럽지 않고 슬프고 아름답기 한限이 없는 시를 남기지 않았나?

시와 시인은 원래 이런 것이다.

서정시는 의지가 약한 시인들이 즐겨 택하는 글쓰기 길이라는 것이 그의 주장이다. 윤동주는, 이처럼 단단하고 딱딱한 세상에 맞서 싸울만한 자기 뜻(의지)이 약하였기 때문에, 서정시로 자기 갈 길을 세웠으나, 그래서 그는 제대로 된 시를 썼고, 그야말로 제대로 된 시인이 되었다는 것이었다. 앞에서 나는 시인은 죽어서 다시 태어난다는 말을 썼다. 살아서 많은 박수와 찬양을 받고 상금도 챙기며 많은 시집을 팔아 종이 값 깨나 올렸던 시인도 죽고 나면 새롭게 그의 값이 매겨진다. 살아 당대에 이름을 누렸던 시인이 죽어서 슬그머니 사라지는 일이란 흔하고 흔하다. 힘 있는 부라퀴들에게 빌붙어 목숨을 이어가면서도 글로 뭔가를 자꾸 변명삼아 지껄이는 시인패들을 향해 침밖에 뱉을 게 없는데 윤동주는 그렇지가 않았다는 것이다. 왜정시대는 이렇게 사람들의 존재무게를 재는 잣대가 뚜렷한 시대였다. 사람됨의 시험대가 너무나 뚜렷한 시대, 그런 시대는 많은 사람들을 불행하게 한다. 사람들은 누구나 이렇게 험한 시대에 들기를 꺼린다. 재미있게도 시에 대한 정지용의 이런 평가는 이 시집(『하늘과 바람과 별과 시』) 서문에만 있는 이야기이다. 그래서 나는 그의 이 시론을 윤동주에 관한 이야기마다 끼워 넣는다. 시란 힘센 부라퀴들에게 빌붙어 살길을 꾀하는 그런 글쓰기가 아니다. 윤동주는 그것을 실천하느라 목숨까지 부라퀴들에게 잃었다. 진짜 참된 시인이 태어나기에는 이런 아픈 겪음이 따르는 법이다.

끝으로 한 가지 알려둘 이야기가 있다. 윤동주 시가 일본 중학교 교과서에 실려 있었던 적이 있다. 그런데 그 시가 아주 묘하게 뒤틀려 있다는 것을 2000년대 어느 어느 해였는지 기억이 가물거리는 이야기는 윤동주 시 「서시」가 일본중학교 교과서에 실렸는데 이 시의 내용에서 '모든 죽어가는 것을 사랑해야지.'라는 구절이 '모든 살아있는 것들을 사랑해야지.'라고 옮길 만한 것으로 바뀌어 실렸다는 것이다. 그런데 이 기막힌 이야기가 실은 윤동주의 동생 윤일주 교수가 일본에서 공부할 때 그곳 친구였던, 윤동주 시 번역자가, 어느 날 와서는 이 구절을 그렇게 바꾸는 것이 어떻겠느냐고 물었다는 것이다. 무심하게도 이 아우는 고개를 끄덕거렸다는 것이다. 남의 시를 바꾸는 행위도 꼴불견인데, 그 구절이 뜻하는 내용이 엄청나게 다른 것으로 고쳐놓았으니 참 괘심한 왜놈 짓이었던 것이다. '모든 죽어가는 것을 사랑한다'는 것에는 어떤 뜻이 들어 있나? 당대 한국은 모든 것이 죽어가고 있었다. 사람들이 강제로 끌려가 죽었으며, 한국에 면면히 이어져 오던 전통이 죽어갔으며, 문화가 죽어갔으며, 말글이 죽어가고 있었는데, 윤동주 시가 나타내려고 하였던 것이야말로 이 한국의 모든 것을 사랑한다는 뜻이었던 것이다. 그런데 엉뚱한 왜놈이 그것을 '살아 있는 것들을 사랑한다'고 바꿈으로써 윤동주 시 정신을 엉뚱하게도 밍밍한 시로 뒤틀어 놓았던 것이다. 그리고 보면 동지사 대학교 교정에 세워진 윤동주 시비에 실린 이 「서시」도 그럴 것이다. 너무 어처구니가 없는 일이었다. 나는 그게 분해서 「의도적인 오류와 비의도적인 실수」라는 짤막한 글을 어느 신문에 실렸다. 부끄럽고 시답잖은 악행은 이렇게 정결한 시인의 시 정신에까지 말뚝을 박는 짓으로 이어진다. 우리가 알아둘 필요가 있는 이야기라고 나는 믿는다.

윤동주의 시, 혁명인가 전쟁선포인가
－2012년 8월, 서울예술단,
　뮤지컬 「윤동주, 달을 쏘다」에 붙여

드는 말-폭력의 알몸

　폭력은 사람들이 늘 두려워하는 공공의 적이다. 그런데 사람들은 자기 몸속에 그런 폭력 또한 도사리고 앉아 있다는 것을 안다. 그래서 자기를 깊게 살피는 사람은 스스로를 두려워한다. 그러므로 생각이 깊은 이들은 늘 자기성찰을 우리 삶의 값진 가치 잣대라고 말하고 있다. 윤동주는 제국주의라는 폭력에 희생된 대표적인 한국의 시인이었다. 그는 1917년도에 태어나 1945년 2월께 왜국 폭력조직에게 죽임을 당하였다. 만 스물여덟 살로 한 생애를 마감한 청년 윤동주는 시라는 짧은 글 형식을 빌어 다시 우리 앞에 태어난 한국인이었다. 제국주의란 폭력의 다른 이름이다. 자기 행복이나 평안함, 즐거움이나 쾌락을 남으로부터 얻으려는 모든 생각을 나는 제국주의적 생각법이라고 규정한다. 너는 나를 위한 수단일 뿐인 존재, 그런 존재가 이 세상 어디에 있을까? 제국주의는 바로 이런 생각 틀을 확장한 폭력이념이다. 오늘날 그 이름은 자본주의라는 이름으로 몸꼴을 바꾸어 전 세계 인류를 꽁꽁 묶어 놓았다. 자본이 주인이고 생산력의 주인이 곧 자본이라는 생각 법!

돈 댄 사람이 생산력의 주인이 된다는 생각 틀을 만드는데 근 200여 년 이상이 걸렸다고 『화폐전쟁』의 저자 쑹훙빙은 썼다. 미국 대통령 일곱 명도 그들 〈연방준비은행〉이라는 이름의 돈 놀이꾼(이 저자가 붙인 이름으로는 빌더버그(bilderberg)란다)들이 감쪽같이 죽였다고 했다. 전 세계 사람들을 그들 돈 놀이꾼 악당들의 노예로 만들기 위해, 그들은 꿈틀댄다. 이게 오늘날의 폭력의 진짜 몸꼴이었고 윤동주는 바로 이런 패들의 앞잡이들에게 죽임을 당하였다. 오늘날 돈은 곧 신神이다. 폭력은 늘 신神이라는 절대 권력의 샘을 빙자한 채 횡행한다. 오늘날 신은 돈이라는 이름으로 우리를 움쭉달싹하지 못하도록 묶어 놓았다. 자본주의가 폭력이자 제국주의의 새로운 몸꼴이라는 생각의 길은 돈이라는 새로운 신을 앞세워 놓고 있기 때문이다. 제국주의, 자본주의, 식민주의, 세계화, 시장개방주의 따위는 모두 다 이런 폭력 함정에 뾰족뾰족 솟은 인류의 덫이다. 폭력!

폭력의 알몸이란 무엇일까? 마음이 모진 사람이 착하고 힘이 약한 사람을 억압하거나 때리거나, 아예 죽임으로써 그 약한 이가 지녔던 모든 재물을 빼앗는다, 이것은 폭력이다. 모진 마음의 문제만 해도 만만치 않은 따질 거리가 많다. 조금 쉽고 빠르게 이 폭력의 알몸 쪽으로 다가가려면 왕이나 천자, 황제, 수상, 대통령, 영웅, 수령 따위 이름으로 되어 우리들 머릿속에 달라붙어 끊임없이 마음 갈래를 지배하는 마음 곰팡이 실을 찾아가 볼 필요가 있다. 최근에 쓴 나의 시 「왕 곰팡이실의 역사」를 여기 옮겨 보인다.

왕이니 천자니 황제 따위 날강도 떼들 머리에서 지우자, 지우자
지우자, 대통령 따위 곰팡이 실 모두 지우자고 요즘 자주 나는
자주 떠들었더니 눈만 껌벅이며 쳐다보던 사람들 얼굴만 뚜렷
한데
옛 스승 유고집 하나 묶다가 읽은 글에 이런 이야기가 눈을
찌르는구나.

이런방법으로가장성공한사람들이곧임금이다.임금은본래
신권에의해서나라다스림을맡게되었고,현재의왕은그런선왕
의자손인까닭에언제나신권을지니고있다고한다.그러나실제
로그들의조상을따져올라가본다면거기에는오직힘의권리가
있었을뿐이니,현재의왕이란결국폭력에의하여왕위를강탈한
어떤조상의후예일뿐이다.힘의권리가어느덧신권으로변하는
데에얼마나짧은시일로써족한가,참으로놀라울지경이다.찰스
1세가신권에의하여영국을다스린것도,사실은헨리2세가보
스워즈의싸움에이겼기때문이아닌가?

버트란드 럿셀, 그가 '바뀔 세계의 새 바람'이라는 글에서 이
런 말을 하였단다.
제법이라는 생각이긴 하되, 세계 제패에 앞장선 쇼크 독트린,
케임브릿지 학파 한
놈팡이 철학자로 그를 일단 다시 보기는 하는데, 최석규 나의
스승 그 분이 외국물 너무
많이 마신 어른이 이런 글을 옮겨 놓았구나, 아암 이 어른이

주장한 이광수 무죄론은?

평등, 자유, 박애를 부르짖던 프랑스 패들 남의 나라 까부시
며 부리던 제국주의 저 터무니없는 개짓은 무엇인가? 십자군
전쟁도 희극 꼴 폭력일 뿐이었고, 프랑스 놈들 도둑질 역사
그 역사는 왕권역사와 맞먹는 그런 뻔뻔한 부도덕 강도짓일
뿐이오 뿐이오 뿐이었겠구나.

그들의몸은머리에서발끝까지새까맣고,게다가코는어찌나납
작한지도저히동정의대상으로삼을수도없다.지혜로우신하느
님이인간의영혼을,하물며훌륭한인간의영혼을,이렇게새까
만몸속에담았을리는만무하다.흑인에게인간의지각이없다
는증거로는흑인들이금목걸이보다도유리목걸이를더귀하게
여기는것만보아도알수있다.모든문명국에서금이란얼마나중
대한재물인가?
흑인을인간으로생각하기란도저히불가능한일이다.만일에그
들을사람으로생각한다면우리는결국기독교인이아니라는논
리가되고말것이다.

일칠사팔년께 『법의정신』이라는 글로 유명 짜 했다던 프랑스
얼간이 몽테스키외
이 허망한 작자 저 따위 헛소리, 이 책 저 책 읽고 쓰고 법관
도 지냈다던 18세기
프랑스 헛소리에 취한 몸속 왕 곰팡이는 하얗게 또 시퍼렇게
슬어 서캐 슬듯

사람마다 마음마당 맷방석 자리 펼치듯 왕이다 황제다 천자
다 대통령이다 지도자
주석이다 코미디 극장 희극배우 몸짓처럼 우왕좌왕 번져 오
뉴월 장마철 곰팡이실처럼
번지고 번지는구나.

2012년 5월 30일 물 빛날 서하리 글방. 오늘 새벽에는 잠
이 깨어 최석규 스승님의 글들을 교정보았다. 「사대주의와
새로운 국제사회」라는 제목의 글에는-국제사회의 민주주
의 확립을 위하여-라는 부제로 달고 서구 민주주의와 제국
주의 이야기를 아주 날카롭게 지적해 놓고 있다. 한 때 이광
수 무죄 론을 말씀하셔서 내가 맞선 적이 있었다. 그리고 최
선생님을 의심한 적이 있었는데, 의심할 분이 아니라는 걸
알았다. 외국물을 너무 많이 마시면 생기는 병이 이 어른에
겐들 없을까 보냐? 이게 내 생각이었다. 그런데 자세히 그의
글을 읽으니 그렇지만은 않다. 다행이다. 이 글을 바삐 읽어
출판하도록 서둘러야겠다. 그런데 문제가 생겼다. 최 교수님
의 글들만 먼저 엮어 놓고 그 다음 차례로 그를 기리는 글
들을 받아 내려고 하였는데, 연세대 불문학과 전 교수였던
이정 교수님 또 최 교수 제자들과 서로 의견교환 자리가 마
련되지 않아서 뒤죽박죽이 되어 버렸다.

폭력의 가장 뚜렷한 근원은 왕이라는 곰팡이 관념이다. 왕
이란 근본적으로 폭력배의 다른 이름이다. 이 이름은 오늘날

대통령, 수상, 또는 수령 따위로 몸을 바꾸어 사람 위에 횡행한다. 왕은 근본적으로 남의 위에 있다는 관념을 거느린다. 서양 패들은 위 시에서 보듯 그 왕권을 하느님이나 신神이 내렸다고 사기 쳐 왔다. 왕이나 황제 천황 따위는 날강도이자 폭력배들일 뿐이었다. 그들은 남보다 언제나 높고 특별하게 선택된 존재이므로 더 많이 먹어도 되고 더 많이 즐겨도 되며, 더 많은 땅을 소유해도 된다는 관념을 사람들 머릿속에 수 천년동안 집어넣어 왔다. 이런 관념은 정말로 옳은 것인가? 그것이 옳지 않다는 것을 꿰뚫어 알았고, 그것은 머릿속에서 빼어버려야 할 고약한 고정관념이라 생각하는 사람들은, 대체로 동서양을 비롯하여, 또 예나 지금이나 가리지 않고, 대체로 어린이 마음을 지닌 시인이었거나 혁명가들이었다. 조선 조 중간 쯤 되던 1546년에서 1589년까지 살았던 정여립鄭汝立이라는 인물은 사람들이 모두 다 같다는 생각을 퍼뜨렸다가 보수꼴통 못난이들에게 눈총을 받아 스스로 죽음을 택한 지식인이었다. '하늘 아래 모든 물건은 모든 사람들의 것이라天下公物說'는 생각이나 '어떤 일도 왕의 것은 아니라何事非君論'는 생각은 뚜렷한 왕권시대에는 그야말로 혁명적인 생각이었다. 반역죄로 다스려야 한다고 지껄이는 왕 밑 층층다리 벼슬아치들의 충동질에 그는 스스로 목숨을 끊었다. 그러나 이 조선의 뛰어난 혁명가는 뒷날 '동학'이라는 믿음 틀로 다져져, 저 최재우와 최시형의 '하늘님을 섬긴다侍天主'는 생각과 '하늘님이 곧 사람이다.人乃天'는 획기적인 생각의 뿌리로 이어져 내림을 주었던 인물이다. 이런 '민주주의' 생각 틀은 1860년대 뒤인 전봉준이나 손

화중, 김개남 등 혁명가들에 의해 엄청난 횃불 집회로 번져 나아갔었다. 프랑스가 1789년에 일으켰다는 프랑스 혁명이나 그 혁명 직전에 로베스삐에르 패가 왕이나 왕 밑에 심부름꾼으로 제 똥통 자리나 지키는 귀족이나 양반 따위 벼슬아치들의 한심한, 걸터듬는 탐욕 부림에 저항한 물결이었으며, 불꽃을 짚여 올린 횃불이었던 것이다. 혁명이란 잘못된 생각 틀을 깨부수려는 민중의 용틀임이며 잘못됨을 참지 못하는 사람들 마음의 꿈틀댐이다. 오늘날 촛불집회가 끊임없이, 조직폭력배들인 경찰이나 군에 의해 억압당하는 것은, 바로 이런 폭력에 대항하는 것이 두려운, 권력이라는 날강도 짓에 맛을 들인 패들의 집요한 폭력 맛 탓이다.

윤동주 그는 누구인가?

비타협 정신으로 세상 읽기

볼셰비키 혁명, 1917년 2월 혁명, 4월 혁명! 윤동주 탄생; 1917년 12월 30일, 중화민국 동북부(당시 만주)간도성 황룡현 용정촌에서 파평 윤씨 윤영석과 모친 김 용 사이에 맏아들로 윤동주는 태어났다. 러시아에서는 로마노프 왕권체제, 곧 니콜라이 2세 황제라는 깡패조직이 무너져 내린 해가 또한 1917년이었다. 윤동주가 태어난 이 해는 프롤레타리아 노동자 계급; 못 가진 자들 계급, 생산주체이면서 늘 돈 댄 패들 밑에서 굶주리며 종노릇하던, 인민대중들이 들고 일어나 폭력 조직을 깨 부셨던 해였다. 조선, 대한제국, 대한민국, 한국, 북한, 이 나라는 왜국 깡패들에게 나라를 빼앗긴지 벌써 7년째나 되어, 조선 사람들은 뿔뿔이 살길을 찾아 러시아 블라디보스토크다, 연해주다, 샹하이다, 연해주 연변 용정촌이다, 여기저기 흩어져 살았다. 왕권조직은 동서양을 막론하고 폭력을 기반으로 한다. 남을 내 삶의 수단으로 삼는다는 생각은 폭력이 불가피하다. 한 나라 안에서 왕권조직이라는 폭력의 그늘 속에 있다는 것, 그런 폭력이 넓어지면 제국주의라는 국가 폭력으로 번진다. 프랑스가 그랬고, 영국이 그랬으며, 왜국이 그랬으며[1] 오

---

1 카츠라 백작과 태프트 국무장관 —1905년 7월 27일 아침 장시간 비공개 대화를 가졌다 —이 밀약을 통해 제국주의 정책을 쓰기 시작한 미국은 오늘날 돈놀이꾼 악당 노릇을 톡톡히 하고 있다. 이 골격은 '케넌 프로젝트'라는 이름으로 아직도 살아 있다. 우리에게 재수 없는 이 밀약을 보이기로 한다.
첫째 미국 내 친(親)러시아 인사들이 일반대중에게 일본의 승리는 필리핀 열도를 공격하려는 확실한 전조일 것이라고 믿게 하는 것에 대하여 태프트 국무장관은 개인의 의견으로 필리핀에 있어서 일본이 지닌 단 하나의 관심은 이 섬들을 미합중국과 같이 강하고 우호적인 국가가 지배하여야 한다는 것으로 말했다… 카츠라 백작은 가장 강력한 용어를 사용하여 그 문제에 관하여 자신의 견해가 올바르다고 확답하였고 일본은 필리핀에 공격적 인 어떠한 복안도 품고 있지 않다고 확언하였다.
둘째 카츠라 백작은 극동지역에서 대체적인 평화를 유지하는 것은 일본의 국제정책에 근본적인 원리를 이루고 있다고 진술하였다. 사정이 이럴 진데… 가장 훌륭하고, 사실 하나밖에 없는, 상기목적을 성취하기 위한 수단 은 일본정부와 미국정부와 영국정부 간에 선의의 이해를 이룩하는 것이다…
셋째 한국문제에 대하여 카츠라 백작은 러시아와 우리가 수행하는 전쟁의 직접원인이므로 한반도 문제의 완벽 한 해결은 전쟁의 논리적 귀결로서 작성되어야 하는 것이 일본에게 절대적으로 중요한 사안이라고 진술하였다. 내버려 둔다면 전쟁 후에 한국은 전쟁 전과 같이 앞일을 생각하지 않고 다른 강대국들과 협정과 조약을 체결하는 상태로 돌아갈 것이고 따라서 전쟁 전에 있었던 동일한 국제적 분규를 재발시키게 된다. 앞으로 다가올 상황을 보건데 한국이 전과 같은 조건으로 후퇴되는 가능성을 배제하고 우리 합중국이 또 다른 외국과의 전쟁에 돌입하는 필연에 놓이지 않도록 일본이 결정적 역할을 수행하는 것이 절대적이라고 생각한다. 태프트 국무장관은 백작 생각의 정당성을 전폭적으로 받아드리고 개인 의견으로서 한국이 일본의 동의 없이 외국과 조약을 체결하지 못하는 정도로 한국 내 일본군대를 주둔시켜 종주권을 세우는 것은 현재 벌어지고 있는 전쟁이 가져올 논리적 결과이며 동아시아에 영구평화를 이루는데 직접적으로 기여하게 된다고 이러한 취지로 언급했다. 국무 장관이 이 문제… 확답을 줄 수 있는 권한이 없음에도 불구하고 국무장관의 판단은 루

늘날 미국이 그 길로 나아가고 있다. 그런 폭력의 어둠 속에서 윤동주 집안은 일찌감치 그의 할아버지 대에 중국 쪽으로 옮겨 살기 시작하였다.

> 윤동주의 집안은 증조부 윤재옥尹在玉 때인 1886년에 함경북도 종성에서 간도의 자동子洞으로 이주하였고 조부 윤하현尹夏鉉때인 1900년에 명동촌으로 옮기어 살았다. 1910년에는 일가가 기독교에 입교하였다.
>
> 윤동주의 외삼촌 규암圭岩 김약연金躍淵선생은 1899년 역시 종성에서 명동촌으로 이주한 한학자로서 1900년대 초에 명동학교를 세우고 많은 지사를 길러낸 선각자이며 1910년에 기독교에 입교하신 분으로 윤동주에게 적지 않은 영향을 끼쳤다.[2]

나라를 빼앗긴 민족은 그들이 살면서 가꾼 모든 것을 빼앗긴다. 문화라고 부를만한 모든 것, 그것은 곧 그 사람의 사람됨을 내세울만한 모든 것이다. 그런데 나쁜 인간 부라퀴들은 다른 사람들의 그것을 빼앗아 없앤다. 남의 것을 빼앗아 챙겨본 족속들의 유전인자 속에는 '다른 것' 차이에 대해서 무척 민감하다. 다른 것을 제 것으로 하려고 할 때, 반복해서 차이

스벨트 대통령이 이 문제에 대하여 동의할 것이라는 바이다.
1905년 7월, 국무성 잡다한 문서 제3부
일본외교연표 (竝) 주요문서 (상)
일본 외무성 편(소화 40년 11월 25일)

2 윤동주, 『하늘과 바람과 별과 시』(연세대학교 출판부, 2004), 331쪽.

를 없애려는 마음 쓰기에 나설 수밖에 없다. 의식했든 안 했든 프랑스 현대철학자 들뢰즈의 저술 『차이와 반복』[3]은 프랑스 사람들의 조상이 저질렀던 약탈과 겁탈, 훔쳐다 쟁여놓은 루브르 박물관이나 오르세 박물관의 외국 문화재가 내뿜는, 멸시와 증오심에 대한 본능적인 방어임에 틀림이 없다고 나는 읽는다. 이집트 문화재나 그리스 문화재가 어째서 저들 프랑스 루브르, 오르세 박물관 속에 번쩍이는 눈길로 진열되어 있는가? 영국의 대영박물관에 놓인 각종 남의 나라 문화재는 또 무엇인가? 남을 내 존재 값의 수단으로 여기는 모든 몸짓이나 마음 쓰기는 곧 폭력이고 부라퀴 짓이다. 부라퀴, 또는 악마가 바로 남을 내 존재 값의 수단으로 여기는 그런 족속이다. 앞에 보인 나의 시편 「왕 곰팡이실의 역사」속에 나오는 프랑스 철학자 몽테스키외는 바로 그런 악당의 악행을 그대로 지닌 웃기는 엉터리 앞 꾼이었다. 어떤 사람은 남에게 짓밟혀 죽어도 싸고 어떤 사람은 남에게 억눌려 살 수밖에 없는가? 정말로 그런 계급은 하늘이 만들어 놓았을까? 말도 안 되는 소리일 뿐이다. 이런 따위 생각의 더러운 말길을 제국주의자들은 수천 년 동안 만들어 왔다. 그리고 착하고 딱한 사람들은 이런 곰팡이 균에 중독되어 그런 악당들을 용인할 뿐만 아니라 의례 당연한 것으로 받아들이는 어리석음에 길들어 왔다. 일본 부라퀴들이, 서양 것들을 흉내 내어, 훔쳐간 남의 나라 문화재는 얼마나 되

---

3   질 들뢰즈, 김상환 옮김, 『차이와 반복』(민음사, 2004).

나?[4] 윤동주는 바로 이런 왜국 악당들의 비천한 부라퀴 짓에 희생당한 조선족 지성인이었다. 그는 왜적 부라퀴들이 만들어 놓은 행악의 어둠 속에서 이렇게 읊었다.

호젓한 세기의 달을 따라
알 듯 모를 듯한 데로 거닐과저!

아닌 밤중에 튀기듯이
잠자리를 뛰쳐
끝없는 광야를 홀로 거니는
사람의 심사는 외로우려니

아—이 젊은이는
피라미드처럼 슬프구나

「비애」라는 제목으로 쓴 1937년 8월 18일 작품이다. 놀랍게도 윤동주는 자기 시에 그것을 쓴 날자들을 적어 놓았다. 왜 그랬을까? 문학평론가들은 이 문제에 대해서 별로 눈을 돌리지 않았다. 그러나 나는 이 날짜 기록에 커다란 뜻이 있다고 평

---

4 경주 박물관에 벌여놓은 문화재를 잘 검토해볼 필요가 있다. 그 곳에 남의 문화재는 하나도 없다. 왜 그럴까? 남의 것을 약탈할 힘이 없었기 때문일까? 그렇게 말하는 지식인들도 있다. 내가 보기에 그런 이들은 서양의 더러운 바이러스에 감염된 지식 하수인일 뿐이다. 그래서 나는 그렇게 믿지 않는다. 남의 것을 훔쳐오는 것은 부끄러운 짓이고 천박한 짓임을 이 민족은 오래 전부터 믿고 행하여 왔다. 도덕적 선진국의 아주 알맞은 증거라고 나는 굳게 믿는다.

가하려고 한다. 그의 시는 자기가 살아내야 하였던 시대를 증언하려는 뚜렷한 일기에 해당한다. 같은 해 9월이라고만 적힌 시 「산협의 오후」에는 이런 독백이 있다.

내 노래는 오히려
섧은 산울림

골짜기 길에
떨어진 그림자는
너무나 슬프구나

오후의 명상은
아─졸려.

스물한 살짜리 젊은이의 노래가 서러운 산울림으로 되돌아오고 골짜기 길에 떨어진 그림자가 저렇게 슬픈 이유가 무얼까? 윤동주가 광명중학교에 다니면서 세계문학전집을 독파하면서 국내 작가 정지용의 시집을 정독하고 당시 용정 외가에 와 있던 아동문학가 강소천을 만났으며, 이상을 비롯하여 한국문학작품을 신문 잡지를 통해 스크랩하면서 문학 쪽에 깊은 관심을 가지고 존재의 문제를 깊이 파고 들었던 때였다. 그렇게 감수성이 가장 날카로운 청년기의 젊은이 앞에 펼쳐진 자기 확인은 어둠 그 자체였다. 자기가 기댈 나라를 잃었고, 자기 꼴값을 잃어 앞날이 캄캄한 시대에 젊은이에게 다가서는 것이란 이런 '슬픔이나 설운' 울림뿐일 수밖에 없다. 남에게 억눌리는 젊은이의 외로움과 절망을 윤동주는 이렇게도 노래하였다. 이 시는 그가 열여덟 살 때에 쓴 시 「내일은 없다-어린 마음에 물은」이다.

내일내일 하기에
물었더니
밤을 자고 동틀 때
내일이라고

×

새날을 찾던 나는
잠을 자고 돌보니
그 때는 내일이 아니라
오늘이더라

×

무리여!
내일은 없나니
....

〈1934. 12. 24〉

윤동주의 시 가운데 이 시만큼 철학적 깊이를 지닌 것은 없어 보인다. 시간은 사람 누구도 볼 수 없는 현상이다. 짐승들이 무지개 빛깔을 못 보는 색맹이듯이 인간은 시간에 대한 색맹이라고 한다. 언제나 오늘만 있는 우리들 삶의 어제와 오늘 담날은 모두 다 오늘에 와서 멈추거나 인지된다. 오직 오늘만 존재하는 시간! 이것은 물리학적 시간 이야기이다. 그러나 젊은이들이 내일을 꿈꾸는 것은 앞날의 자아 나를 설정하는 지향점이고 목적이기도 하다. 열심히 공부해서 판검사가 되겠다든지, 가수가 되려고 열심히 노래 실력을 기르는 것은 다 내일의 나를 설계하는 오늘의 자아실현이다. 내일이 없다는 말 속에는 바로 이런 설계가 실현될 수 없다는 것과도 같다. 대학을 나와봤자 모두 왜놈들이 좋은 자리를 차지하고 조선 청년에게는 그런 직장 자리가 없다. 절망의 또 다른 꼴새이다.

식민지 조선에 왜놈들을 모두 풀어 놓아 조선 청년의 갈 길은 캄캄한 어둠일 뿐이다. 조선 총독부에 취직하였던 김동인은 퇴근길에 아는 사람을 만나 '왜놈 앞잡이다'는 말을 듣고 기절한 적이 있다고 했다. 그는 그 직장에 다시 나가지 않았다. 한국 사람의 눈과 왜놈들의 눈! 두 날의 칼, 양도론兩刀論, 딜레마, 이 논의는 논리학에서 즐겨 다루는 말법이다. 이쪽으로 가도 칼이고 저쪽으로 가도 칼날이다. 기독교에서 행하는 주기도문 가운데, '나를 시험에 들지 말게 하옵시고,'라는 말은 엄청난 참뜻을 지니고 있다. 윤동주는 그런 시험대 위에서 발가벗긴 채 놓여 있던 청년이었다. 그래서 그는 직장도 취직도 밥벌이도 다 막막하게 막힐 시 쓰기 길로 나섰다.

불복종 정신으로 살기

　윤동주는 당대의 더러운 제국주의 폭력에 맞선 혁명가였는가? 답은 아니다 이다. 그러면 그는 당대에 민족을 찾기 위해 모든 것을 떨치고 일어섰던, 마치 안중근처럼, 필생을 나라 되찾기라는 쓰라린 투쟁의 가시밭길로 나아갔던, 독립 운동가였는가? 이 답 또한 아니다 이다. 그러나 그는 왜놈 경찰에게서 민족 운동가로 찍혀 왜국 땅 복강 감옥에서 2년 형을 받아 징역생활을 하다가 죽었다. 어떤 감옥 생활이었기에 미쳐 서른 살도 되지 않은 청년 윤동주가 1년여를 마치고 감옥에서 죽었을까? 약물을 주입하였다는 이야기에 대한 김학철이라는 투쟁가의 부정 이야기는 잘 못 된 것으로 나는 판단하다.[5] 그런데 그는 감옥에서의 약물주입은 없었다고 증언한 적이 있다. 그는 왜국 구주 병원에 입원해 있었는데 어떻게 경도시에 있던 복강 감옥의 일을 아는지! 말도 안 되는 소리를 그는 지껄였다. 왜놈

5　김학철은 독립운동에 나섰던 강렬한 조선 사람으로 투쟁 전선에서 총 맞은 후유증으로 다리를 잃었던 사람이다. 그에 대한 백과사전의 풀이는 이렇다. 1916 함남 원산~2001. 9. 25 중국 지린 성(吉林成). 항일독립운동가·소설가. 일제에 맞서 무장 투쟁했던 전사(戰士)들의 삶을 주로 그렸다. 서울에서 중학시절을 보낸 뒤 학비가 들지 않는 학교를 찾아 상하이(上海)로 건너갔다. 그곳에서 중국 국민당의 핵심인물을 키우는 중앙육군군관학교를 졸업하고, 이어 친구 문정일과 함께 팔로군 내에 조직된 조선의용군에 들어가 중국 동북지역에서 무장투쟁을 벌였다. 1943년 호가장 전투에서 다리에 총상을 입고 일본군 포로가 되어 나가사키(長崎)로 끌려가 한쪽 다리를 잘랐다. 10년 구형을 받았으나 8·15해방이 되자 풀려났으며, 그 뒤 서울에 잠시 머물다가 1946년 월북했다. 노동신문사 등에서 일하면서 단편 「담뱃국」(문학, 1946. 8)을 발표했다. 1951년 베이징으로 건너가 옌지 시에 자리를 잡고, 중국문학연구소의 연구원으로 있으면서 여러 편의 작품을 발표했다. 중국의 문화대혁명 기간인 1966~76년에는 '반혁명작가'로 몰려 감옥에서 지냈다. 창작에만 전념하여 1930년대 북간도에서 펼쳐진 항일투쟁을 다룬 전3권의 『해란강아 말하라』(1954)와 가난한 어부의 아들이 민족해방의 투사로 성장하는 이야기인 전2권의 『격정시대』(1986)를 펴냈다. 중국작가협회 옌벤 분회 부주석을 역임했으며 1990년 이후로는 수차례 서울에 다녀가기도 했다.

경찰이 윤동주와 그의 고종 사촌 형 송몽규, 고희욱 등에게 내린 판결문을 보이면 이렇게 되어 있다.

> 어릴 때부터 民族的 學校敎育을 받아 思想的 文學書籍 等을 耽讀함과 交友의 感化 等에 의하여 일찍이 熾烈한 民族意識을 품고 있었는데, 성장하여 內鮮 간의 소위 차별문제에 대하여 깊이 怨嗟의 마음을 품는 한편 我 朝鮮 統治의 방침을 보고 조선 固有의 民族 文化를 絶滅하고 朝鮮 民族의 滅亡을 도모하는 것이라고 여긴 結果, 이에 朝鮮 民族을 解放하고 그 繁榮을 초래하기 위하여서는 朝鮮으로 하여금 제국 통치권의 지배로부터 이탈시켜 독립 국가를 건설할 수밖에 없으며, 이를 위하여서는 조선 民族의 현시에 있어서의 實力 또는 과거의 獨立運動 失敗의 자취를 반성하고 당면 조선인의 實力, 民族性을 향상하여 獨立運動의 素地를 培養하도록 一般 大衆의 文化昂揚 및 民族 意識의 誘發에 힘쓰지 않으면 안 된다고 決意하기에 이르렀다.
>
> 1944년 3월 31일
> 京都地方裁判所 第2刑事部
> 裁判長 判事 石井平雄
> 渡邊常造
> 瓦谷末雄[6]

---

6   송우혜, 『윤동주평전』(세계사, 1998), 323~324쪽 참조.

윤동주는 당대 왜정치하의 사는 형편을 아예 부정하였고 그들의 정책적 요구나 강요에 정면으로 불복종하였던 조선 사람이었다. 그리고 그는 아주 뛰어난 시인이었다. 윤동주, 그는 누구인가? 그는 마음이 약하고 여리며, 남을 생각하는 정이 깊고 따뜻한 청년이었다. 그런데 그는 왜정치하의 모든 감언이설이나 책략에 절대 넘어가지 않는 강골의 사나이였다. 그래서 그의 시는 가녀린 듯하면서도 그 깊이는 깊고, 뜻은 도도하였으며 누구에게도 복종하지 않는 지성인이었다. 게다가 그는 왜놈들을 잡자! 왜국을 때려 부수자! 고 소리 높여 부르지도 않았다. 그런 그를 왜국 법정에서는 죄인으로 묶어 징역살이를 시켰고, 확인하기 어려운 약물을 투여하였으며[7], 징역생활 2년을 버티지 못하고 죽어가도록 만들었다. 그런데 놀랄 일은 그렇게 허망하게 죽어간 청년 윤동주가 기막힌 시들을 남겨 놓았던 것이다. 왜놈들이 수십만 무고한 사람들을 만주에서 조선에서 죽였어도 요즘 절대 그런 적이 없노라고 발뺌한다. 그런데 윤동주는 그들이 무고하게 죽인 것이 확실할 뿐만 아니라 그의 시가 왜정시대를, 그 폭력과 더러운 부라퀴 악행들을, 낱낱이 기록하는 시를 남겼던 것이다. 서정시 속에는 당대 현실이 담겨 있지 않을까? 천만의 말씀이다. 넌지시 산이나 강물, 바다를 읊는 듯이 말을 하면서 그를 덮고 있는 더러운 여러 악

---

7   감옥으로 면회 갔던 윤동주의 그의 부친과 당숙 윤영춘이 송몽규를 면회하면서 들은 송몽규의 이야기가 있다. 그렇게 건장하던 송몽규의 몰골이 뼈에 가죽을 발라놓은 것 같은 몰골을 보고 놀라 물으니 송몽규는 이렇게 말하였다고 했다. 이름 모를 약물을 주입하면서 숫자 세기를 시킨다고 했다. 왜놈들의 오리발 책략은 이제나 그제나 늘 똑같다.

한 기운을 모두 다 그 시어 속에 담는다. 그게 서정시의 가장 큰 힘이고 매력이다. 윤동주는 죽어서 위대한 시인 반열에 오른 시인이다. 살아생전에 그는 시인으로 행세하지도 못하였고, 또 젊은이가 마땅히 누릴만한 여러 권리를 누리지도 못한 채 죽임 당한 희생양이었다. 조선을 위한 희생양!

윤동주의 시 정신

윤동주를 민족 시인이라거나 독립을 위한 반항시인이라고 읽는 눈길에 대해서 알레르기 반응을 일으킨 평론가 한분이 있었다. 그는 그냥 '서정시인'[8]이라는 것이다. 서정시인? 서정시인은 그냥 자기에게 주어진 삶을 아름답고 따뜻하게 읊는 정적인 시인이라고만 읽어야 할까? 이건 말도 안 되는 소리일 뿐이라고 나는 주장한다. 광복 이후 윤동주 시집을 내기 위해 〈경향신문〉 주필이었던 시인 정지용鄭芝溶은 이런 시론을 써 붙였다.

노자老子 오천언五千言에
'허기심虛氣心 실기복實其腹 약기지弱氣志 강기골强其骨'이라는 구句가 있다.
청년靑年 윤동주尹東柱는 의지意志가 약弱하였을 것이다. 그

---

8   이 '서정시'라는 말은 윤동주가 죽고 나서 광복을 맞은 지 3년 쯤 되던 해에 그의 첫 시집 「하늘과 바람과 별과 시」를 〈정음사〉에서 낼 적에 선배 시인 정지용이 서문을 쓰면서 한 말이다.

렇기에 서정시抒情詩에 우수優秀한 것이겠고, 그러나 뼈가 강强하였던 것이리라. 그렇기에 일적日賊에게 살을 내던지고 뼈를 차지한 것이 아니었던가?

무시무시한 고독孤獨에서 죽었고나! 29세가 되도록 시詩도 발표發表하여 본 적도 없이!

일제시대日帝時代에 날뛰던 부일문사附日文士놈들의 글이 다시 보아 침을 배앝을 것뿐이나, 무명無名 윤동주가 부끄럽지 않고 슬프고 아름답기 한限이 없는 시를 남기지 않았나?

시와 시인은 원래 이런 것이다.

부일문사나, 서정성을 당대 폭력에 무반응한 것이라고 읽는 해석 또한, 같은 부류의 값으로 매겨야 한다. 윤동주가 1941년도 연희전문학교를 졸업하던 해에 쓴 두 편의 시는 그의 가장 뚜렷한 자기주장으로 당대 어느 시인도 이를 흉내 내지 못한 시세계로 쌓아올렸다. 서정시 속에는 늘 시적 자아가 들어 있다. 그런 시적 자아를 어떤 꼴로 꼴매김 할 것인지는 부조리와 폭력으로 가득 찬 시대이든, 겉보기로 화평한 시대이든, 어느 시대, 어떤 곳이든 참됨을 찾으려는 시인에게는 같은 아픔이나 슬픔을 지닌 이들에게 전하고 싶은 말이 반드시 있다. 그리고 그것을 그의 시 쓰기에다 어떤 말투를 통하든 적어 놓는다. 그렇잖으면 무얼하러 시를 쓰겠는가? 시란 자기 마음 속 깊은 곳의 바람을 꿈을 드러내는 언술행위이다. 어둠으로 가득 찬 세상에서는, 추운 곳에서 따뜻한 것, 뜨거운 곳에서 서늘한 것을 찾듯, 빛을 찾는다. 조용하고 평화롭던 마을에 떠들썩하게 휘젓고 다니는 불량배들이 절거럭거리며 칼을 휘두르는 마을에는 평화가 없다. 늘 마음 졸임으로 한 시도 마음 편할 날이 없던 시대가 어떤 곳이었을지? 도시고 시골 마을이고 왜놈들이 칼을 차고 모든 것을 제 마음대로 뒤틀어 대던 1910년부터 1945년까지 한국 사람들에게 살길은 딱 세 가지 정도였다. 하나는 자기를 괴롭히는 왜놈들에게 정면으로 맞서 싸움 길에 나서는 길이다. 이웃이나 동족에게 격려와 마음 보태는 눈길을 얻는 대신 적들 앞에 노출될 수밖에 없으므로 목숨은 늘 위태롭다. 또 다른 길 하나는 아예 적들인 왜놈들 편에 서서 그놈들이 시키는 반역의 부라퀴 짓을 저지르며 걸어가는 길이다. 왜정시대에 우리는 그런 부류의 아주 많은 부역附逆인사들을 만난다. 왜놈 밑에서 경찰청장을 한다든지, 왜놈 밀정으로 나서서 조선족 민족투사들을 잡아 죽이는 일에 나서는 길, 또는 글로 왜놈 정책을 찬양 고무하면서, 조선 젊은이들에게 전쟁에 앞장 서 나아가기를 부추기는 연설을 한다든지, 글을 쓸 줄 아는 패들은 그걸 글로 써서 왜놈들을 도왔던 것이다. 당시 왜놈들이 일으킨 전쟁은 모두 다 침략전쟁이었으며 약탈 전쟁이었던 것이다. 강도짓을 도우라고 독려하는 문인이 있다면 그는 이미 죽은 사람인 것이다. 이 길에도 무서운 칼은 발길마다 솟아 있다. 동족을 잡으려는 패에게 동족 누가 그를 사람으로 여길 것이겠는가? 다음 마지막 길은 이것도 저것도 아닌 무지렁이로 사는 길이 하나 있다. 이놈이 시키면 그대로 하고 저놈이 시키면 그대로 따라 하는 무지렁이 인생! 그런 양면의 칼과 썩은 쓰레기 더미 같은 시대 삶이 왜놈들에게 나라를 빼앗긴 그 시절이었다. 거기 한 복판에 시인 윤동주가 신음하며 살고 있었다. 제3의 길을 프랑스의 얼간이 철학자 루시앙 골드만은 '비극적 세계관'이라고 불렀다. 세계관![9] 왜정시대(1910~1945)를 통틀어 왜놈들의 동경이나 감정, 사상의 총체는 정면으로 조선 사람들과 맞선다. 그런데 왜놈들의 편을 든 사람들이 있었다. 다 먹고 살기 위해서라는 핑계를 줄줄이 거느린 채 그들이 있었다. 아예 지식 밀정으로 나선 이인직은 말할 것도 없고, 〈독립신문〉편집국장으로 백범의 「칠가살」[10]을 그 신문에 떡하니 내어, 조선 사람들 마음을 들쓰셔놓고 난 바로 그 해, 조선에 들어와 친일 행각에 앞장 선 이광수의 변명은 참으로 꾀죄죄하다. 자기의 친일은 한국 백성들을 편하게 해 주기 위한 희생이었다나 뭐라나! 꼴불견! 네 번째 길을 간 윤동주의 시 두 편을 읽어 볼 차례이다. 첫째 시는 「십자가」이다.

쫓아오던 햇빛인데
지금 教會堂 꼭대기
十字架에 걸리었습니다.

尖塔이 저렇게도 높은데

---

9   루시앙 골드만, 송기형/정과리 옮김, 『비극적 세계관의 변증법 숨은 신』(여강출판사, 1984), 22쪽에는 이런 풀이가 있다. '명확히 말하여 세계관은 한 그룹(대부분의 경우 사회계급)의 구성원들을 결합시키고 그들을 다른 그룹과 대립시켜 주는 동경, 감정, 사상의 총체이다.'

10   백범 김구의 임시정부는 1920년대 칠가살(七可殺)을 선언, 처단대상으로: 1. 일본인 2. 매국적(賣國賊) 3. 고등경찰 및 형사·밀고자 4. 친일부호 5. 적의 관리(官吏) 6. 불량배 7. 배반한 자 등으로 구체화했다.(여기서 불량배는 독립자금을 훔치는 자를 말한다.)

어떻게 올라갈 수 있을까요.

鍾소리도 들려오지 않는데
휘파람이나 불며 서성거리다가,

괴로왔던 사나이,
幸福한 예수 그리스도에게
처럼
十字架가 許諾된다면

모가지를 드리우고
꽃처럼 피어나는 피를
어두워가는 하늘 밑에
조용히 흘리겠습니다.

이 시는 그가 연희전문학교 졸업 직전인 1941년 5월에 쓴
작품이었다.[11] 알다시피 예수라는 인물은 흉기 십자가를 우리
들 삶의 지표 빛으로 만든 성인이었다. 십자가는 하나의 빛이
다. 어둠을 밝히는 빛, 더러움을 씻어 말리는 빛, 탐욕에 절어
폭력이나 일삼는 악마들의 죄악을 드러내는 빛 그것을 예수
라는 인물을 통해 유대인들은 만들어 내었다. 예수 그는 가난

---

11 윤동주는 전시 학제 단축으로 1941년 12월 27일에 연희전문학교 4년을 졸업하였다. 그
리고 이 당시에 전문학교는 보성전문과 함께 4년제였다. 정음사 판본 윤동주 시집 「하늘
과 바람과 별과 시」 1987년도 연보 참조.

한 이, 슬프고 아픈 이, 절망에 빠진 이, 죽을병에 걸려 신음하는 이들을 위해 목숨조차 버린 사람이었다. 오늘날 못난 정치 패들 눈깔로 본다면 예수는 틀림없이 극좌파 빨갱이였다. 가진 자들 편에 서지 않고 늘 그는 못 가진 이들, 헐벗고 굶주린 이들 편에서 세상을 읽었고 또 그렇게 살았다고 성경에 기록되어 있다. 그런 예수의 발걸음을 따라나서겠다고 윤동주는 이 시 「십자가」에서 썼다. 윤동주는 용정촌 명동에서 기독교 신자로 살았다. 왜놈들은 연변에서, 서양에 둥지를 틀고 동양에 세력을 확장하고 있던, 서양 선교사들의 둥지인 성당을 불 질렀다가 큰 봉변을 당한 적이 있었다. 독일 선교사를 응원하러 독일 군대가 들어와 왜놈들에게 성당 태운 짓에 대한 사과를 받아내었던 것이다. 그래서 왜놈들, 그 극악한 천덕꾸러기들, 폭력배들도 기독교 신자들은 함부로 대하지 않는 꼴을 보였던 것이다. 힘 싸움질 꾼들이 벌이는 코미디!

　　윤동주는 십자가에 못 박혀 죽었다던 예수를 '행복한 예수 그리스도'라고 불렀다. 못 박히는 괴로움은 비록 클지라도, 옳은 것을 위해 괴롬을 당하는 것, 그것이야말로 행복한 자의 발길이라고 윤동주는 2십대 나이에 내세웠다. 그도 예수처럼 십자가가 주어진다면 그가 간 길처럼 자기도 따라가겠다는 것이다. 시적 자아가 윤동주인가 아닌가는 많은 논의가 필요하다. 하지만 그는 이렇게 뚜렷하게 읊었던 것이다.

　　모가지를 드리우고
　　꽃처럼 피어나는 피를

어두워가는 하늘 밑에
조용히 흘리겠습니다.

'어두워 가는 하늘 밑', 그곳은 어디일까? 폭력으로 뒤덮인
곳, 남의 존엄성을 짓밟으며, 남을 노예로 삼는 재미에 빠진,
그래서 남이 거둔 곡식이나 재물을 가로채며, 그들이 나날을
밟으며 삶을 경영하던 토지를 마구 빼앗아 제 것으로 삼는 왜
적 악마들로 가득 찼던 그곳은, 제국주의 날강도들이 설치며
횡행하던 조선 땅 여기저기였다. 그래서 그는 성경의 한 구절을
뒤틀어 당대 삶을 구슬프게 읊었던 것이다.

팔복
마태복음 5장 3-12

슬퍼하는 자는 복이 있나니
슬퍼하는 자는 복이 있나니
슬퍼하는 자는 복이 있나니
슬퍼하는 자는 복이 있나니
슬퍼하는 자는 복이 있나니
슬퍼하는 자는 복이 있나니
슬퍼하는 자는 복이 있나니
슬퍼하는 자는 복이 있나니

저희가 영원히 슬플 것이오.

글쓰기에서 반어법은 자주 쓰이는 기법이다. 특히 어두운 시대, 폭력이 설치는 시대, 더러운 악마들이 날뛰는 시대일수록 시인이나 작가들의 글쓰기는 반어로 뒤틀어 쓴다. 제국주의 국가 왜국 놈들이 아주 싫으면서도, 그 싫다는 소리를 좋다고 쓰면서, 그게 뜻을 뒤튼 반어라는 것을 보이려고 문인들은 뼈를 깎는 말 고르기 아픔을 견딘다. 성경의 마태복음 5장 3~12절 마지막 구절은 아마도 '천국이 저희 것임이라' 어쩌구 했을 것이다. 놀랍게도 오늘날 악마들이 분명한 돈놀이꾼들, 전 세계 인민을 빚의 노예로 만든, 빌더버그 패들도 예수를 자기들 편이라고들 툭하면 지껄이고는 한다. 국제적인 코미디가 아닌가!

윤동주는 극악한 왜놈 치하에서 왜놈을 욕하거나 쫓아내자는 말을 하지도 시를 쓰지도 않았다. 그래서 뒷날 문학평론가들은 윤동주의 투쟁경력을 없는 것으로 보곤 하였다. 문인도 붓을 꺾고 총칼을 들어 투쟁전선에 나서야 하는 게 아닌가? 그렇다, 그러나 싸움은 전 후방이 있어 그 싸움 방식이 다 다를 수 있다. 시인이 싸우는 방식은 군인이 싸우는 방식과는 달라야 하고 또 다르다. 조선 땅 온 천지가 다 전선이고 일상적인 말과 글 속에, 모두 다, 빼앗긴 조국을 되찾으려는 가시와 뼈가 들어 있을 수 있다. 윤동주의 시 가운데 이런 쟁패에 관한 시는 바로 태평양 전쟁이 터지던 해에 씌어졌다. 우리들 머릿속에 익숙하게 새겨져 있는 용궁설화를 패러디로 쓴 시 「간」이 그것이다.

바닷가 햇볕 바른 바위 위에
습한 간을 펴서 말리우자.

코카사스 산중에서 도망해온 토끼처럼
둘러리를 빙빙 돌며 간을 지키자.

내가 오래 기르던 여윈 독수리야!
와서 뜯어먹어라

너는 살지고
나는 야위어야지, 그러나,

거북이야!
다시는 용궁의 유혹에 안 떨어진다.

프로메테우스 불쌍한 프로메테우스
불 도적한 죄로 목에 맷돌을 달고
끝없이 침전하는 프로메테우스.
〈1941. 11. 29〉

이 시는 용궁설화와 그리스 신화를 빌어다가 시인의 결의
와 감정을 노래한 것이다. 이 시가 내세운 용궁설화에서 용궁
의 용왕은 폭력배에 속한다. 용왕이 병들어 아픈데 그것을 고
치려면 토끼 간을 먹어야 한다는 이 설화는 독특한 울림으로

사람들 앞에 다가서는 동양쪽 이야기이다. 거북이는 토끼를 잡아들이라는 명령 수행의 사자이다. 절대절명의 위기에서 벗어나려는 슬기를 보여주는 이 이야기는『삼국유사』에도 용궁 이야기로 나오고, 김부식의『삼국사기』에는 고구려에 억류된 김춘추가 이 '집에 두고 온 토끼 간'의 술법으로 탈출에 성공하였다는 기록이 있다. 신라의 김춘추는 고구려에 억류된 채 어느 땅을 내놓으라는 위협에 맞서, 고구려 권신에게 준 뇌물 덕으로 얻어들은, 이「귀토지설龜兎之說」술책을 써서 탈출하는 데 성공하였다. 그것을 윤동주는 빌어 온 것이다. 꼼짝없이 죽게 된 위기로부터 벗어나는 길은 이런 책략으로도 가능하다. 이 시「간」에는 또 하나의 신화가 있다.

그리스 신화! 미리 미래를 볼 수 있는 능력을 지닌 프로메테우스는 태양신 아폴로의 해 마차에서 불을 훔쳐다 인간에게 줌으로써 인간으로 하여금 엄청난 문명을 이룩하게 한다. 올림포스 신전의 신들 세계까지 위협할 정도로 인류는 불로 문명을 일으켰다. 하늘의 제왕 제우스는 불을 훔쳐다 인간에게 준 프로메테우스에게 3만년 동안(또는 3년 동안?) 코카서스 산 꼭대기 바위에 묶인 채 낮이면, 독수리에게 간을 뜯기는 아픔을 견뎌야 하고, 밤이면 다시 이 간을 소생시켜, 낮에 간 뜯기는 고통을 맛보게 하는 형벌을 가한다. 인간의 편이었던 이 프로메테우스는 에피메테우스라는 동생이 있다. 에피메테우스는 늘 먼저 행동하고 뒤에 후회하는 성격이란다. 제우스는 판도라에게 비밀 상자 하나를 들려 보내어, 이 후회 꾼에게 주었다. 상자를 열지 말라는 형의 당부에 아랑곳없이, 동생은 그 판도라 상자를 열어 인간에게 가할 온갖 질병과 고통이 튀어나오게 만들었다. 문득 형 생각이 나서 뚜껑을 닫았는데 거기 갇힌 것이 '희망'이었다, 고 전해 온다. 희망은 그래서 늘 그렇게 갇혀 있을 뿐이라는 말! 윤동주는 이 신화를 『삼국유사』나 『삼국사기』에 전하는 '귀토지설'과 겹쳐 한 뜻의 이야기를 만들었다.

병든 용왕이나 제우스는 다들 권력자의 상징이다. 권력자들은 그 권력의 힘으로 남을 죽이거나 간을 빼앗을 흉계를 지녔다. 왜정시대 당대에 이런 폭력의 주체는 물어보나마나이다. 조선 사람들의 간을 빼어 제 나라의 살림을 잘 차리겠다고 나선 침략의 행보는 앞으로 우리가 다시 당해서는 안 될 치욕이다. 간을 지닌 토끼! 인류를 위해 불을 가져다주었고 그들에게 제사지내는 법을 알려준 프로메테우스에게 간을 뜯기는 형벌을 가한 제우스 독재자, 폭력의 주체에게 더는 간을 뜯기는 아픔을 겪어서는 안 된다. 그리고 용궁구경 시켜준다는 유혹에도 다시 떨어져서는 안 된다.

내가 오래 기르던 여윈 독수리야!
와서 뜯어먹어라

너는 살지고
나는 야위어야지, 그러나,

진정한 혁명가나 지성인, 나와 남에 대한 생각이 깊은 이들은, 독재의 폭력이나 제국주의 폭력에 간을 내어놓고 뜯기는 이들이다. 독수리, 독재자 하수인들, 그 무수한 감옥의 간수들이나 검사, 경찰, 헌병대, 특고경찰 따위 그들이 다 이런 독수리가 아닌가? 그러나 지성인은 뜯기는 고통을 안고도 독재자의 끝장, 그 마지막 길이 무엇인지를 아는 이들이다. 영어의 'pro'는 우리말의 '미리' 또는 '앞일'을 뜻하는 말이다. 프로메테우스는 예견豫見의 능력이 있는 지성인이다. 검찰이나 경찰이 판치는 세상에서 지성적 문인들은 야윌 수밖에 없다. 여기서 시인 윤동주가 지키자고 말한 이 '간'은 무엇일까? 확대 해석 하면 여기서 간은 인간의 '정신'에 해당한다고 읽힌다. 정신, 결코 머리 숙이지 않는 드높은 기개와 누구에게도 함부로 대하지 않는 몸꼴의 높은 기품이 곧 간일 수 있다. 정신을 남에게 팔아 연명하는 사람을 우리는 간도 쓸개도 빼 준 사람이라고 사람 취급하지 않는다. 여기 붙었다 저기 붙었다 하는 얼간이들을 우리는 많이 보아왔다. 어려운 시대일수록 그런 사람이 눈에 잘 띈다. 윤동주는 이렇게 시로 자기 도덕원리를 포개어 놓았다. 그런데 왜적들이 그를 죽였다. 그렇게 죽겠노라고 「십자가」에서 뚜렷하게 밝혀놓은 그 시인을 멋도 모르고 죽였던 것이다. 그것도 공개적으로!

맺는 말-「서시」와 함께 하는 마무리 말

사람은 그가 누구든 남에게 억눌리거나 업신여김 받기를 싫어한다. 또 제대로 마음이 세워진 사람은 남에게 해를 끼치는 일이야말로 가장 해서는 안 될 자기모독이라고 여긴다. 공자가 '어짊仁' 곧 내 마음 속에 든 이 어짊을 굳게 하지 않고는 결코 너와 관계를 잇는 '예禮'에 다가설 수 없다고 말한 가르침은 공자 철학의 알짜배기이다. 나의 어진 마음이 더럽혀진 상태라면 너와의 관계 또한 그렇게 더럽혀질 수밖에 없다. 이렇게 남과의 관계를 더럽히면 염치를 잃는 것으로 본다. 염치, 부끄러움! 이제 「서시」를 볼 차례이다. 이 시는 윤동주의 대표작품이지만 어째서 이 시가 그렇게 사람들을 사무치게 만드는지 잘 모른다. 그러나 이 시가 사무치는 것은 우리들 마음속에 든 도덕철학의 깊은 울림 말을 담고 있기 때문이다.

> 죽는 날까지 하늘을 우러러
> 한점 부끄럼이 없기를,
> 잎새에 이는 바람에도
> 나는 괴로워했다.
> 별을 노래하는 마음으로
> 모든 죽어가는 것을 사랑해야지
> 그리고 나한테 주어진 길을
> 걸어가야겠다.
>
> 오늘밤에도 별이 바람에 스치운다.
> 〈1941년, 11월 20일〉

이 시는 정말로 엄청난 도덕적 잣대를 내세운 작품이다. 이 시에서는 대강 세 가지 중대한 싯적 말씀이 들어 있다. 첫째는 '하늘을 우러러 한 점 부끄러움이 없기를' 비는 기도가 들어 있다. 부끄러움의 가치는 사람살이의 가장 중요한 너와 나의 관계 문제가 걸려있다. 나의 '어진 마음仁'이 완결되어야 비로소 너와의 관계가 화해롭게 이루어지는 예禮를 이룰 수 있다. 내 마음이 검고 어두우며 사특하면 너와의 관계는 그 같은 꼴새로 이어질 수밖에 없다. 왜적들이 자기의 행복이나 기쁨, 편안함을 늘이기 위해 남의 나라를 침범했다면 이미 그 관계는 부서진 꼴로 드러난 것일 뿐이다. 부끄러움, 염치를 잃은 사람만이 남을 해친다. '부끄러움'이라는 가치는 공자가 가르쳤든 맹자가 이론을 세웠든 이 동양 사람들 모두가 지닌 도덕적 잣대의 꼭짓점이다. 제국주의 침략이란 이런 부끄러움을 아예 내버린 족속들이 저지르는 행악이다. 1910년부터 윤동주가 태어나, 왜적들에게 죽임 당한 해, 1945년 2월까지는 아시아 전역이 온통 부끄러움을 잃은 부라퀴 짓의 어둠으로 가득 찼던 시절이었다. 그런 시대에 윤동주는 이 부끄러움을 내세웠다. 밝은 마음 양심良心을 지닌 사람에게 이 도덕적 잣대는 가장 아프고도 날카로운 커다란 울림의 말씀일 터이다.[12]

둘째로, 윤동주 「서시」의 또 한 마음 움직임은 '모든 죽어가는 것에 대한 사랑'이 들어 있다. 부끄러움을 잃은 패들에게 죽임 당하는 것이 한국 역사에서는 아주 많았다. 하나가 민족

---

12 지금 일본에는 윤동주를 기린다는 모임이 여럿 있다. 그래도 밝은 마음이 살아 있는 일본 사람들이 그들일 터이다.

의 전통적 가치인 말글이 죽어가고 있었다. 그리고 또 하나는 한국 사람들이 조상으로부터 물려받아 지켜온 이름이었다. 이름이란 그 존재를 나타내는 '꼴값'의 귀중한 등뼈였다. 그런데 왜적들은 1939년부터 한국 말글을 못 쓰게 하면서 왜놈 말만 쓰도록 법령을 만들었다. 게다가 1840년도에 이르면 한국 사람들의 이름을 바꾸라고 강요하였다. 왜놈 식으로 이름을 갈아치우라는 것, 창씨개명創氏改名은 한국인들에게는 참을 수 없는, 수모였고, 무지막지한 억압이었다. 몇 백 년 이상을 지켜오던 이름 짓기를 왜 것으로 바꾸라는 억압은 조선사람 영혼에 씻을 수 없는 상처를 남긴 부라퀴 짓이었다. 한국 사람으로 수 천년 동안 지키며 살아 온 문화를 왜놈들은 죽이고 있었다. 모든 죽어가는 것은 바로 한국 사람들이 지켜온 자기 정체성이었다. 그래서 윤동주는 '모든 죽어가는 것을 사랑해야지'라고 썼던 것이다. 그런데 동지사 대학 윤동주 문학비에 새긴 시와 일본 중등학교 교과서에 실린 시를 뒤틀어 놓았다면 문제는 그리 쉽게 볼 일이 아니다.

그리고 마지막 셋째로 밝힐 「서시」의 말씀은 윤동주와 그의 시를 경건하게 읽게 하는 가장 큰 울림을 주는 내용이다. 그것은 '나한테 주어진 길을 걸어가야겠다'는 구절이다. 부끄러움을 잃은 시대라면 어느 때나 다 그렇겠지만, 윤동주가 살았던 그 때나 오늘날 바로 지금이나, 나한테 주어진 길이 어떤 것인지를 알고 있는 젊은이는 드물다. 다들 갈 길을 잃고 헤맨다. 왜 그럴까? 누군가 돈 놀이꾼들에게 노예로 사로잡힌 사람들의 앞날은 없는 셈이다. 대기업에 취직하여 '돈이라는 신'에게 경배나 하면서 사는 삶을 꾸리는 외에 다른 길은 어디에 있을까? 거의 없어 보인다. 그래서 젊은이들은 헤맨다. 그런데 20대 후반에 이른 윤동주는 그런 인물을 시에 등장시켰다. 나한테 주어진 길! 그 길은 앞 시 「십자가」에서 옮겨다 풀이한 시 속에 들어 있다. 「십자가」의 한 인물은 '괴로웠던 예수, 행복한 예수·그리스도에게/처럼/십자가가 허락된다면//모가지를 드리우고/꽃처럼 피어나는 피를/어두워 가는 하늘 밑에 조용히 흘리겠습니다.'고 그는 읊었다. 자아 내가 갈 길을 미리 이야기 한다는 것, 그것을 시로 이야기 하였다는 것은 결코 만만하게 보아 넘길 자아 정리가 아니다. 그런데 윤동주는 그런 자아 나를 시 속에 담았다.

이게 바로 「서시」에 담긴 시적 자아가 정해놓은 자기의 주어진 길이었다. 그런데 예수를 죽였던 사두개 파나 바리새 파 유대인들, 당대를 더럽히고 있던 권력패들이 예수를 죽였듯이, 왜놈들은 윤동주를 무심하게(?) 죽였던 것이다. 앞에서 나는 사람 잡는 흉기인 십자가가 예수를 죽임으로써 빛이 되었다는 말을 하였다. 십자가는 흉기이면서 사람들의 옳은 삶 길을 비추어 주는 빛이며 구원의 꼭짓점이다. 윤동주는 이렇게 왜놈들에게 죽임을 당하면서 「서시」를 가지고 왜국 사람들을 부끄러움에 빠지게 하였다. 그것도 영원히! 윤동주가 우리 시문학사에서 위대한 빛이며 맑은 정신의 샘이라는 증거가 바로 이런 말씀들 때문이다. 불행하였던 윤동주, 그러나 그는 우리 한국 사람들에게 바뀌지도 낡아지지도 않는, 말씀의 빛을 남긴, 그래서 우리를 자랑스럽게 하는 위대한 정신의 샘인 것이다.

박경리의 말 대포

나의 나됨과
내 나라 이야기(두 번째 글)
—박경리 「원주통신」과 몇 편의 시 이야기

드는 말-나는 왜 이렇게 원주에 묶여 있나?

박경리 선생에 대한 글은 지금 대강 찾아보니 2008년도부터 2011년도까지 나는, 무려 열다섯 차례나 길고 짧은 것을 가리지 않고 써서 또 발표하였으며, 남들 앞에서 이야기들을 하였다. 이렇게 되면, 더는 할 이야기도 없기 쉽고, 또 한다하더라도 한 말 또 하고, 하고 하기 십상이어서 뭔가 이야기를 시키면 주저하지 않을 수가 없다. 이번 경우가 바로 그런 예에 속한다. 박경리 선생이 살아 계실 때 나는 20년을 꼬박 옆에서 모시고, 말씀도 듣고 또 잔심부름도 하면서, 당신의 생애 한 복판에 들어서 있었다. 1988년도부터 2009년까지, 일주일에 한 차례 이상 찾아뵙는 일을 하였으니, 꽉 찬 20여 년 세월을 모신셈이다. 그래서 이 어른이 돌아가신 이후로 나는, 박경리 선생 관련 일에 나서지 않으리라는 마음을 꽤 다지고 있는 형편인데, 이렇게 또 다시 이런 자리에 나타나게 되었다. 결심이나 맹세란 늘 이렇게 허무하게 지켜지지 않거나 허물어져 버리기 일쑤다. 열다섯 차례나 행한 지껄임에서 겹치지도 않고 같은 말도 아니게 뭔가를 말한다는 건, 아마도 이루어질 수 없는 것을, 다지는 뻔한 생각일 지도 모른다. 그래서 오늘은 차근차근 원주라는 곳에 대한 내 인상과 그곳과의 인연 이야기로부터 박경리 선생과 관련지어 말해 볼까 한다.

나는 경기도 여주군 점동면 당진리, 꽤 높고 그윽한 오갑산 두메자락에서 태어나 자랐고, 또 그곳에서 고등학교까지 나와, 겨우 연세대학교엘 입학하여 서울 구경을 한 무지렁이 시골뜨기였다. 당진리에서 시오릿 길을 걸어 다니며 들었던 것 가운데, 시골에서 꿈꾸던 가장 큰 도시로, 서울에 맞먹을만한 곳은, 원주였다. 인천도 경기도에 속한 만만찮은 도시에 속하는 곳이었지만, 그래도 충청도와 경기도, 강원도가 겹치는 오갑산 자락인 당진리에서 가까운 곳은 원주였다. 이곳에는 좋은 고등학교도 많고 훌륭한 인재들만 모이는 곳이어서, 거기 어디만 다녀도 시골 때를 벗는 번듯한 사람이 된다는 것이, 내가 꿈꾸던 출셋길로 열린 장소였었다. 그런 출신의 내가 그곳 고등학교, 그것도 공업고등학교를 나와 가지고는, 불쑥 연세대학교에 입학을 했으니 '미꾸리 용' 이야기나 '개천에서 용 난다'는 이야기로 나를 꽤나 추켜세우며 좋게 보았던 분들이 그곳에 있었다. 그런 곳에서 이른바 대학입학으로 출세를 하였으니, 내 스스로 저 잘난 겉멋이야말로 당시에 아마도 충천하였을 것이다. 그런 내가 대학생활을 겪으면서 천천히 알아가게 되는 훌륭한 인물들이 내 앞에 있었다. 당시 나는 내 모교에서 존경하던 분들이 상당히 있었다. 외솔 최현배, 한결 김윤경, 포명 권오돈, 그리고 만우 박영준, 김동길 등 내 지능을 자극하시던 스승들은 많았다. 그런데 그런 학문적 그림자 말고 그 당시 사회에 빛으로 드러나, 당대 삶의 부조리를 바로 잡겠다고 나선 눈부신 인물들이 있었다. 바로 여기서 이야기 말문으로 내세우고자 하는 세 분이 그들이다.

나는 지금도 원주에 묶여 지낸다. 중학교 선생으로 대학원 등록금을 벌게 하였던 곳이 원주에 있는 진광 중학교였다. 이 학교는 장일순 장화순 선생 형제 작품이었다. 이 첫 직장이 원주라는 곳이었고, 하필 그곳에는 옛날 내 집에 숨겨주었던 김지하가 살고 있었다. 그의 부모님이 그곳에 계셨기 때문에 활동가 김지하는 그곳에다 베이스 캠프를 치고 활동하였다. 그 지역 정보원들은 늘 그를 감시하였으며 그와 자주 만나는 이들까지 일일이 점검하였던 모양이다. 그리고는 대학원 졸업 이후에는 원주에 있는 연세대 국문학과에 와서 또 내 배움을 키웠으니, 이 무슨 인연일까? 내가 조교수 발령을 받고 연세대 원주 캠퍼스에 갔다가 다시 해직되었을 때 이 이유 또한 김 시인과 자주 만난다는 게 들어 있었다. 미친 시대의 한 풍경이었으니까! 게다가 나는 박경리 선생을 원주 거기서 또 20년 꼬박 만나고 모셨으니, 아무리 발버둥 쳐도, 나와 원주는 쉽사리 떨어질 수가 없게 서로를 묶어놓고 있다. 그래서 원주가 늘 내게는 힘겹다. 거기는 가기도 싫고 말하기도 싫으며, 되돌아보기조차 싫다. 자아를 묶는 곳을 좋아할 사람이 있다면 나와 보시라! 게다가 옛날에 지녔던 둥지조차 없는 곳을!

원주에 빛나던 별—김지하

　원주에는 근현대사에 빛나는 걸출한 인물들이 살고 있었다. 1960년 4.19학생 혁명이 일어났던 시기에 나는 연세대학교에 입학하였다. 1960년도 그 해에 4.19 혁명이 일어났고, 이승만이 쫓겨났으며, 학교에 가는 나날들을 국회의사당 앞에 진을 치고 데모에만 빠져 있다가 '민족중흥의 역사적 사명을 띄고 이 땅에 태어났다'고 큰 소리 치던 박정희 군사폭력패들이 정권을 장악하여, 혁명공약을 왕왕대며 틀어놓던 시절에, 나는 아버지로부터 집에 붙잡혀 죽치고 있었다. 그러하니 그 시절 내 생애라고는 퍽 보잘 것이 없었다. 꿈도 희망도 없이 서양 소설책들을 건성으로 읽으면서 지냈으니 외아들인 내게 유일한 희망을 품고 지내시던 내 아버지 어머니의 마음고생이야 더 말할 필요도 없다. 그런 내가 대학교를 1년 휴학했다가 복학, 1965년도에 졸업하고 나서 군대생활 2년을 마치고 나니, 1967년도가 되었다. 대학생활이라는 게 이따위로 뒤숭숭하던 시절로 덮여있었으니, 그야말로 대학생활이랍시고 보낸 내 인생은 진흙탕 같은 나날들이었을 뿐이다. 대학교 2학년 때였나? 내 이종사촌 한기호 형님이 내 집에 한 사람을 데리고 왔다. 이 집에 이 사람을 좀 숨겨달라는 것이었다.

　이름은 김지하金芝河! 참된 존재의 땅굴 파는 사람이라는 뜻[1]도 있다면서 침을 튀기던, 이 사람은 참 말도 잘하고 노래도

1　그럴 때 지하는 분명 '地下', 땅굴이라는 뜻일 터이다.

아주 잘하는, 그런 쾌남아였다. 서울 문리대 미학과 대학생으로 김지하 그는 박정희 군사독재자, 친일 깡패들에게 대들었다가, 몸을 피해 숨어 다니고 있었다. 박 정권 패들이 일본과 야합하려던 '한일협정'에 나서자 그것을 반대하였던 문리대 학생들의 반정부 시위로 수배된 이들은 아주 많았었는데, 나는 그 축에도 끼지 못하는 불출로 그런 사람을 숨겨주며 모시는 것만으로도 복되다고 생각하던, 그런 낭만적이지만 퍽 어리석었던, 사람이었다. 물론 이 때 이미 나는 한기호라는 한국일보 영자신문 기자였던 이종사촌 형님과 만나는 과정에서 원주에 살던 김지하(본명 김영일)를 알게 되었다.

사실 퍽 위험인물이었던 그를 만난 것을 나는 행운으로 여겨 학교에 가는 날이면 만나는 친구마다(실은 친한 친구도 별로 없었다. 주머니에 든 돈이 너무 없으니 친구 사귈 밑천이 없었던 것이다. 친구 사귐이나 연애도 실은 모두 다 돈이 필요하다는 걸 그 때부터 나는 익히 알아버렸다), 김지하 자랑을 하고 다니다가, 드디어 당시 교무처장을 지냈던 김동길 교수에게까지 '이 사람' 이야기를 하였다. 아니나 다를까? 김 교수는 김지하 그에게 자기를 찾아오라는 전갈을 은밀한 말투로 말했다.[2] 이 때 김지하가 김 교수를 찾아가 이대부속병원에 입원하는 형식으로 그를 피신시켜 주었던 일도 있었던 것으로 나는 기억한다.[3]

---

2   김동길 교수는 실은 내가 대학교를 다닐 수 있게 장학금도 챙겨 주셨고, 내 어머니의 부종도 수술하도록 연세병원에 소개해주면서 당시 스코트라는 서양 선교사의 도움을 받도록 해 주었다. 그러니까 당시에 내가 의지했던 분은 직계스승 박영준 선생님 말고 김동길 교수도 그런 은인 스승이었다.

3   이 때 이야기는 당대 김지하의 저 비밀스런 행적과도 맞물려 내 느낌에 지금도 불온한 바

필명 김지하, 그는 내 집에 숨어있는 동안 여러 편의 시를 썼고 내게 술 한 잔 얻어먹은 댓가(?)로 시 한편을 내게 주기도 하였는데 나는 그걸 잃고 말았다. 그는 지금도 내게는, 잊을 수 없는 반항아이자, 뛰어난 시인이라는 게 인상 박혀 있다. 그야말로 그는 당대 세계의 뒤틀린 모임 틀을 꿰뚫어 읽고 있었던 앎 꾼이었으니까? 사람이 세상을 알아간다는 뜻은 무엇일까? 나와 세계는 늘 가까이 마주 선 대상이며, 넘어서야 할 철조망이고, 또 깨 부셔야 할 적진이기도 하다. 이런 세계 꼴을 꿰뚫어 읽고 사는 이들은 그리 많지가 않다. 나는 일찌감치 만났던 김지하라는 이름의 반항아를 통해 세상은 그렇게 달콤한 환상에 빠진, 판사니 문인이니 대학교수 따위 그럴듯해 보이는 세상 지위에 대해서, 그게 별 볼 일 없는 그냥 세상 둑에 걸어놓은 헛 깃발이라는 걸 알아버렸다. 아니지! 어느 날 이 지하가 장안평 뚝방을 걸으며 이야기를 나누다가, 문뜩 나를 보더니 소리를 질렀다! '히야 여기 또 하나의 반항아가 있네!' 내 속에 꿈틀대던 용을 그는 꿰뚫어 읽었던 것이다. 반항아! 인물! 잘난 사람! 그들은 누구일까? 그렇게 나는 원주를 친숙하고도 엄청난 기운이 감도는 곳으로 지금도 여기고 있다. 거기는 박경리라는 커다란 인물이 살고 있었으니까!

박경리의 장편소설 『토지』를 펼치면 당대 세계가 어떤 식으로 시커먼 계급의 시궁창 물로 넘실거리고 있었는지를 금방 알게 된다. 평사리라는 마을, 농토가 기름지고 인심이 후덕하여

가 있다.

1년 내내 거지가 밥 굶을 걱정 없이 살만한 동네가 바로 그 부자마을이었다고, 작가는 이야기 텃밭을 그려놓았다. 그러나 놀랍게도 이 마을 풍경은 사람 사람마다 돌부리에 채이듯 계급의 가시밭길로 걸리적거린다. 그래서 말투의 그 틀조차 다 다르다. 이 마을을 중심으로 해서 살아가던 인물들은 크게 세 부류로 나뉘어 있다. 엄청난 토지를 지닌 양반 최치수나 그의 어머니 윤 씨 부인, 그리고 최치수 아내인 별당 아씨, 최치수의 고명딸인 최서희, 이들과 맞먹을 사람은 그 마을에 몇 사람이 안 된다. 우두머리 양반에다 토지 주인인 지주地主와 거기 붙어먹고 목숨이나 겨우 유지하는 몸종들, 그리고 중인출신이라는 양반도 아니고 상놈도 아닌 출신성분의 평민이 있다. 1897년 가을께!

이 시대는 근본적으로 왕권이 세상을 뒤덮고 있었던 때였다. 사람이 아침에 일어나 마을을 한 바퀴 돌려면, 돌부리 발끝에 차이듯, 지저분한 계급 똥 무더기가 장마 통에 이리저리 쓰러진 아카시아 나무밭길을 걷는 것처럼 밟힌다. 더럽고도 쓰라린 세상 됨됨이 왕권시대에는 이랬던 것이다. 왕권시대! 미셸 푸꼬가 『광기의 역사』를 루시앙 골드만이 『숨은 신』이야기를 썼지만 그들은 다 이 왕권이라는 더럽고도 흉포한 권력 바이러스에 대해서는 입을 다물었다. 그들은 미치광이를 만드는 시대가 어떤 시대라든지, 비극적 세계관이 어떻게 자리 잡혀 사람들을 사로잡는지를 지껄이기는 하였지만 우리가 안고 사는 이 세계가, 곧 이 더러운 왕권 바이러스"에 의해, 누추하게 수천 년 동안 더럽혀왔다는 걸 공표하지는 않았다. 박경리는 바로 이 문제를 앞에 놓고 씨름을 시작하였다. 바로 그의 긴 긴 세월 말 탑 쌓기로 26년여를 씨름하였던 『토지』쓰기로 그는 그런 세계와 맞장을 떴던 것이다. 그런데 놀랍게도 이 김지하는 박경리라고 하는 뛰어난 작가이자, 당시대 시대정신을 꿰뚫어 읽고 있던, 지성인을 장모로 삼고 있었다. 또 그들에게 붙잡혀 징역을 살며 여기저기 감옥을 들락거릴 때, 그는 이미 두 아들의 아버지이기도 하였다. 그 엄혹했던 시대에 장모로서 사위 출옥할 때 마중 나갔던 때 이야기 또한 눈이 시리게 묘사되고 있다. 박정희 패들에게 쫓기고 있던 때에 김지하를 응원하는 사람들은 그 주위에, 웅성거리는 태도로, 그 정권 시대 자체를 거부하고 있던 분위기로 달아오르고 있었다. 결국 어리석은 독재자 박정희도 동료 총에 맞아 죽었지만, 그 시대는 열등감 투성이 독재자의 무지막지한 고집이 나라 정책으로 마구 채택되던 그런 때였다. 그래서 그를 말없이 응원하고 지지하는 사람들은 많았다. 왕권 바이러스를 싫어하고 바른 정치질서, 바른 삶 길 열기라는 꿈을 지닌 곳이 원주여서 이런 왕권바이러스이 변종인 독재정권에 대항하는 기운은 가톨릭 원주 교구를 중심으로 해서 전국으로 뻗어 있었다. '왕권 바이러스'는 전 세계를 뒤덮어 인류를 질식케 해 온, 더러운 폭력 틀에 기생

---

4   왕이라는 뜻의 라틴 말 Rex가 오늘날 영어 Rich로 되었다는 것을 일본에 거주하는 정치 사상가 더글러스 러미스가 그의 『경제성장이 안되면 우리는 풍요롭지 못할 것인가』에서 밝혀 놓았다. 김종철 옮김 녹색평론사, 85쪽 참조.

하는, 마음 벌레이다. 눈이 밝은 사람은 무엇보다도 이것을 꿰뚫어 읽는다. 사람과 사람 사이에 쳐놓은 이 계급 그물은 인간 존재의 사악한 시궁창 물이 흐르는 철쇄이다. 왕 바이러스 이야기는 서양에서도 있어왔다. 그러나 이 철쇄가 너무나 두텁고 무거워서 여간해서는 깨어지지 않는다. 서양 이야기 하나를 여기 옮겨다 보이면 이렇다. 왕! 왕 병균!

이런 방법으로 가장 성공한 사람들이 곧 임금이다. 임금은 본래 신권에 의해서 나라 다스림을 맡게 되었고, 현재의 왕은 그런 선왕의 자손인 까닭에 언제나 신권을 지니고 있다고 한다. 그러나 실제로 그들의 조상을 따져 올라가 본다면 거기에는 오직 힘의 권리가 있었을 뿐이니, 현재의 왕이란 결국 폭력에 의하여 왕위를 강탈한 어떤 조상의 후예일 뿐이다. 힘의 권리가 어느덧 신권으로 변하는 데에 얼마나 짧은 시일로써 족한가, 참으로 놀라울 지경이다. 찰스 1세가 신권에 의하여 영국을 다스린 것도, 사실은 핸리 2세가 보스워즈의 싸움에 이겼기 때문이 아닌가?

영국의 철학자 버트란드 럿셀이 「바뀔 세계의 새바람」이라는 글에서 이런 말을 하였다고 했다. 왕권이라는 우스운 이 날강도패들의 지위나 권력을 인정하느냐 아니냐의 갈림길에서 대부분의 사람들은 눈을 감고 지낸다. 그래서 그들의 횡포는 갈수록 험악해진다. 이 세상에는 이것을 깨려는 사람과, 그것을 향해 수단방법을 가리지 않고 따라붙는, 사람들로 나뉘어져 있다. 민주주의란 아예 있을 수 없는 사람 모임 틀이며, 그 것은 늘 피를 먹고 자란다는 이 유명한 말은, 바로 우리가 사는 이 땅위에 도사린, 흉포한 계급의 가시밭길 때문에 생긴 말길이다. 박정희는 이런 왕권 바이러스에 중독된 부라퀴였고, 그것을 꿰뚫어 읽은 장일순 선생은, 그런 독선적인 정권에 저항하다가 일체의 날개를 잘린 채 앙앙불락하다가 갔다. 악당은 그의 악행을 지켜보고 증언하려는 모든 사람을 죽이거나 억압한다. 요즘 37년 전에 죽은 장준하 선생에 대한 이야기들이 다시 세상에 떠올랐다. 장준하 선생이나 장일순 선생, 이 두 사람은 한국 현대사에서 왕권 바이러스에 중독된 사람과의 싸움을 가장 뚜렷하게 보여준 사람들이었다. 우습게도 악당은 악당의 모습으로 남에게 남는 것을 두려워한다. 자신의 악행을 누구에겐가 들키는 것을 그들 악당들은 가장 싫어한다. 왜 그럴까? 그들에게도 바르게 생각하는 눈, 바른 마음, 양심이라는 게 있기는 한 것일까? 아니다 내가 생각하기에 그들은 뒤 사람들에게 까지 자기 권력을 흠이 없는 것, 진짜 하느님이 자기에게 권력을 넘겨준 것처럼 착각하는 이중의 악당임이 바로 그런 따위 뒷날 사람들이 자기 행적의 올바른 것을 알게 될 것이라는 희극대사 같은 발언들을 남기곤 한다. 그래서 민주주의는, 그런 생각이 아예 없는, 악당과의 싸움에서만 얻게 되는 것이므로, 피를 흘리고 나서야 얻게 되어 있다. 그래서 '민주주의는 피를 먹고 자란다!'는 유명한 이야기가 생긴 것이다. 장일순! 그는 박정희의 그런 더러운 꼴을 참고 봐줄 수가 없었기 때문에, 박정희의 독선적인 모든 행보나 정치책략에 반대하였고, 그런 만큼 핍박을 받을 수밖에 없었다. 유신시절의 혹독했던 당대에 박경리나 김지하는, 가톨릭 원주 교구 지학순 주교와 함께 원주에 떠서, 전국의 민중과 지식인들을 격려하였던 큰 별들이었다.

나는 그가 1960~1970년 당대를 더럽게 휘젓던 왜국 육군사관학교 오장 출신으로 쿠데타를 통해 대한민국의 대통령을 18년 동안이나 하였던, 독재자 박정희에게 정면으로 대드는 글을 써서, 당대 지식인들이 아픔이나 절망에 위로의 깃발을 올렸던 지식인으로 그만한 사람은 아직도 이 나라에 없다고 판단하고 있기 때문이다.[5] 그가 담시 『오적』을 써서 《사상계》[6]에 발표하였을 때, 한국 지식사회의 놀라움은 엄청난 것이었다. 우리는 '다섯 도둑놈'이라는 욕을 먹었던 을사년에 벌인 '을사오적乙巳五賊' 이야기를 까마득한 기억의 저편에 지니고 있다. 한국현대역사 기록에 적힌 내용들을 보면, 이 나라를 왜놈들에게 팔아먹었던 107년 전 치욕을, 우리는 우리 내면

---

5   최근에 작가 황석영이 『강남몽』을 써서 재벌들의 더러운 돈놀이 행적을 비판하였고, 조정래가 그 비슷한 소설을 써서 발표하였지만, 김지하의 1970년도 담시『오적』을 넘어설 수는 없고 오히려 퍽 유치하게 내게는 보였다. 다섯 도둑은 이렇다. 재벌(미친개 젯자, 엮은 줄 벌자), 국회의원(国獪狋猿), 고급공무원(跍급功無猿), 장성(長猩), 장차관(瞕嗟瞳). 장차관의 차자는 입구 변 대신 개견 변이다. 국회의원의 국자는 곱사등이 국자인데, 인터넷에 없다. 고급공무원의 급자는 산 우뚝 솟을 급자이다.

6   2012년 8월 22일, 요즘 이 잡지를 창간하였던 장준하 선생이 37년 전에 돌아간 타살흔적 재조사 문제로 떠올랐다. 나는 고등학교 시절에 이 잡지를 읽기 시작하였다. 서울에 계시던 나의 생부께서 이 잡지를 보내주어 고 2학년짜리가 이 잡지의 글들을 읽으면서 마음의 키를 키웠고, 4.19가 나던 날 나는 대학교 1학년 생으로 연세대 강당에서 이 양반 장준하 선생의 강연을 듣고 있었다. 뒤미처 연단에 올라선 함석헌 선생의 격렬한 선동 웅변 또한 아직도 기억에 생생하게 남아있다.

의 깊은 기억 속에 지니고 있었다.[7] 그런데 박정희가 총칼 잡이들을 거느리고 이 나라에 들어서면서 한일 국교정상화 이야기로 정치자금을 구걸하는 치욕을 다시 보이고 있었다. 웅성웅성하는 대학생들의 움직임이 일어났던 때에 김지하는 1961년부터 1970년대에 이르는 당대 정치 꼴 새에 대하여 저항하는 적극적인 몸짓을 보였다. 1960년 4월 19일 학생들이 친일정권의 꾀수 이승만 대통령을 쫓아낸 그 다음 해에 총칼을 들고 정권을 찬탈한 박정희는 어찌 보면 다시 왜색 독재정권의 재판이었던 것이다. 1905년도에 이 나라에서 일어났던 왜색 치욕역사는 그야말로 참담한 것이었다. 이것은 그야말로 미국이 제국주의 책략을 아시아에 와서 벌인 더러운 식민정책의 꼴 새였던 것이다.[8] 미국 대통령 시어도르 루즈벨트의 용인하에 이루어진 〈가쓰라-태프트 밀약〉이 1905년도에 이루어졌고 그 해에 〈을사보호조약〉이라는 치욕적인 협약이 이루어져 당대에 〈을사오적〉으로 불린 주인공들이 있었는데 모두 다 당대 정권각료들이었다. 이완용李完用, 이하영李夏榮, 이근택李根澤, 이지용李址鎔, 권중현權重顯은 모두 다 조선조 왕권 밑에서 녹을 받아

---

7   1905년 11월 9일 한국에 온 특명전권 대사 이토 히로부미(伊藤博文)는 하야시(林權助) 일본공사와 하세가와(長川好道) 주한 일군사령관을 앞세우고 고종과 정부각료들을 협박, 조약체결을 강요했다. 이때 고종은 「정부에서 협상 조처하라」고 하여 책임을 회피했을 뿐이며, 각료 중 참정대신 한규설(韓圭卨)은 무조건 불가하다고 맞섰고, 이에 동조한 각료는 탁지부대신 민영기(閔泳綺)이며, 찬성한 자는 학부대신 이완용, 법부대신 이하영(李夏榮), 군부대신 이근택(李根澤), 내부대신 이지용(李址鎔), 농상공부대신 권중현(權重顯)들이었는데, 이들을 〈을사5적〉이라 한다. 을사5적의 도움으로 강제 통과된 을사조약의 내용은 외교권의 접수, 통감부의 설치 등으로서, 이로 인해 우리나라의 대외교섭은 끊어지고 통감정치가 실시되었다. 한국사사전편찬위원회 엮음, 한국근현대 사전 참조.

8   지금도 미국 안에 살아있는 것으로 알려진 〈캐넌 프로젝트〉를 우리는 잘 모르고 있는 형편이다.

먹었던 벼슬아치들이었다. 이들은 한민족 동족에게 수치를 안겨주었던 치사한 인간 걸레들이었다. 그것을 김지하는 상기시키면서 1970년도에 다섯 도둑 이야기를 이야기 시로 써서 한국 사람들을 격동시켰던 것이다.

그러나 김지하가 1970년대에 썼던 다섯 도둑은 그 종류도 여러 빛깔이었다. 재벌, 국회의원, 장차관, 장성, 고급공무원이 그들인데 이들을 모두 다 짐승 뜻을 나타내는 한자 변과 갓머리를 써 도둑 몰골이 아주 뚜렷해서 참으로 해학적이었다. 해학諧謔이란 사람들을 웃기는 이야기 기법이다. 진실의 문제를 정색하여 말하지 않고, 슬쩍 비틀면서 비웃으며 비꼬는 이 이야기 속에 진실을 담는다. 그는 이 나라가 오랜 전통으로 못난 패들을 비웃던 이야기 기법을 익히 알고 있었던 시인이었다. 한국 탈춤의 탈이나 그 대사가 지닌 진실 이야기는 이 나라가 오랜 동안 왕권 치하에서 행패를 일삼던 못난 벼슬아치들을 비웃으며 골려먹던 예술양식이었다. 그는 그런 기법에 능한 시인이었다. 그는 그렇게 1960~1970년대 한국 지식사회를 진동시킨 위대한 정신의 대변자였다.[9] 김지하, 그는 박정희 시대의 더러운 폭력의 흙탕물을 정화하는 시대정신이었다. 그게 원주에 또 다른 별을 찬연하게 빛나게 할 토양이었다는 것을 나는 이 자리를 빌어 이야기하고자 한다. 한국 현대문학사, 특히 한국 현대소설사의 커다란 산맥을 이룰 박경리의 『토지』는 바

9　그런데 그 시대가 지난 이후 그는 마치 무슨 교의 교주처럼 보이는 말과 행동으로 이어온 것은 좀 안타깝다. 게다가 근래 그는 변절하여 씻기 어려운 천덕꾼으로 떨어졌다.

로 원주에서 완결을 짓게 되었고, 그 작가 박경리가 원주에 둥지를 틀게 되는 계기가 바로 김지하로 인해서 이루어졌다는 것은, 우리 시대의 기적 같은 불길이 이들 별들을 보게 하는 운명처럼 읽히는 대목이다. 김지하가 결혼하여 낳은 자식이 아들 둘, 이 외손자를 끔찍하게 여긴 외할머니 박경리 선생은 서울 살림을 거두어 원주로 이사하여, 손자들과 외동딸을 돌보는 일로 원주살이가 시작되었던 것이다.

박경리, 그는 어떤 작가였나?

소외되고 또 스스로 소외되는 것을 택하는데 있어서 비근한 예를 들자면 임자를 소유하지 못한 여자가 임자를 소유한 여자들에게는 경계의 대상이 된다. 하여 소외되는 것이며 동시에 존엄이 손상될 때 스스로 소외되는 결과를 낳기도 한다. 나는 입에서 신물이 나게 그런 연속되는 과정을 지내왔다, 이 글에서 어떤 독자는 나를 도피주의자逃避主義者로 단정할 것이다. 그러나 단언할 수 있는 것은 나는 철저한 인간주의人間主義라는 것이다.[10]

박경리 그는 한국 근-현대사 48년 동안에 벌어졌던, 참혹한 시대의 민중사를, 방대한 이야기 탑으로 완성한 작가였다.

---

10   박경리, 「나의 문학적 자전」, 『원주통신』(지식산업사, 1990), 98쪽.

그의 장편소설 『토지』, 그것은 그가 쌓아올린 한국말의 거대한 이야기 탑이었다. 그것은 한국 사람들, 특히 헐벗고 굶주리며 설움 받고 억압받았던, 조선 민중이 수 백 년 동안 겪어왔던 길고 긴 아픔과 설움, 슬픔 모두를 적바림하여 이 땅에 남긴 위대한 민중의 정신적 순례였다. 이 자리에서 박경리의 불후의 명작 『토지』를 그냥 넘기고 이야기를 건너뛸 수는 없다. 그러나 그 이야기 속으로 빨려 들어가면 앞에서 이미 내가 지껄였던 중복된 말잔치로 끝나기 십상이다. 그러나 내가 가장 먼저 써서 발표하였던 『토지』 해석의 중심 사상 이야기는 적어 놓고 넘어갈 필요가 있겠다. 지금 앞에 옮겨 놓은 이야기를 맛깔스럽게 풀어보이려면 어쩔 수 없이 다시 그 이야기로 잠시 들렀다 가야 한다. 앞에서 엉뚱하게 원주에 살았던 정치 사상가이자 교육사상가였던 장일순 선생과 시인 김지하를 불러들였던 까닭에는 분명 박경리의 문학세계가 실은 이들과 같은 흐름에서 꽃피었다고 보았기 때문이다. 게다가 놀라운 것은 위에서 보인 짤막한 저 이야기 속에 박경리 문학사상을 읽게 하는 귀중한 핵심문제가 넌지시 귀띔되고 있다는 사실이다.

한 때 나는 박경리 소설작품 가운데 『토지』 읽기를 위한 세 틀의 문학사상적 공리를 들어 이야기 한 적이 있었다. 첫째, 숙명 읽기 공리였다. 너와 나, 우리나라와 왜국, 그리고 미국, 중국 따위 서로 얽히고 얽힌 관계를 어떻게 읽어야 할까? 어째서 왜국은 주기적으로 이 나라 한반도를 침범해 들어와서는 분탕질을 칠까? 이런 우리의 숙명을 어떻게 피할 수가 있을까? 이것은 우리가 반드시 깨우쳐 알고 넘어가야 할, 나의 나됨으로 나가는 바른 길이라는 것이 그가 이 작품 『토지』속에서 계속 묻고 묻는 이야기 속셈이라고 나는 정리하였다. 그리고 둘째로 그는 존엄성이라는 공리를 이 작품 속에 여러 이야기 틀과 사람관계를 통해 밝혀놓았다고 나는 읽었다. 이 세상에 사는 모든 존재는 그 존재 자체로 존엄한 것이어서 누구도 감히 함부로 대해서는 안 된다는 이 공리야말로 당대까지 그림자로 거느리고 있던 이 나라의 '왕권 바이러스', '계급의식'에 대한 뚜렷한 작가전망이었다. 이 '왕 바이러스 곧 계급의식'은 지금도 우리를 찍어 누르고 있는 의식질병이다. 이 시대에 왕은 분명 부자富者라는 이름으로 몸을 바꿔, 우리를 짓누르고 있다. 라틴말 '렉스Rex'가 영어의 리취Rich(부자)라는 어원풀이는 앞에 끌어왔던 더글러스 러미스의 책에 소개한 적이 있다.

존엄성 가치

정말 모든 존재는 누구도 침해할 수 없는 존엄한 존재일까? 아마도 이 말만큼 엄청난 철학적 의문을 지닌 채 씌어지는 말도 드물 터이다. 왜냐하면 인간이라는 게 실은 사악하고 더러우며 탐욕에 빠지기 쉬운 그런 별 볼일 없는 존재일 뿐이기 때문이다. 남의 것을 빼앗아 챙기거나 남을 죽여 그가 지녔던 물건을 빼앗는 것이란 짐승들 사회에서는 매정한 것처럼 우리는 여긴다. 그러기 때문이 우리는, 우리가 짐승이면서 동시에 인간이라고 하는 짐을 무겁게 진 채, 허우적거리는 꼴로 살고 있다. 이런 사람임! 우리는 그런 사람일 뿐이다. 이런 사람에게 두 종류가 생겨났다. 하나는 본시부터 나쁜 짐승 됨 자질로부터 벗어나려는 길로 들어선 인간들과, 둘은 아예 그런 속악한 특성을 키워 가장 극악한 악마 길로 나선 패들이 그들이다. 이런 악마 길로부터 벗어난 사람들을 일러 우리는 일반 사람이라 부른다. 그런데 바로 그런 일반 민중을 먹이로 삼아 악을 키워 나간 패들이 곧 왕이나 천자, 황제, 제후, 대통령, 수상, 주석 따위, 그리고 현대에 와서 재벌이나, 국회의원, 장차관, 고급공무원, 장성 따위가 그런 악마의 길로 발걸음을 걷기 시작한 인간 짐승들이라는 것이 나의 생각이다. 이런 인간 삶의 발자취가 수 천 년동안 내려오면서, 으레 그렇거니 하는 믿음의 제도로 만들어져, 보통 사람들은 그들 악당들에게 짓눌린 채 사는 것을 마땅한 것으로 인정하고 있다. 참 웃기는 인류역사이다. 그렇게, 악마 남들에게 억눌려 살아오면서, 그들에 기생하는 철학자(?)들은 그 악행을 당연한 것으로 뿌려 사람들 머릿속에 박아놓은, 마음 바이러스(이걸 생물학자 리쳐드 도킨스는 「이기적 유전자」에서 밈 meme이라 불러 바이러스 밈학이라 불렀다.) 때문에, 앞에서 우리가 익히 알고 있는 저 말, '모든 사람이 다 존엄하다'는 말은 허공 중에 떠 있는 헛소리로 수 천 년을 떠돌아다녔다. 그렇기 때문에 이런 존엄성 공리란, 왕권[11] 바이러스에 감염되어 질식 상태에 빠진 민중들에게는, 엄청난 사상이라고 나는 읽었다. 1860년대를 통틀어 조선 사회는 몇 몇 지성인들에 의해 민주주의라는 깃발을 크게 내보였던 시기였다. 1869년 경 최제우崔濟愚

---

11 어떤 나라 어떤 왕이든 왕이라는 작자들 쳐놓고 남의 나라 땅을 빼앗고 사람 죽이는 일을 두려워하거나 죄악이라 생각한 왕은 없었다. 그러므로 그들은 제국주의라는 번짐으로도 퍼져 나간 것이다. 왕권이나 제국주의는 같은 뿌리에서 생겨난 악마 짓 몸통들이다.

나 최시형崔時亨은 이 나라가 지닌 지성인의 근대적 꼭지점이라고 읽어도 손색이 없다고 나는 판단한다. 이런 민주주의 원칙을 내세워, 민중들 모두는 마땅히 그들의 존엄성이 지켜져야 한다는 외침을 드러내었던 사건은 인류 전체가 꿈꿔오는 그런 존엄성 공리에 해당하는 사상으로 읽힌다. 바로 박경리가 그의 긴 이야기 틀『토지』속에서 내 보인 존엄성 공리는, 바로 이런 외침으로 그의 가장 굵고도 힘찬 문학 사상이었던 것이다. '사람을 모셔야 한다는 시천주侍天主'나 '사람이 곧 하늘이라는 인내천人乃天'사상은 그것 자체로 계급타파를 부르짖는 사상이었고, 왕이든 벼슬아치들, 누구도 사람을 함부로 대해서는 안 된다는 존엄성 공리 정신으로 이어졌던 것이다.

너와 나, 나와 그 그들과 나는 모두 다 세상에서 유일하게 홀로 살다가 가는 고귀한 존재이다. 그것이 존엄성 공리를 만드는 생각의 기초이다. 내 마음이 어짊(착하게)으로 다스려지고 나면 저절로 너와의 관계는 예의바른 관계맺음으로 나아간다. 그러나 내 마음이 어질지 못하면 너와의 관계는 이지러지거나 폭력으로 바뀐다. 내 마음의 '어짊'을 박경리는 '사랑'으로 읽었다. 박경리는 그의『토지』에서 '사랑이 곧 창조'라는 결론을 내려 그의 문학적 사상을 체계화하였다고 나는 읽었다. 사랑이 없는 삶은 그것 자체가 지옥이자 제국구주의 폭력이며, 구원받을 수 없는 존재의 막장이라고 그는 보았다. 이런 눈길은 오늘날 우리들 삶 속에서도 반드시 짚어 다시 읽어야 하는 사상이라고 나는 믿고 있다.

이제 위에 인용하여 놓았던 원주 통신의 한 외침을 되새

길 시간이다. 사람이 사람됨으로 가는 길에는 여러 단계 거쳐야 하는 삶 길이 있다. 이제 위에 인용한 이야기로 다가서 보기로 한다. 이 글은 그가 어쩔 수 없이 원주에 삶터를 옮겨 살게 되면서 자식 돌보기를 하는 한 편 자신의 회심작 『토지』에 온 힘을 쏟고 있었을 때[12], 출간해 낸 「원주통신」이라는 아주 짧은 수상 형식의 글 속에서 보인 의지이자 문학론이었다. 열여섯 낱의 통신을 통해 자기 독자들에게 스스로를 알리고 있었던 글 가운데, 「나의 문학적 자전」이라는 글이 있다. 그런데 이 글에서는 중요한 어린 시절 이야기가 나오는데 그의 아버지에 대한 이야기도 어쩌면 가장 자세하게 나와있다. 앞에 옮겨 놓은 저 짤막한 글 이야기 앞에 그는 처녀 적에 술 취한 사내에게 느닷없이 뺨을 얻어맞았던 기억을 떠올린 다음, 아버지로부터 뺨을 얻어맞은 이야기가 나온다. 이 이야기를 한 것은 1984년 7월 1일자였다.

술 취한 괴한과 경우가 틀린 아버지! 그들은 누구인가? 술 취한 괴한에게 얻어맞고는 분해서 그리 우는데도 어머니는 딴 나라 사람같이 말했다. '미친개라 생각하지. 술처먹은 개라니, 아 그러다가 사람 없는 골목에서 니를 때릿이문 우짤번 했노.' 작가는 이 장면에다가 이렇게 정리하여 놓았다. '어머니는 내 결벽증에 칼을 꽂았다.' 그래도 그는 분한 마음을 풀 길 없다고 했다. 루우신魯迅이 쓴 글 가운데 기억에 남는 구절; '미

---

12 그가 중간에 이 작품쓰기를 손 놓고 있었던 일조차 실은 그의 온 힘이 거기 집중되어 있다는 뚜렷한 증좌로 내겐 읽힌다.

친개를 강에서 건져주면 또 다시 사람을 문다.' 어느 날 스승인 김동리 선생에게 이 말을 하자 그 또한 담담하게 받아 '뭐 술 취한 사람인데.' 그에게 필요했던 것은 함께 분해하고 나쁜 인간을 질타하는 것이었을 터. 그래서 그는 이렇게 토를 달았다. '그 후 나는 어려운 일이 있을지라도 여간해서 남에게 의논하지 않는 버릇이 생겼다.' 버릇이란 무언가? 그것이야말로 문화의 터전이다. 문화란 한 집단 사람이 공통적으로 지닌 '버릇의 총체'이다. 그리고 다시 그는 아버지로부터 뺨맞은 이야기로 나아간다.

빤히 아내와 딸을 두고 딴 살림을 차리고 나간 아버지로부터 뺨을 맞았다는 그 장면을 놓고, 우리가 문학적 상징 어쩌고 한다면, 웃기는 풀이일 터이다. 그러나 가장 확실한 것은 박경리 그가 문학 활동을 하게 한 가장 지울 수 없는 상처가 바로 이 존엄성 훼손장면과 이어져 있다는 사실은, 반드시 짚고 넘어가야 할 것으로 나는 읽는다. 아버지~! 아버지란 누구인가? 아버지란 조선왕조가 내세워 사람들을 억눌러왔던 유교 이념의 중요한 한 틀의 기둥이었다. 왕을 먼저 내세우고 나서 가정에서 내세운 왕은 곧 아버지였다. 왕이 더럽혀졌고, 아버지가 스스로 도덕성의 심리적 장치를 망가뜨렸다면, 이미 그 모임자리는 거덜이 난 셈이다. 조선조 후기에 넘어오면서 남자들이 조강지처를 버리고 첩살림에 가산을 탕진하였던 것은 왕권의 더럽혀진 가치 잣대와도 깊은 관계가 있다. 조선왕 태조가 일찍이 장자상속을 법령으로 정해 놓은 것은 왕권유지를 위해 반드시 그런 질서가 필요하였기 때문이었던 것이다. 그런데 그런 가치 잣대가 후기에 오면서 서서히 무너져 내리고 있었던 것이다. 박경리가 자기 문학의 자전을 쓰면서 이렇게 시커먼 자기 내면을 드러낸 것은 그가 읽었던 이 세계와 자기 처지 이야기가 당시대에 벌어졌던 그 시대정신이었음을 알리고 싶어 하였던 것이다. 아버지가 망가졌던 한 장면을 여기 조금 보인다.

> '여자가 공불하면 뭣하나. 학교 그만 두고 시집이나 가지.' 무안해서 한 말이었을 것이다. '당신이 공부시켰어요? 그만 두라 마라 할 수 있습니까? 그 말은 어머니밖에, 아무도 못합니다.' 나는 서슴없이 당신이라 하며 대어들었다. 아버지의 솥뚜껑 같은 손이 내 뺨을 때렸다. 겨우 화해했던 부녀父女의 관계는 깨어졌다. 14세 나이에 네 살 연상인 어머니와 혼인했던 아버지는 열여덟에 나를 보았다. 조강지처를 버리고 재혼했었던 만큼 딸에 대하여 죄책감도 있었겠지만 너무도 젊은 아버지였었기에 평소 나를 어려워했던 것은 사실이다.[13]

여자는 왕권 시대에 가장 낮은 계층에 서 있는 존재였다. 아버지는 조강지처를 버린 떳떳치 못한 아버지였다. 그래서 거기 대드는 큰 딸에게 무안함을 느꼈을 터이다. 그래서 그는 당대 남성들이 지녔던 여성 깔보는 말이 불숙 튀어나왔던 것이다. 오래 전부터 여성의 위상은 늘 남성 아래쪽에 놓이는 존재, 그렇게 아직도 우리들 어딘가에 살아 있는, 고정관념으로 시커

---

13 앞의 책, 92쪽.

먼, 어두운 그림자의 하나이다. 남자와 여자는 어디가 어떻게 다른가? 모든 존재가 다 같은 살 권리와 제대로 대접받을 권리가 있는 것이 아닌가? 그러나 나쁜 존재가 만들어 오랜 동안 그것을 지켜 이어온 계급사회에서 여성은 늘 뒤로 밀린다.[14] 감수성이 뛰어난 박경리가 어린 시절에 저런 뺨맞기를 겪었다는 것은 어쩌면 그가 소설을 쓸 수밖에 없는 운명을 저렇게 짊어졌다는 존재의 굴레 쓰기와 이어 생각해 볼 필요가 있다.

위의 이 글 속에는 견디기 힘든 깊은 슬픔과 그리움이 잔뜩 들어 있다. 아버지는 어쩌면 내 존재의 근원일 터이다. 나를 낳아주고 길러주며 가르쳐 주는 윗사람! 그가 아버지이다. 그런데 그 아버지가 더럽혀져 있다. 조강지처를 버렸다는 말 속에는 한 여인에게 지울 수 없는 아픔을 박아놓았다는 뜻이 들어 있다. 버림받아 상처 입은 한 여인이 곧 나의 어머니이다. 남녀 관계가 만만치 않은 상대적이어서 누구의 잘잘못을 가리기 어렵다고는 해도 선택권을 쥔 남자이자 아버지가 내 어머니를 버렸다는 것은, 용서할 수 없는 죄로 더럽혀진, 존재이다. 그러므로 존재 근원으로서의 아버지에 대한 그리움과 함께, 더럽혀진 아버지 격조에 대한 실망과 분노는 양가감정으로 살아 있을 수밖에 없다. 나라나 국가도 마찬가지이다. 나라나 국가의 이름으로 더러운 짓을 일삼는 권력자들은 근원적으로 범죄자이다. 더럽혀진 아버지와 더럽혀진 나라를 지닌 그에게는 거기

---

14 나는 이 문제를 남성이 지닌 근원적인 열등감 때문이라고 파악하고 있다. 육체적인 폭력 이외에 여성을 이길 수 있는 남성은 없다. 그게 남성이 지닌 열등감의 하나이고 둘은 성과 관련되어 있다.

서 피할 아무런 샛길이 없다. 그것을 치열하게 꿰뚫어 읽는 그로 하여금 사람과 사람에 대한 탐색에 나설 수밖에 없게 하였다. 그가 글쓰기로 나아가게 한 것은 저절로 그렇게 된 것이 아니었다. 아버지의 무안함! 그것은 무엇인가? 이 두 부녀 사이, 자기가 버린 조강지처로부터 얻은 큰 딸과의 관계에는, 이미 지울 수 없는, 결코 다시는 화해로 가기 어려운, 마음의 강물로 마주 선 채, 유유하게 흐른다.

그가 깊은 상처로 얻은 또 하나의 사건은 소학교 시절이었다. 왜놈들 치하에서 왜놈들 선생에게서 뭔가를 배운다는 것 자체가 남을 억압한 범죄자들에게 배운 것인데, 그 교육이라는 풍토가 왜식 문화 주입이어서 가혹하다. 그 때 그는 또 다시 죄 없이 선생에게 뺨을 맞은 것이었다. 죄 없이 누군가에게 뺨을 맞는다는 것, 그것이야말로 존재의 존엄성 근원에 상처를 입은 것이다. 그는 학교에서 누군가가 떨어뜨린 군것질 거리 과자를 집어 창밖에 내던졌다. 학교 규율 속에 군것질은 안 되는 것이었다. 왜식 규율이라는 게 무엇이었나? 군국주의 나라의 독선적 억압이 그 규율이 아니었나? 그는 바닥에 떨어진 과자를 집어 창 밖으로 내던지다가 들켜서 선생에게 뺨을 맞았다. 평범해 보이는 이런 사건들이 작가의 심줄에는 큰 울림으로 남아 있다. 왜 이 세상은 이렇게 더러운 부조리와 엉터리 폭력으로 뒤덮여 있는 것일까? 그러니까 박경리가 잊지 못하는 뺨 맞기는 세 차례에 걸치는 것이었다. 누군가에게 뺨을 얻어맞는다는 것은 치욕의 극단에 해당한다. 박경리가 자신의 「문학적 자전」속에다가 이렇게 적나라한 수모 이야기를 끼워놓은 것은 뜻 깊다.

게다가 그는 아버지로부터 '년 짜' 욕먹은 사건조차 그는 자기 문학의 날줄이었다는 걸 말하고 있다. '외면 경위 다 아는 년이 애비보고 비난해?' 이 '년 짜' 욕을 먹고 나서 그는 뺨맞았을 때보다 더 큰 충격에 빠졌다고도 썼다. 내가 귀하다면 너도 그도 귀해야 한다. 또 그렇게 대접받아야 한다. 그런데 이 세상은 그렇지가 않다. 문학의 첫째 기능은 어쩌면 수모나 치욕, 상처를 씻어내려는 어떤 용틀임의 하나일지도 모른다. 그리고 둘째로 문학의 기능이란 세상에 그런 존엄성 이야기를 알려야 하고 조금이나마 그런 세상에 빛이라도 줘야 하는 것일 수 있다. 그는 젊어서, 아버지가 그의 아버지다움을, 잃었던 것을 지켜보았다. 그는 천성적으로 그런 존엄성에 상처를 견디지 못하였다고도 썼다. 그래서 그는 여러 사람들에게 둘러싸여서도 늘 외롭게 소외된 존재였다. 그의 천성! 이 천성이야말로 어쩌면 인간 존재의 바탕일지도 모른다. 남에게 굽히거나 남에게 업신여김 당하고 싶어 하는 사람은 이 세상 어디에도 없다, 그런데 이 세상은 그렇게 누군가가 누구를 억누르거나 존엄성을 짓밟는다. 부조리다. 그는 글쓰기로 자기 존재의 값을 매기는 길로 들어섰다. 아버지다움을 잃은 아버지, 왕다운 왕격을 잃은 왕권[15], 남의 나라를 집어삼키는 일로 제 나라의 부강을 꾀

---

15 이 말은 조금 도금할 필요가 있다. 왕이나 황제, 대통령 따위의 자리에 앉으면 이른바 체통이라는 걸 만들어 의복은 말할 것도 없고 말투나 거동 모두를 왕답게, 대통령답게 싸바른다. 모두 다 꼴불견임에 틀림이 없지만 아예 본성인 왕의 악마기질을 감추는 경우를 나는 이런 말로 구차스럽게 쓴 것이다.

하는 제국주의, 그런 것들의 상징적인 인물이 곧 아버지이다.

그런 아버지에게 작가가 될 소녀는 대들었던 것, 그것이야 말로 그가 글쓰기 길로 갈 수밖에 없도록, 늘어진 존재의 끈이었을 터이다. 자존심에 깊은 상처를 입은 사람이 사람됨의 존엄성에 대한 깊은 물음은 필연적이었을 터, 그것이 곧 그가 자기 문학의 씨줄과 날줄로 삼을, '존엄성' 이야기와 '사랑' 이야기로 갈 수밖에 없었다고 내겐 읽힌다. 그리고 그는 끊임없이 물어야 한다고도 『토지』 이야기 속에다 담았다. '숙명에 대한 질문 공리'라고 내가 오래 전에 썼던 그의 문학사상은 바로 이렇게 깊은 내력을 지니고 있었다. 모든 사람들은 자기가 태어난 바탕 위에서 살 수밖에 없고, 우리가 그것을 숙명이나 운명이라고 읽을 때, 일반적으로 많은 사람들은 자기가 겪는 아픔이나 부조리, 죄 없이 당하는 고통에 대해서 묻지를 않는다. 왜 묻지를 않을까? 왜 왜? 두려워서? 모두 다들 그렇게 억울해도 그냥 사니까? 그게 우리가 사는 운명이니까? 이렇게도 자기 운명에 대해서 순종하는 것을 작가는 참지 못한다. 그게 작가됨의 첫째 조건이다. 놀랍게도 이 운명 순종자에 대한 이야기를 깜짝 놀랄 이야기 기법으로 보여준 것은, 1998년도에 노벨문학상을 받았던 포르투칼 출신 작가 주제 사라마구였다. 그는 모든 사람들이 다들 눈이 먼 채 그냥 살아가는 이야기를 그의 『눈먼 자들의 도시』에서 썼다. 절묘하게도 그는 우리 인간의 머저리 같은 순종의 치욕적인 인간됨을 '눈 먼 사람들 이야기로' 꼬집었다. 나쁜 이웃에 의해 상처받고 죽임 당하면서, 아니 나쁜 부라퀴(악당)들에 의해 수 천년동안 착한 마음을 지니고 온전하게 살 수 없는 역사를 이어오면서, 어째서 사람들은 저들 부라퀴들의 악행을 참고 견디는 일로만 버텨왔을까? 작가는 그래서 자꾸 묻는다. 작가나 시인이 하는 일은 아니 모든 예술가들이 하는 일은 이런 삶의 부조리에 대해서 자꾸 묻고 따지는 일이다. 왜 사람은 저런 악당에게 억눌려 한 평생을 견디며 살아야 할까? 그렇게 살아야 했을까? 증오나 미워함, 우습게 여김은, 모두 다 그런 악당들에 의해 생겨난, 정신적 질병이다. 문제는 이런 악의가 사람 모두에게 다 들어 있다는 데 있다. 부라퀴를 미워하고 악행을 멸시하는 마음자리에는 자기를 향한 모독 또한 들어 있을 수밖에 없다. 그래서 사람들은 남들로부터 스스로 피하거나 스스로 소외의 길로 자주 나선다. 누구에게도 존엄성을 상해 받지 않으려는 이들은 대체로 스스로를 소외시킨다. 이런 소외 질병을 넘어서게 하는 방법의 하나가 바로 그런 더러운 이야기를 세상에 퍼뜨리는 것이다. 그리고 그런 악행이나 폭력이 아닌 값진 가치가 있다는 것을 작가나 시인 예술가들은 내세워야 한다. 자기아픔을 남에게 알려, 거기서 벗어나도록 꿈꾸는 일이야말로 바로 그런 그들에 의해 이루어지는 질병 퇴치의 한 길이라는 것을 그는 본능적으로 알아내었다.

존엄성과 사랑 값

자기가 짊어진 운명이라는 짐에 대해 끊임없이 묻는다는 이 이야기를 짜 넣고 나서 그는 자신의 진짜 문학의 뿌리는 무엇인지를 다시 되돌아본다.

그러나 가로질러 온 내 발자취에서 어떤 궁핍보다 잊지 못하는 것은 내 존엄성이 침해당한 일이다. 결코 지워지지 않는 피멍 같은 것, 인간의 존엄과 소외, 이것이 아마도 내 문학의 기저基底가 아니었나 싶어진다. 사랑은 그것이 어떤 형태形態나 성질性質이든 결코 존엄에 손상을 주지 않는다. 사랑은 사람을 소유하지 않는다.[16]

계급사회에서 사람들의 존엄성은 계급에 따라 보호받거나 억압당한다. 근본적으로 계급사회란 '사랑이 없는 사회'이다. 조선왕권 시대가 채택하여 사람들을 계급화한 것은, 이른바 유학이념이었다. 이 유학이념은 공자 사상을 세기화한 것이지만, 공자가 그의 '어짊仁'을 내세워 너와 나와의 관계설정을 '바른 마음 주기禮'로 가르쳤지만 이 생각 틀도 권력을 손에 넣은 패들에 의해 사람들 사이의 층층다리 계급을 내는데 필요한 '삼강오륜三綱五倫'[17]으로 굳어졌던 것이다. 이 유교 이념 속에 '사랑'은 부재한다. 남을 따뜻하게 생각함이라는 뜻을 지닌 사랑 이야기는 서양 사상에서 말하는 사랑과는 다른 것이 있지만 이것을 우리나라에서는 섞어 쓰는 버릇에 길들여져 왔다. 재미있게도 동서양의 모든 사상을 아우르는 철학 이야기를

---

16 앞의 책, 97쪽.

17 이 삼강오륜 사상의 맨 앞줄에는 왕과 신하, 아버지와 자식이라는 도식을 만들어 왕권을 굳게 하는 이론으로 바뀌었다. 왕에게는 충성을 아버지에게는 친함을, 남편과 아내에게는 다름을, 선후배 사이에는 차례를 벗들 사이에 믿음을 중요한 덕목으로 풀이하였다. 하지만 실제로 이 도덕명제는 사람 사이에 층층다리 계급이 선험적으로 주어진 것처럼 꾸밈으로서 유학이념은 계급사회에 필요한 법으로 행세하게 되었다.

계속 써온 김용옥 한신대 석좌교수가 이 사랑 이야기를 본격적으로 한 책을 내었다고 소개되었다. 이 책을 소개하는 노형석 기자가 저자와 대담한 기사에 이 사랑 이야기가 이렇게 나왔다.

> 책에도 나오지만 서구에서 온 사랑 개념들이 한국 사회에선 인류 사랑부터 육욕까지 혼란스럽게 뒤엉켜 있습니다. 사랑이란 말은 개화기 기독교와 함께 들어와 한국인의 심령을 갉아먹기 시작한 이질적인 말입니다.[18]

이 철학자가 생각하는, 진짜 우리가 지켜온 '사랑' 개념은, 아마도 앞에서 박경리가 정리한 대로, '사랑은 존엄에 손상을 주지 않으며,' '사랑은 소유하지 않는다.'는 것으로 요약될 수 있을 것이다. 놀랍게도 김용옥 교수는 위 대담에서조차 기독교 사상을 적극적으로 비판하고 나선다. 짐작컨대, 기독교를 등에 짊어지고 여기저기 쑤석쑤석 남의 나라를 겁탈하고 침략하여 사람을 엄청나게 많이 죽였고 지금도 그러한, 서양에게 진절머리를 낸 생각의 닻을 그렇게 내린 것이나 아닐까? '기독교가 들어간 나라 쳐놓고 피를 부르지 않는 곳이 없다'는 버트란드 럿셀의 「광신의 극복」이야기를 생각나게 하는 대담으로, 그의 뚜렷한 생각이 내겐 손에 잡힐 듯이 읽혔다. 자 그건 그렇다 치고! 박경리가 그의 문학적 심줄로 파악한 이 존엄한 가치를 훼

---

18   2012년 8월 21일자 〈한겨레〉신문 8쪽.

손하는 폭력의 틀을 아버지와 술이 취한 괴한에게서 또 그런 폭력을 그럭저럭 참고 눈 감는 세태에 둔 것은 그의 모든 작품을 이해하는 데 아주 중요한 단서가 된다고 나는 판단한다.

박경리의 장편소설 『토지』가 우리에게 내세워 보여주려고 하였던 것은 바로 저런 인간 세상의 부조리, 겉을 통째로 욕망 덩어리로 드러내거나 겉과 속을 달리하면서, 제 잇속만 채우려 드는 돼먹지 못한 사람됨들을 한데 모아 보여줌으로써, 우리를 둘러치고 있는 세계나 자아 존재 자체가 실은 그런 부조리 덩어리라고 주장하였다. 그래서 천성적으로 인간은 외롭고 설운 사람됨 속에 내던져졌다는 걸 그는 우리에게 보여주었다. 그런 존재들끼리이니까 어쩔 수 없이 그렇게 우리는 소외될 수밖에 없는 존재라는 것을 일깨워주려고 하였던 것으로 내겐 읽힌다. 인간은 그냥 똥보다도 못한 존재이기도 하고, 그게 바로 왜국이라는 더러운 탐욕의 찌끼로 보여준, 작품 속에서 숨겨놓은 '일본론'이었고, 그런 일본, 왜국의 더러운 똥 자취를 따라 거기서 목숨을 이어보겠다고 나대는 또 다른 조선 인민의 더러운 꼴 새들 또한 그는 그려내었다. 인간이란 대단하게 믿을 만한 존재는 아니다. 그러나 그럼에도 불구하고 사람의 사람됨에는 위대한 영혼이 있고 그것을 남에게 전해주는 사람됨이 또 있다. 『토지』가 우리에게 그렇게 친숙하고도 따뜻하게 읽히는 이유는 바로 이런 두 가지 양 극단에 서 있는 사람들이 우리를 둘러싸고 있다는 진실을 왜정 시대 그 이전부터 48년 동안 이 나라 사람들이 살아온 치열한 장면들을 이야기로 짠짠하게 짜 얽어 놓았기 때문이다. 이야기 문학은 그 이야기를 하는 사람의 속마음에 갇힌 어둠을 풀어내기도 하고 그것을 듣는 사람들이 지닌 어둠을 내모는 일도 한다. 이야기는 너와 나 우리와 그, 그들을 잇는 존재의 실낱같은 굿이기도 하다. 굿! 제대로 된 작가나 시인이나 학자는 모두 어쩌면 무당에 속하는 인물이다. 무당은 사람들 가슴 속에 맺힌 것들을 풀어내는 굿을 주도하는 사람이다. 굿 또한 사람의 응어리를 풀어내는 공개화이고 남의 눈길에 뛰어드는 행위의 일종이다. 남의 눈길에 스스로를 놓는다는 일만큼 사람살이의 고되면서도 귀한 일은 드물다.

가장 가까운 아버지가 나를 쳤고, 선생이 나를 쳤으며, 엉뚱한 술주정뱅이가 나의 뺨을 쳤는데, 나를 편들어 그 나쁜 행위나 더럽혀진 가치를 뒤집어엎는 일에, 나서서 아무도 응원하거나 앞서는 사람이 없다. 외롭다. 외롭다는 것이야말로 나의 나됨을 찾아나서는 가장 직선거리에 있다. 외로움과 소외됨! 이 자산이 없는 사람은 문학과는 거리가 먼 셈이다. 남으로부터 소외되어 보지 않은 사람은 나의 나됨이 얼마나 처참한 절벽 속에 갇힌 존재라는 걸 깨우치기 어렵다. 왜놈들이 수시로 남을 침략하고자 하고 힘 센 놈들에게 의지하여 남을 걷어차는 짓을 벌여온 지는 이미 수 천 년도 더 되었다. 이악스럽게 남의 나라 젊은이들을 잡아다가 팔아 재산을 쌓은 내력 등은 이미 1920년도 염상섭이 쓴 『만세전』에서 그 장면이 공개되었다. 더러운 우리 이웃이 곧 왜국, 일본이라는 걸 작가 박경리는 이미 꿰뚫어 읽었고 또 그것을 그는 작품 『토지』 속에서 깊이 있게 또 설득력 있게 짚어 보여주었다.

왜놈 나라 일본인들이나 미국 나라 양키들은 아마도 일찍이 사랑이라는 깊은 정서를 잃어버린 나라이기 쉽다. 남의 나라에 침략해 들어가 모든 그 나라 가치를 부서뜨리고는 재물이나 인명을 빼앗거나 죽이는 행패를 오랫동안 부려왔다.

사랑은 그것이 어떤 형태形態나 성질性質이든 결코 존엄에 손상을 주지 않는다. 사랑은 사람을 소유하지 않는다.

사랑은 어떤 경우에든 '존엄에 상처를 주지 않는다. 사랑은 사람을 소유하지 않는다.' 사랑에 관한 정의로서 이만큼 처절하고도 준엄한 규정을 나는 다른 데서 본 적이 없다.

맺는 말

여러 차례 작가 박경리에 대해 쓰고 말하면서 나는 그 때마다 치열함의 극치를 말하는 그의 정신을 생각하곤 한다. 글이나 삶에 대해 치열하다는 뜻은 무엇인가? 글이든 삶이든 거기 대하는 태도에 자기 모든 것을 다 쏟아 붓는다는 뜻이 그것일 터! 적당히 목검이나 대나무 칼로 장난삼아 삶이라는 자기 현상을 대상으로 칼질하는 그런 글쓰기나 삶 살피기가 아니라, 참 칼을 시퍼렇게 갈아들고 진검승부를 거기에 건다는 뜻, 그게 치열하다는 말에 속하는 마주섬, 그것을 우리는 치열하다는 말로 비벼 넣는다. 위에서 나는 그가 쓴 여러 장편 이야기 틀이 아니라, 짧고도 뚜렷한 언사로 정리해 놓은 「나의 문학적 자전」을 가지고 그의 엄청난 분량의 이야기 문학을 풀이해 보려고 하였다. 그의 여러 장편소설에서나 특히 『토지』에서 우리에게 이야기해 주고 싶었던 것은 바로 이 짧은 자기 이야기 속에 옳게 정리되어 있다고 나는 믿는다. 그것을 지금 내 말로 정리하면 어떤 것이 될까?

첫째는 정말 사람은 누구나 이 세상에 살 권리를 가지고 태어난 것일까? 이 원초적인 물음의 물 튀김은 아주 크다. 왜냐? 이 세상은 서양을 둘러보나 동양을 둘러보나 다들 사람 위에 사람 있고 사람 밑에 삶이 눌려 신음하고 지내고 있다. 그것이 역사라는 인류 됨의 실질적 꼬락서니이다. 왕권계급은 동서양 고금을 불문하고 있어 왔고 지금도 더욱 굳어져 시퍼렇게 살아 있다. 정말 우리는 너남 없이 존엄한 존재인가? 실제로 그런가? 박경리는 바로 이 물음을 부여잡고 필생을 씨름한 작가였다. 그래서 그는 다시 반복해서 묻는다.

둘째 물음, 모든 존재는 존엄성을 지니고 있는가? 그 존엄성은 누가 지켜야 하고 누가 지켜주는가? 그는 이 물음에 가장 큰 비중을 두고 씨름 샅바를 움켜쥐었다. 가장 가깝고 사랑하는 아버지로부터 그는 뺨따귀를 얻어맞았고, '년 짜'소리로 존재의 추락을 맛보았다. 도대체 이 부조리는 어디로부터 발원하는 것일까? 아버지가 가정에서는 가장 귀한 존재이고 왕과 맞먹는 존재라면, 그는 자기 몸으로부터 발원한 또 다른 삶으로서의 그, 존재가 지닌 존엄성을 지켜줘야 하는 것이 아닌가? 그런데 그는 어째서 귀한 딸의 뺨을 치는가? 왕은 이 세상에서 가장 어째볼 수 없는 불가침의 존재인가? 작가 박경리는 이 문제를 깊이 따지고 물으며 스스로 그 답을 찾아 나섰다. 층층다리로 만들어 놓고 사람을 차등화한 이 사회란 무엇인가? 우리가 몸담고 있는 이 '사회라는 게' 도대체 어떤 곳인가? 이 사회라는 곳에 촘촘하게 박힌 쇠못이며, 덫, 살모사 같은 악의, 소유로 사람을 억압하는 이런 곳이야말로 우리가 벗어나야 하는 곳이며 깨 부셔야 하는 곳이 아닌가? 혁명은 여기서부터 시작된다. 그러나 이 혁명이 여러 차례 세계 각 곳으로부터 일어났지만 실패하였다는 것을 그는 알았다. 이 혁명들은 왜 실패하였을까? 1789년도의 프랑스 혁명, 1869년도의 동학혁명, 1917년도 볼셰비키 혁명, 박경리 살아생전에 일어난 것은 아니었지만, 2009년도 서울 광화문, 시청 자리 한 복판에서 벌어진 엄청난 촛불 모임은 왜 짓밟혀 땅 속으로 사라졌는가? 여기에는 분명 무언가 부라퀴, 악당들의 음모와 사악한 탐욕이 도사리고 있다는 것을 박경리는 알아차렸다. 이 세상에는 악의로 세상을 제 것처럼 소유하려는 나쁜 패들이 있다는 것, 거기맞서 싸우는 착한 이들은 언제나 힘이 약한 무리였다는 것, 그것을 그는 알았던 것이다.

마음이 착해 남의 것을 걸터듬지 않는 사람은 늘 가난을 짊어지고 살 수밖에 없다. 가난은 결코 부끄럽지도 추한 것도 아니다. 세상에 주어진 것, 자연으로부터 그 먹고 입을 만큼씩만 열매를 거두어, 먹고 입고 마시며, 사는 것은 사람살이의 가장 아름다운 삶 길이다. 그런데 그렇게 착한 사람들 옆에는 제 분수 이외의 것을 걸터듬으며 남의 것을 독차지하여 재부를 쌓고 남을 부리려는 부라퀴들이 있다.

그 부라퀴의 가장 대표적인 패들이 왕권패들이다. 왕권이란 마치 그 권력을 하느님이나 신이 특별히 내려 준 것처럼 행세하고, 또 그런 따위 신화를 만들어낸다. 왕은 대체로 신의 아들이거나 신비한 것들과 교접하여 낳은 사람이라는 거짓말을 꾸며낸 악당들이다. 앞에서 나는 버트란드 럿셀의 글을 옮겨온 이야기로 이 왕권이라는 부라퀴 놀음을 밝힌 적이 있다. 전 세계에 퍼져 전하는 왕권이나 황제, 천자, 주석, 대통령 따위는 모두 다 이런 악당놀음에서 만들어진 광기에 해당한다. 사람들은 모두 다 미쳐 있기 쉽다. 눈 똑바로 뜬 이들에게 이따위 왕권놀음은 부조리의 꼭짓점에 속하는 것을 꿰뚫어 알았다. 그러나 이 왕권악당놀음에서 재미를 보는 층층다리 벼슬아치 심부름꾼들은 계급의 울타리를 굳게 치고 사람들 위에 올라타 사람을 억압하는 재미에 길들여진 천박한 부라퀴들일 뿐이다. 영국의 이름난 정치가이자 인문학자였던 토마스 모어의 생애를 읽으면 참 재미도 있고 꼭 코미디를 보는 느낌이 든다. 영국에 살았던 토마스 모어(1478~1535)는 왕의 신임을 얻어 한 때 대법관까지 하였던 인물이다. 그런 그는 국왕 헨리 8세에게 밉보여 목 잘려 죽는 수모를 겪었다. 그는 헨리 8세가 1534년 3월 '왕위 계승법이 의회에 동의를 얻어', 그 법안에 동의하기를 명령한 왕의에 거슬러 그 선서를 거절하였기 때문에 런던탑에 갇혔다가 반역죄로 사형선고를 받았다. 그는 왕이 다스리던 왕권 시대에 변호사로 대법관까지 지냈던 벼슬아치의 하나였다. 그가 목 잘려 죽는 장면 이야기는 꽤 재미있게 읽히는 데가 있다. 그러나 오늘 내가 보기에 왕권이네 대법관이네 하는 권력 따위 이야기에는 늘 코미디 같은 더러운 시궁창 물이 흐른다. 바로 이런 따위 왕권 바이러스가 우리 몸과 마음에 붙어 있는 한 인간의 존엄성은 모두 다 헛 이야기일 뿐이다. 인간의 존엄성 따위란 실상 이 세상에 존재하는 것이 아니다.

「인간불평등론」을 써서 백인종의 우월함을 내세운 고비노 Gobineau, Arthur, Comte De(1816~1882)[19]같은 시궁창 똥물 같은 존재는 스스로 귀하다며 자기 존엄성을 최고의 가치로 놓음으로써 자기를 내동댕이쳤고, 「인간불평등기원론」을 쓴 장 자끄 루소(1712~1788) 같은 인물도 이미 왕권으로 더럽혀진 사회 조직을 읽어내었다. 사유재산권을 만들어 낸 문명이 곧 인간의 불평등에 길을 낸 시작이었다는 걸 그는 일찌감치 깨우쳤다. 왕권 행패가 혹독하였던 프랑코, 프랑스에서 그들은 그 따위 불평등한 사람됨에 길을 들였던 것이었다. 다들 그렇게 더러운 놈들을 고발하였기 때문에 그에게는 평생이 억압과 피해의 가시밭길이었다. 프랑스는 이미 예루살렘을 정복하기 위해 십자군 전쟁을 일으키면서 각종 행악을 다 저질렀던 인류사의 추악한 종족임을 근래 들어 속속 햇빛 속에 드러난다. (출판사 아침이슬이 펴낸 책, 아민 말루프가 짓고 김미선이 옮긴 「아랍인의 눈으로 본 십자군 전쟁」을 읽어보면 그 사람됨의 무자비하고 천한 내역을 잘 알만하다. 그들은 프랑코, 지금 프랑스 사람들이었다.) 인간의 존엄성은 사람들 각

---

19 백작, 프랑스 외교관, 민족학자. 그의 저서 『인간 불평등론』(Essai sur l'inegalité des races humaines, 4권, 1853~1855)에서, 인종에는 육체적 및 정신적 우열이 있다고 주장했으며, 특히 아리아 인종과 게르만 인종 중에서 게르만 인종의 우월성을 논하였다.

자가 지켜 만들어야 하는 어떤 가치족에 속한다고 나는 풀이하려고 한다. 앞에서 예로 든 바, 박경리가 아버지에게 뺨을 맞기 직전 아버지 권위에 대들었다든지, 술 취한 괴한에게 뺨을 얻어맞고 잊지 못해 분해하던 이야기는 바로 이 존엄성 지키기와 깊은 끈에 이어져 있다고 내겐 읽힌다. 박경리 그는 스스로 자기 존엄성을 지키기 위해 피투성이가 된 삶을 지켜냈고 그것을 글로 써서 세상에 알렸다. '피투성이 싸움'이란 무엇이었을까? 그것을 나는 '스스로 소외됨'이라는 말로 정리하고자 한다. 남을 해하는 마음보가 우리들 우리에게 들어 있다면 남의 옆에 가능한 대로 다가가지 않는 길이 있다. 그것을 그는 평생 지켰다. 그러면서 그 외로움이나 설움, 그리고 슬픔을 『토지』라고 하는 거대한 말의 탑 쌓기로 완결지었다.

셋째로 그가 그의 문학세계 갈피마다 집어 놓으려고 하였던 가치는 사랑이었다. 이 세상에 존엄성은 존재하지 않지만 자기 스스로 만들어가는 '존엄성'은 감히 누구와도 비교될 수 없는 가치 잣대라고 그는 필생을 두고 주장하였다. 내 존재 가치가 존엄한 것이라면 나와 다른 남도 존엄한 것이다. 위에 적었던 프랑스의 고비노 같은 패들은 그냥 천박한 부라퀴일 뿐이다. 그런 패들에게는 지성도 양심도 교양도 없는 그냥 뻔한 날건달일 뿐이라는 게 나의 판단이다. 그런 패들에게서 수많은 착한 사람들은 존엄성에 큰 상처를 입는다. 그의 생각이 히틀러 같은 악당의 집단 악행을 부추겼다는 것은 별로 놀랄 일이 아니다. 일본의 게이오 대학설립자였던 복택유길福澤諭吉같은 건달도 일본에서 한국을 집어삼켜야 한다고 공공연하게 떠들었던 깡패였다. 정말 조선은 일본 사람들의 노예가 돼야 할 만큼 미개하고 못난 그런 종족이고 또 그런 존재일까? 박경리는 필생을 두고 이 물음을 던져왔다. 그 물음에 대한 그의 대답은 '아니다'였다. 남이 지키고 키워가려고 하는 자기 존엄성에 상처를 입히는 존재야말로 가장 더럽고 어리석으며 존엄성이 없는 종족이고 또 그런 존재들이다. 그것이 작가 박경리 선생이 필생을 두고 묻고 대답한 이야기 문학의 결론이었다. 사랑은 나 이외의 존재가 지닌 존엄성에 상처를 주지 않을 뿐만 아니라 결코 남을 소유하려고 하지 않는다. 그것이야말로 모든 존재의 가치 잣대가 될 만한 도덕원리이다. 그것은 인류 모두가 수 천년동안 꿈 꾸어온 가장 커다란 도덕의 바른 길이었고, 그것을 박경리가 그의 문학에서 찾아내어 세운 위대한 정신이었던 것이다. 사랑! 존엄성! 우리가 키워가야 할 정신!

박경리 『토지』를 읽혀야 하는 이유들

요점

첫째, 『토지』는 내가 누군지를 묻게 하는 이야기 묶음이다.
둘째, 『토지』는 나라 소유권 싸움의 역사적 증언이다.
셋째, 『토지』는 반제국주의 정신의 산 증언이다.
넷째, 『토지』는 우리나라와 가까운 이웃 나라 일본에 관한
　　　특성 분석이다.
다섯째, 『토지』는 인간이 존엄한 존재라는 철학적 진술의
　　　긴 이야기이다.
여섯째, 『토지』는 사랑만이 곧 창조라는 명제를 밝히는 이
　　　야기 묶음이다.
일곱째, 『토지』는 한국 현대소설사의 커다란 산맥이다.

드는 말

　박경리의 『토지』는 한국 사람이거나 일본 사람들이면 반드
시 읽어야 할 소설일까? 그럴까? 나는 일단 그렇다고 주장할

생각으로 이 글을 써서 이 자리에 섰다. 왜 이 작품 『토지』를 꼭 읽어줘야 할까? 이런 물음은 사람은 왜 살고 있는지에 대한 물음과 깊은 관련을 짓고 있다. 왜 우리는 살고 있는지? 그리고 내가 누구인지 우리가 다 알고나 있는지? 내가 누구이고 왜 살고 있는지를 알고 있다면 그 사람의 인생은 퍽 성공한 일생을 지낸 존재일 터이다. 그냥 돈을 벌어야 한다든지, 일류대학교를 다녀야 한다든지, 사법시험에 합격하여 판검사가 되거나, 의대를 나와 의사가 된다든지 하는 생활의 일상성 속에서 높은 가치로 치부되기 쉬운 이런 물음과 '네가 누군지 아느냐?'는 물음은 아예 그 차원이 다르다. 박경리의 『토지』를 꼭 읽어야 한다는 이유는 내가 누군지를 알게 할 상당한 지름길이 이 작품에는 놓여있다는 탓이기도 하다. 이 작품 자체가 그런 것을 묻고 답하는 이야기 틀로 짜여 있다고 나는 믿는다. 나는 나를 둘러싸고 있는 사회 환경으로부터 절대 자유롭지가 않는 존재이다. 나를 둘러 친 자연환경, 그리고 사회 환경 이것은 어쩌면 우리를 옥죄거나 평안하게 풀어 놓았거나 그 조건으로부터 벗어나기를 꿈꾸도록 작용한다. 내 존재가 품고 있는 에너지, 이 힘은 남의 힘과 늘 마주 서 있거나 맞대어 부딪치며 꿈틀댄다. 그래서 나와 너는 늘 나와 너를 규정하고 의미화 하는 귀중한 주체이자 대상이다. 이미 나는 이 글 앞머리에다가 『토지』를 꼭 읽어야 할 이유들을 요점으로 정리해 놓았다. 이야기는 사랑을 가르치기도 하고 역경 견디는 법을 알려주기도 한다. 이제까지는 한 차례도 해 보지 않았던 요점정리의 글을 앞머리에 저렇게 써놓은 글은 내가 처음 해보는 시도이다. 일곱

가지로 요약한 앞의 이야기 틀을 놓고 먼저 나는 내가 박경리 선생과 만나게 된 내역부터 말의 흐름을 잡고자 한다.

나는 어쩌다가 원주에서 박경리 선생을 꽉 찬 20년 동안 옆에서 모시는 생애를 살게 되었다. 그가 『토지』 제4부까지를 다 쓰고 나서 5부 집필을 위해 호흡조절을 하던 1988년도에 나는 해직교수 입장에서 구차스런 복직을 하였다. 연세대학교 원주 캠퍼스에서 강의를 하던 때에 박경리라는 선생을 만났다. 그는 이미 그곳에 와서, 시인 김지하의 옥 뒷바라지를 하는 외동딸과 외손자들을 돌보는 한편, 『토지』 집필에 온힘을 기울이고 있던 때였다. 한국정치사는 군부독재자들이 제2기에 속하는 전두환 시절 막바지에다가 독재 제3기에 해당하는 노태우 시절이었다. 툭하면 지식인들이 잡혀 들어가 고문을 당해 반신불수가 되어 나오곤 하던 때, 한국 사회는 그야말로 민심이 흉흉하기 짝이 없었다. 그런 때에 나는 박경리 선생을 만났다. 나는 그가 써서 발표한 『원주통신』이라는 작은 책자와 미처 완결되지 않은 『토지』를 보면서 당시대의 어둡고 스산한 아픔을 견디고 있었다. 드디어 해직이 풀리고 복직 절차가 끝났을 때 나는 원주시 단구동에 살던 그를 찾아 가 뵈었다.

그렇게 만나 이야기를 듣거나 나누고, 여행을 함께 다니고, 교수 연수회에 모시고 다니면서 보낸 세월 햇수와 돌아가기까지 곁에서 지켜본 지가 20년에 되었다. 그래서 나는 박경리 선생에 대한 글도 많이 썼고 박 선생에 대한 강연이나 그의 문학세계에 대한 해석요청을 꾸준히 받아왔다. 선생이나 글 쓰는 이들이 가장 두렵고 어렵게 생각하는 것이야말로, 같은 말 또

하고 또 하는, 그런 반복발설에 대한 자의식이다. 한 작가에 대해서 이야기를 풀어나가다 보면 여러 다른 자리에서 같은 말이나 같은 주장은 되풀이되기가 딱 쉽다. 그래서 이런 모임에서 행할 박경리 논의는 두렵기도 하고 또 힘이 든다. 그래서 다른 방식으로 할 이야기를 찾느라 고심한다. 그러나 어차피 나선 길이므로 제대로 된 이야기는 해야 한다. 게다가 한 작가의 작품 세계를 자꾸 다르게 말하기는 참으로 어렵다.

　나는 오늘 이 자리에서 박경리 소설의 날줄이자 씨줄이 되는 삶 판의 당대 구조를 살피면서 그가 써 나간 소설세계의 치열한 정신을 찾아 보이려고 한다. 머리말에서 우선 나는 그가 1988년도 2월께에 출간한 시집 『못 떠나는 배』 맨 앞에 실린 시 두 편을 소개함으로써 그가 소설 쓰기 길로 나아간 행적의 한 징후를 알릴까 한다. 그 시 제목은 「사마 천司馬遷」과 「유배流配」이다. 첫째 시는 「사마 천司馬遷」이다.

　　　　그대는 사랑의 기억도 없을 것이다
　　　　긴 낮 긴 밤을
　　　　멀미같이 앓았을 것이다
　　　　천형 때문에 홀로 앉아
　　　　글을 썼던 사람
　　　　육체를 去勢 당하고
　　　　인생을 거세 당하고
　　　　엉덩이 하나 놓을 자리 의지하며
　　　　그대는 진실을 기록하려 했는가

「유배流配」 또한 1988년도에 출간한 위와 같은 시집에 실린 시이다. 그의 전체적인 작품 세계를 알게 하는 또 다른 상징일 수 있다.

내 조상은 역신이었던가
끝이 없는 流配

새끼 낳은 고양이
밥 챙겨 주고
손 씻고 문 열고
靜寂의 덩어리 속으로
파닥이는 나비같이 들어간다

동산에서
나비 잡는 꿈을 꾸었던가
꽃술에서
꿀을 빠는 나비를 보았던가

黃砂 속을 맴돌고 헤집고
이 자리
나는 책상 하나 안고 살아왔다

1988년도에 출간한 시집이니까 1980년대 후반에 쓴 작품들일 터인 이 시들 속에서 나는 박경리 선생이 살아온 생애의 내역을 짐작한다. 앞의 시 「사마 천司馬 遷」은 동아시아 역사에서 가장 널리 알려진 지식인 가운데 한 사람이다. 기원후 91년이니 지금으로부터 1922년 전에 살았던 사람 이야기이다. 한나라 무제武帝 때 흉노족들과의 전투에서 중과부적으로 패한 이릉李陵 장군에 대하여, 한무제漢武帝에게 소를 올려 용서하라고, 사마천은 권유하였다. 그러나 한무제 애첩의 오빠 이광리李廣利가 사령관으로서 그의 전술적인 잘못은 눈 감고, 5,000명 결사대로 흉노군 3만 명과 맞선 싸움에서 졌다고 트집 잡아, 한무제는 사마천을 사형시키려 하였다. 이 법적 횡포를 벗어나는 길에는 두 가지가 있었다. 속전 50만전을 내고 풀려나거나, 아니면 궁형(宮刑=남자의 불알을 까는 형벌)이라는 무시무시한 형벌을 받는 것이다. 속전 50만 냥이라는 금액은 아마도 도저히 구할 길이 없는 량의 돈이었을 터이다. 게다가 남자로서 불알을 까인다는 것은 죽음이나 다름없는 치욕일 수밖에 없다. 이런 따위 불의는 언제나 정해진 강도들(황제나 천자, 왕, 군주, 주석, 대통령, 지도자 따위는 대부분 날강도거나 불량한 깡패들이라는 걸 사람들은 눈 감고 못 본 체 한다.)[1]에 의해서 저질러진다.

작가 박경리는 이 기원후 92년도에 죽은 고대중국의 사마천 고사를 꿰뚫어 알고 있었다. 제왕은 부라퀴 짓 행패의 늘

---

1   실제로 어느 나라 왕이나 황제, 천자 대통령, 영웅, 수령, 주석 따위는, 그런 이름으로 남들 위에 올라타 남들이 가꾸는 모든 재물을 제 것처럼 마음대로 먹거나 쓰고 자기 말을 잘 듣는 자들에게 나누어 주는, 날도둑이나 다름없는 왈짜들이다. 그들은 자기 패를 무기로 무장시켜 남의 땅에 쳐들어가 재물이나 부녀자를 약탈하여, 고분고분 말 잘 듣도록 길들이는 악당, 곧 부라퀴에 지나지 않는 존재이다. 세계사는 다 이런 부라퀴들에게 지배당한 사람들의 눈물겨운 애옥살이 이야기들이다.

꼭짓점이다. 그러므로 그에게 대드는 것에는 가차없이 잡아 죽이고 행여 바른 말이라도 하기만하면, 또 트집 잡아, 목 잘라 죽이거나 귀양살이를 보내어 자기 앞에 얼찐거리지 못하게 한다. 이 무슨 놈의 해괴한 사람살이란 말인가? 일찌감치 박경리는 말 못할 삶의 부조리를 잘 알고 있었던 것이다. 박 선생의 당대 삶이 얼마나 어렵고 힘겨운 국면에 놓였었는지는 바로 이 시 한 편만 보아도 쉽게 짐작할 수 있다. 오죽하면 오래전 중국의 한 사람이 이따위로 겪은 고통을 떠올려 스스로의 처지에다 위로의 빛을 삼았을까? 그리고 다음 시 또한 위의 시와는 짝이 맞는 시이다. 유배형은 도시 근처로부터 멀리 떨어져 궁벽한 지방으로 보내어 살아내기 아주 어렵게 만드는 형벌이다. 이 못된 짓은 누구에 의해서 저질러지나? 왕이나 대통령, 황제, 주석, 수상 따위는 사람들의 권리를 빼앗아 제 권력으로 무장한 부라퀴의 대명사일 뿐이다. 이런 자들 때문에 이 지구 위에 평화는 아예 도륙이 나곤 하였다. 그것이 우리가 사는 인류사의 멀쩡한 모습이다.

작가 박경리는 1980년대 살던 자기 스스로가 이렇게 유형을 당하고 있는 사람이라고 읊었다. '책상 하나 안고 살아왔다.'는 이 혹독한 자기 성찰은 그가 뒷날 『토지』를 통해 발설하고자 하는 인간의 더럽고 참혹한 행악질에 빛을 놓는 말 탑의 받침이 된다. 박경리의 문학세계를 말하려면 우리는 『토지』라는 거대한 말의 탑을 벗어날 수가 없다. 박경리는 어쩌면 이 『토지』 한 틀을 쓰기 위해 필생을 바쳐왔다고 읽어도 틀리지 않을 터이다. 1922년 전(1925년 전) 사마천이 불알을 까이면서도 끝

끝내 살아낸 것은 바로 그의 위대한 저술 『사기열전』을 완성하기 위해서였다. 그와 마찬가지 이유로 박경리 선생 또한 『토지』 집필을 위해 갖은 고통을 견뎌내었다고 나는 평가하려고 한다. 아니다, 어쩌면 사마천이나 박경리가 그런 작품들을 남긴 것은 그들 악당들에 대한 일종의 복수였다고도 읽힐 수 있다. 그러면 박경리의 『토지』는 한국역사 기록이라고 읽어도 되는가? 정말 그렇게 읽어도 되는가? 1900년대로부터 1945년에 이르는 무수한 한국 사람들의 혹독한 생활체험을 그린 이 작품이 당대 동아시아의 생생한 역사기술이라고 읽어도 된다는 말인가? 이 자리에서 나는 이 문제를 깊이 생각해 보려고 한다.

문학과 역사

박경리의 『토지』는 한국 현대 소설사에서 하나의 커다란 산맥으로 읽히는 장편소설이다. 그 길이로만 해도 엄청나다. 신국판 400쪽 안팎의 작품집 열여섯 권에 이르는 이야기 묶음이니 그 분량 길이로만 해도 엄청난 데다 그 시간 배경 또한 48년이다. 1897년 한가위 날을 이야기 시작으로 해서 1945년 8월 15일에 이야기 장정에 끝을 낸 것이니 가득 찬 48년이 시간 배경이다. 한국 근현대사의 한 복판을 가로지르는 기간이자 배경 또한 한말로부터 왜정시기 광복에 이르는 기간이다. 200자 원고지 장수로만 쳐도 아마 30,000장이 넘는 분량은 한국 현대소설사에서는 퍽 드문 현상이었다. 이른바 대하장편이라는 말로 불리던 홍명희의 『임꺽정』이나 김주영의 『객주』, 『화척』, 황석영의 『장길산』들의 작품과 이 박경리의 『토지』를 같은 계열로 넣어 평가해도 괜찮은 것인가 아닌가? 알다시피 『임꺽정』이나 『객주』, 『화척』, 『장길산』들은 다 한 개인의 영웅적인 삶을 그려낸 일종의 통속적 대중성을 띈 것들이었다. 그랬기 때문에 문학의 문학성을 논의하는 문학론 자리에서는 늘 뒷자리에 놓이는 형편이었다. 고소설 류의 영웅담은 그 대중성 때문에 현대문학 강의나 평가하는 문학논의의 중심에서 빠지곤 하였었다. 그러나 박경리의 『토지』는 한 인물의 영웅적 행적을 그리는 그런 소설 길에서 멀리 벗어나 있다. 이 작품에 등장하는 인물들만 해도 거의 700여 명에 이를 뿐만 아니라 70여 인물들을 중심에 두고 이야기를 이끌면서도, 고소설 류의 긴장감을 놓치지 않으면서, 장장 길고 긴 이야기 여정을 소화하고 있다. 그래서 이 작품을 섣부른 서양식 이론 특히 그리스의 아리스토텔레스나 로마 문예이론가 카스텔베트로 식의 소설 분류에 맞느냐 아니냐는 논의란 실상 생뚱맞을 수밖에 없었다. 대중소설이 순문학 논의에 끼어 풀이될 수는 없다는 이런 서양식 고정 관념들은 집어던져야 할 차용논리일 뿐이라는 게 나의 생각이다.

박경리의 이 『토지』가 발표되었을 때 한국문단에서는 극단적인 시각의 평가와 비판들이 있었다. 그 가장 본격적인 공격의 핵심에는 이 작품의 길이에 대한 시비였다. 이야기문학인 소설에는 일정한 길이가 적절하게 재단되어야 한다는 아리스토텔레스 문학론 잣대가 근현대 한국 문학계에서는 주류로 흐르고 있었다. 한국 방식만의 독특한 이야기 길이 조절에 대한 아무런 배려가 없는 서양식 잣대였지만, 이 잣대를 들이댐으로써 문학작품으로서 마땅히 갖춰야 할 그 됨됨을 비판한 것이 그쪽 비평가들의 험상궂은 이론이었다. 이들은 대체로 서양 문학이론에 충실한 잣대를 들이댐으로서 『토지』의 결격사유를 들이대곤 하였다. 주로 서양에서 공부하고 온 문학이론가나 영문학과, 프랑스 문학과 교수들 또는 독일문학 전공의 학자 평론가들이 1970년대에 한국문단에는 좀생이별들처럼 즐비하였었다.[2] 그래서 그들이 배워 온 서양 잣대를 들이대어 박경리의 『토지』를 비판하였던 것이다. 이런 비판은 당대 1970~1990년대에 이르는 문학 판에서 크게 자리를 잡았던 사실주의 문학론과 이어져 있었다. 쉽게 이때의 문학 판에서는 서양식 문학 잣대에 맞느냐 안 맞느냐가 그런 볼품없는 지껄임에 해당한다고 보인다. 한 때 나 자신도 이런 사실주의냐 자연주의냐 하는 투의 문학적 잣대를 놓고 우리나라 작가들을 따져 재판하는 어리석은 짓에 몰두한 적이 있었다.[3] 이 때 이야기를 조금 덧붙이면 이렇다.

서양 문학 이론으로 무장한 한국 현대문학 교수나 지식인들은 아리스토텔레스의 『시학』에서 발원했다고 전해지는 시중

---

2 왜정치하에서 벗어나기 시작한 한국문단에서 가장 시급하다고 주장된 것이 서양이론 직수입이었다. 그동안은 일본 유학패들에 의해 서양문학이나 철학이 수입되었으므로 그 이론들이 왜식으로 포장되어 들척지근하게 되었다는 것이다. 그러니 우리의 희망은 바로 직접 서양에 가서 그들 이론을 배워 여기 심어야 된다는 것이었다. 식민지 지식인들의 참혹한 자기 내다버림에 해당하는 관념이었던 것이다.

3 예컨대 현진건의 작품들이 사실주의 이론에 부합하느냐 아니냐 따위의 볼품없는 논의 따위.

종 원리라든지, 로마 시절 카스텔베트로라나 뭐라는 인물이 정했다는; 일정한 1) 길이와 2) 시간과 3) 사건의 단일화 이야기로 작품을 완성해야 한다는 투의 3 일치 법칙 따위의 눈길로는 도무지 박경리의 『토지』 풀이로는 영 맞지 않는 길이라는 것이었다. 이렇게 문단 일각에서는 이러쿵저러쿵 하는 논란을 거느린 것이 바로 박경리의 『토지』인 것이다.[4] 뿐만이 아니다. 문학론 가운데 역사와 철학과의 구분 문제 또한 서양문학 이론패들에 의하면 만만치가 않다. 이것도 실은 아리스토텔레스로부터 이야기 물길이 내려왔다고 전해진다. 이 이야기는 다시 역사냐 문학이냐? 문학과 역사는 어떻게 다른가를 따지는 정교하고도 그럴듯한 이론으로 무장되어 있다. 광복 50여 년이 지나면서 일본어를 통한 서양이론 익히기로부터 직접 서구 유학파들에 의해 이루어진 한국 문학이론 판의 쓸쓸한 풍경이었다. 1970년대로부터 1990년대까지 서양문학 소개 소화기 과정으로 읽히는 대목이다. 2000년대로부터 한국에는 독자적인 어떤 문학이론도 없다는 반성이 이루어지기 시작한다. 정말 그런 문학이론은 없는 것인가?

4　기원전 그리스 사람이었던 아리스토텔레스의 『시학』은 따지고 보면 당시대 그리스의 연례행사에 속하였다고 전해지는 연극제에서 행하였던 연극대본의 하나였다. 뒤트람보! 축제 마당에서 벌이는 노래와 춤에 곁들인 매김 노래 가사를 시라고 읽는 이론화였다. 그것을 서양 사람들이 훔쳐 주어다가 정리한 시의 기원이 되고 비극이론의 뼈대가 되었는데, 그것이 로마로 이어지면서 서양에서 왜국으로 그리고 자연스럽게 이 나라에 흘러들어 전해져왔던 것이다. 하루에 몇 차례로 번갈아 이어지는 연극대본, 거기에서는 필연적으로 시간이나 사건, 행위공식이 일정하게 주어지지 않을 수 없었다. 그러나 한국문학의 기본은 이야기의 시작도 끝도 정해놓을 필요가 그렇게 굳어진 틀로 정해있지는 않았다. 말씀의 빛과 어둠이 곧 이야기의 흐름을 결정하는 공식으로 될 수밖에 없었던 것이 우리나라 이야기 이음 법칙이었다. 이야기는 시작도 끝도 없이 이어지고 끊어지는 말씀의 흐름일 뿐이다.

역사란 실제로 일어났던 일을 적은 기록이다. 실제로 일어난 것은 말할 것도 없고 일어날 듯한 것들까지 기록하는 것이야말로 문학만의 영역이라는 거다. 정말 그런가? 역사라는 게 정말로 실제로 일어난 것만 기록하는가? 그런데 세계사의 모든 역사 기록들은 거의 다 왕조사다. 역사기록에서 우리가 흔히 대할 수 있는 것이 대체로 왕조사라는 이런 이야기로 깊이 있게 비판한 내용은 만날 수가 없다. 왕이나 천자 천황, 천제, 수상, 주석 대통령 따위는 우리가 마땅히 허리 굽혀 받들고 모셔야 하는 존재라는 믿음 틀이 알게 모르게 수천 년 동안 우리 몸과 마음에 달라붙어 있다. 왕이나 황제, 천자, 천황 따위를 놓고 동서양에서는 '하늘의 뜻' '하늘이 내리는 명령' 따위로 분식함으로써 사람과 사람 사이에는 마땅히 저런 계급질서가 필요한 것이라는 바이러스를 주입시켜 왔다. 왕이나 황제, 천자 따위란 실은 그냥 힘이 세거나 성질이 포악한 날강도들이기 쉽다. 천재지변을 이겨나가거나 흉포한 날강도를 물리치는데 앞장 선 사람을 사람들이 지도자라 일컬어 온 것은 오래 전부터 우리들이 왕 바이러스에 중독된 버릇으로부터 비롯한다.[5] 인류사를 기록하려 할 때, 이른바 지식인이라는 건달들이 의례히 이런 인물을 아예 통치자로 앉힘으로써, 인류는 자진하여(?), 그런 통치자의 노예나 종으로 타락하여 왔다. 국민이

---

5 그가 비록 한 종족의 안위를 보호하느라 애를 쓴 적이 있다손 쳐도 그를 사람들을 통치하는 자리에 앉게 하는 관례는 잘못된 관례였다고 나는 판단한다. 그런 인물은 왕이나 영웅으로 이름 붙여진 사람들만의 특이한 능력이 아니다. 왕은 나쁜 버릇으로 지어진 이름이다. 그들은 그냥 야심만만한 권력패로 타락할 뿐인 천한 사람들일 뿐이다.

나 민중이라는 말은 왕 바이러스에 물든, 인류의 치욕스런 자기모멸에 해당하는 말버릇이다. 국민이나 민중 위에 늘 왕이나 지도자 대통령 따위가 있다고 여기게 될 때, 우리는 스스로 남의 종이 되겠다는 허리 굽힘을 당연한 것으로 용인하게 된다.

　예리한 예술가나 작가들은 이런 엉터리 관념에 쐐기를 박는 존재들이다. 박경리의 『토지』가 왜국 제국주의에 대항하는 말씀들로 이어진 저항의 몸짓이었던 것은, 바로 이런 한국인들 삶의 참 모습과 그 진실을 파헤치기 위해, 그러했던 것이다. 16세기 영국사람 토마스 모어의 유명한 책 『유토피아』는 퍽 재미있는 내용을 담고 있다. 그의 책을 읽으면 오늘날 썩어버린 자본주의 체제와 왕권은 같은 꼴새로 존속한다는 것을 잘 알게 한다. 16세기 영국이라는 왕권국가에서 대법관까지 지냈던 사람에 의해서, 오늘날 자본가들이 벌이는 횡포나 그 왕 노릇 됨을 그려낸 것은, 참 희한한 느낌을 준다. 그는 왕권을 절대시할 수밖에 없었던, 왕권 시대에 갇혀, 묶인 사람이었기에 사유재산이라는 제도를 이용하여 마음껏 탐욕을 부리는 너무 많이 가진 자들에 대한 비판은 날카롭기 그지없다.[6] 제대로 정신 갖은 사람이 지구의 모든 자산이 어떤 한 인간의 것이라고 주장한다는 게 말이나 되는 것인가? 그러나 놀랍게도 16세기에 영국왕권으로 누리던 날강도 집단인, 층층다리 계급 사닥다

6　'결핍의 공포가 없는 한, 짐승조차도 천성적으로 탐욕을 부리지 않는 법입니다. 인간의 경우에는 허영심 때문에 탐욕을 부립니다. 남아 돌 만큼 많은 재산을 자랑하는 사람들이 일반사람들보다 더 허영심이 많지요. 그러나 유토피아에서는 이러한 허영심을 부릴 여지가 없습니다.' 토마스 모어/황문수 역, 『유토피아』(범우사, 1990), 106쪽.

리 이야기가, 실은 자본주의 시대에 다시 재연되고 있다는 것은 참 놀랄 일이 아닐 수 없다. 너무 많은 자산을 가진 자들에 의한 횡포 이야기가 어쩌면 이 책의 요점이었을 터이다. 왕권이 곧 자본권력이니까! 왕이란 무엇인가? 모어의 시니컬한 다음 이야기를 깊이 새겨볼 필요가 있다.

> 또한 그 나라의 모든 인민을 포함해서 만물이 왕의 소유이므로 왕이 아무리 많은 것을 원한다고 하더라도 왕은 결코 잘못을 범하는 것이 아니며, 또한 왕이 자애로와 차압을 하지 않는 경우를 제외하고는 사유 재산이란 존재할 수 없다는 데도 일반인적으로 동의하고 있습니다.[7]

토마스 모어는 1477년에 태어나 1535년에 헨리 8세에게 신임을 받아 대법관까지 하다가 왕위 계승법에 반대하였다는 반역죄로 런던탑에 갇혔다가 사형을 받아 죽은 정치가이자 인문주의자였다. 왕이나 그 무릎 밑의 조직패들이 어떤 괴물인지를 그는 꿰뚫어 읽었던 사람이었다. 제국주의는 곧 이 왕권과 이어진 폭력의 확대된 모습일 뿐이다. 16세기 영국 지식인 작가 토마스 모어가 자기 당대의 삶 판이 어떤 괴물 왕에게 탈취당해 수많은 사람들이 거기 굽실거리며 종노릇에 떨어져야 했는지를 밝힌 것이었다면, 사유재산 용인이라는 자본주의 바이러스가 전 세계에 뻗어나가던, 20세기 조선, 한국 사회, 동

---

7 위의 책, 71쪽.

아시아 사회의 흉측한 모습을 꿰뚫어 읽은 작가는 박경리였던 것이다. 왕권치하에서나 자본주의 자본 왕 치하에서나 민중은 층층다리 계급이라는 사닥다리 아래에서 높은 계급 사람들에게 굽실거리며 노예처럼 그 신세가 처량해져야 했던 것이다. 조한옥의 '서양사람'이라는 칼럼 제목에 「명문장가」라는 쪽 글에서 조 교수는 로마 시절 역사가 타키투스 이야기를 짧게 요약하면서 이런 말들을 인용하고 있다.

> '약탈하고 학살하고 도적질하는 것, 그런 것을 그들은 제국이라 하였다. 그 뒤에 남은 황폐함을 평화라 말한다.' 그래서 그에게 '나쁜 평화는 전쟁만도 못하다.' 그렇게 건설한 국가가 '타락할수록 법이 많아진다.' 당연한 일이다. 타락하여 대중의 동의와 지지를 얻지 못하는 부패한 체제에서는 자신들의 의도를 관철시키기 위해 항시 새로운 법을 만들어야 하기 때문이다. 그런 국가에서는 '사려깊지 못한 몇몇 사람들의 주도로, 더 많은 사람들의 축복을 받으며, 모두의 수동적 묵인 아래 경악스러운 범죄가 저질러진다.'[8]

이 비슷한 말은 영국의 버트란드 러셀도 한 적이 있다. '왕이라는 존재는 날강도에 지나지 않는 깡패'인데 그것이 대를 이어 계승되어 내려온 것이 이 인류사라는 것이었다. 아버지가 왕이면 자식도 왕이고 그 손자도 또 손자도 왕위를 물려받는

---

8   2013년 1월 24일자 〈한겨레〉신문 29쪽.

다. 무슨 전쟁에서 싸워 이긴 자가 왕이 되면 그 후손들은 대대로 왕이 되고 그 무릎 아래는 층층다리 계급이 생겨 사람들의 노동력이나 재부를 빼앗아 챙길 권력이 있다고 주장한다. 16세기 영국이 토마스 모어가 런던탑에 갇혔다가 목이 잘리는 죽임을 당한 것도 이런 법을 지지하지 않는다는 이유 때문이었다. 왕위 계승법! 대통령 계승법 따위는 오늘날 다른 형태로 이어져 내려온다는 게 나의 생각이다. 돈이라는 왕권이야말로 오늘날 가장 뚜렷한 계승법 관례를 탄 부라퀴 짓이다.

박경리가 『토지』를 쓰며 깊이 꿰뚫어 읽었던 것은 바로 이 계급문제였고 제국주의라는 폭력에 대해서였다. 뿐만이 아니었다. 『토지』가 치열하게 따져 캐묻고 고발하려고 하였던 것은 바로 이런 사회의 부조리였고, 계급갈등이었으며, 구체적으로는 왕권에 대한 물음이었다. 모든 권력은 다른 말로 바꾸면 폭력이다. 권력이란 모든 사람이 마땅히 누려야 할 권리, 일하고 먹고 마시며 잠드는 모든 일은 스스로 결정하고 언제나 게으를 수도 있는 권리이다. 먹고 잠자며 사랑할 모든 권리를 사람들 모두는 태어나는 즉시 지녔다. 그런데 그것을 누군가가 빼앗아 챙긴다. 그런 권리를 위임받았다고 강변하는 자들이 곧 왕권권력 패들이었으며 자본 권력 패들이다. 왕과 자본을 같은 것으로 읽는 눈길 갖추기란 나의 문학적 소신에 해당한다. 왕이라는 낱말 라틴 말 렉스rex는 오늘날 부자rich의 말 뿌리란다.[9] 뿐

---

9 "〈옥스퍼드 영어사전〉에 나와 있는 내용입니다만 'rich'란 라틴아의 'rex', 즉 '국왕'에서 온 말입니다. 그러므로 'rich'의 본래 의미는 경제적인 힘이 아니라 권력입니다. 국왕이 가지고 있는 것과 같은 힘이 이 단어의 본래의미였습니다." 더글러스 러미스 쓰고, 김종

만이 아니다. 나는 이 왕권과 부자는 다시 제국주의라는 말의 말馬에 올라탄 현대의 괴물이라고 읽을 생각이다. 제국주의란 남의 나라 재물을 제 것으로 삼으려고 무지막지한 무기로 무장한 군대를 동원하여 침략을 일삼는 것을 이름이다. 다시 박경리 소설이야기로 돌아간다면, 『토지』가 그 이야기의 말씀을 시작하는 시기가 1897년 가을이다. 이 시기는 조선왕조가 마지막 가쁜 숨을 쉬며 헐떡거리고 있을 때였다. 조선왕조가 어떻게 시작되었는지를 살펴 따지는 일은 이 자리에는 맞지 않는 이야기일 터이다.

『토지』의 이야기 틀

작가와 그가 산 역사

박경리는 1926년에 태어나 2008년도에 돌아갔다. 지금으로부터 꽉 찬 4년 전 까지만도 그는 강원도 원주에 큰 집을 짓고 평안하게 살았던 분이다. 그러나 이런 진술은 아마도 그가 길고 긴 이십 육년(26년)이라는 세월을 이 『토지』라는 말씀 탑 쌓기에서, 마지막 승부를 걸고 죽기 살기로, 글쓰기에 집중해 가던 후반기에나 해당하는 내용일 터이다. 1926년도는 한반도가 왜국의 정치적 손아귀에서 완벽하게 장악되어 수많은 젊

철 외 옮김, 『경제성장이 안되면 우리는 풍요로울 수 없는가』(대구, 녹색평론사, 2002), 85쪽.

은이들 삶의 목표는 오직 나라 되찾기라는 줄타기로부터 도무지 벗어날 수 없는 급박한 시대였다. 이런 진술 속에는 다음과 같은 이야기가 전제돼야 한다. 모든 사람은, 그가 어느 누구든, 남의 발밑에 짓밟혀 굴신하기를 바라지 않는다. 이런 뻔하고도 마땅한 사람살이의 철학적 도덕명제는 수 천년동안 세계인구의 대다수 사람들의 머릿속을 헤집어 흩어놓는 악행들로 얼룩지게 하여왔다. 1910년도에 한국은 왜국에 합병당하는 수모를 겪어야 했다. 그러니 박경리가 태어난 1926년도는 왜국정치로 나라 전체가 숨 막힐 듯한 질곡 속에 놓여 있었다. 1905년도에 〈가쓰라-태프트 밀약〉과 〈을사보고늑약〉이 강제로 이루어짐으로써 한국이라는 나라는 일체의 외교권이 왜국의 손에 넘어갔다. 이 조약에 서명한 '을사 5적' 가운데 이근택이 습격을 받았고, 이 일에 격분한 민영환은 스스로 자결하는 분기를 보여주었다. 그리고 나서 1907년도에 〈정미 7조약〉이 또한 강제로 이루어짐으로써 국내의 모든 행정관료 조직을 왜놈들이 모두 차지하였다. 〈정미 7조약〉을 옮기면 이렇게 되어 있다.

일본국 정부와 조선정부는 신속히 조선의 부강을 도모하고 조선민의 행복을 증진할 목적으로 아래의 조항을 약정한다.
제1조, 조선정부는 시정개선에 관하여 통감의 지도를 받을 것.
제2조, 조선정부의 법령제정 및 중요한 행정상의 처분은 미리 통감의 승인을 받을 것.
제3조, 조선의 사법사무는 보통 행정사무와 이를 구분할 것.
제4조, 조선 고등관리의 임면은 통감의 동의를 얻은 다음에

시행할 것.

제5조, 조선정부는 통감이 천거하는 일본인을 조선관리로 임명할 것.

제6조, 조선정부는 통감의 동의 없이는 외국인을 조선관리로 초빙하지 아니할 것.

제7조, 광무 8년 8월 22일 조인된 조일협약 제1항은 폐지할 것.

위 증거로써 하명下名은 각기 본국 정부로부터 상당한 위임을 받아 본 협약에 기명 조인한다.

명치 40년 7월 24일

대일본국 통감 후작 이토 히로부미

광무 11년 7월 24일

대한국 내각총리대신 이완용

예전이나 지금이나 국가 사이에 벌어지곤 하는 '협약'이나 '조약' 따위는 대체로 권력자들끼리 백성들의 권리를 위임받았다고 강변하는 그들끼리 자기 국민들은 모르게 이루어지는 것이 상례였다. 그러므로 모든 지식인이야말로, 국가들 사이에 벌이곤 하는, 국가협약이나 조약 따위는 반복해서 공개하고 또 쓰는 글마다에 적어 공개토록 해야 한다. 왜냐하면 그런 조약 문서란 대체로 힘 센 국가 깡패들이 제 나라 이익을 위해 만만한 나라 깡패를 찍어 눌러 굽히곤 하는 수작들이기 때문이다. 게다가 그런 조약이라는 게 다들 그들 나라마다 장악하고 있는 농산물이나 공산품 어업자원이나 지하자원 채굴권 따위를 놓고 벌이는 씨름 질에 불과하다는 걸 많은 사람들은 잘 모른다. 식민주의와 제국주의 방식은 자꾸 진화를 거듭하며 꼴새를 바꾸면서 전 세계를 아직도 넘보고 걸터듬는다.[10]

1905년도에 이루어진 〈을사조약〉이나 〈가쓰라-태프트 밀약〉 따위를 읽으면, 우리가 살았던 1900년대 사회가 어떤 흉계에 빠져 남의 나라 미국이나 왜국으로부터 수모를 당해야 하였는지를 알게 한다. 〈을사5조약〉은 이 나라 조선의 모든 외교권리를 왜국정부가 맡아서 좌지우지하겠다는 것이었다. 뿐만이 아니다. 〈가쓰라-태프트 밀약〉또한 코미디 대본 같은 내용으로 되어 있다. 네 개의 조항 가운데 두 가지는 필리핀은 미국이, 조선은 왜국이 차지하는 것을 미국 대통령 시어도르 루스벨트 대통령이 인정한다는 밀약이었다.[11] 이 결과가 곧 이어진 〈을사보호 조약〉이라는 왜국의 조선 외교건 강탈이었다.

작가는 그가 살아야 했던 그 시대 분위기로부터 조금도 자유롭지가 못하다. 아니 다른 말로 바꾸면 모든 작가는 자기가 살아야 했던 자기 시대를 증언해야하는 숙명을 안고 글쓰기로 나서는 존재이다. 그러므로 자기 삶을 왜곡하거나 일정한 권력 입맛에 맞는 글을 쓰거나 이야기를 풀어나가면 눈 똑바로 뜬

---

10 예를 들어 미시시피 강 유역 농토가 풍년이 들어 곡물생산이 국내 산업적정 수치를 넘어서면 정부가 할 수 있는 일은 무엇인가. 이중 곡가제도가 그 하나 둘째는 곡물을 태평양에 버리는 것, 마지막은 남의 나라에 싼 값에 팔아넘기거나 아니면 무상원조 이름으로 그냥 줌으로써 그 나라 농산물 근거지를 황폐화 하는 방법이 있다. 이 마지막 방법이 현대적 제국주의 책략이다. 황폐화한 국가에게는 비싼 농산물 수출이 가능해지니까! 쇠고기 판매 경로 또한 다르지 않다.

11 오늘날 미국과 맺은 〈한-미 에프티에이〉조약에 의해서 한국이 감당해야 할 경제적 손실 이야기가 서서히 떠오르고 있다. 국가와 국가 사이에는 늘 권력과 권력 끼리 만나는 숙명을 벗어날 수 없기 때문에 영원한 적도 영원한 우방도 없다는 국가논리가 자연스럽게 다가서곤 한다.

독자들로부터 반드시 버림받는다. 그래서 작가들 스스로 '연자매 돌리는 눈 먼 말'(박경리)이거나 '저주받은 존재'(보들레에르), '존재의 땅굴이나 파는 두더지'(카프카)로 일컫는다. 소설작품을 써서 돈을 왕창 벌겠다든지, 이름을 날려 유명인사가 되겠다는 작가 지망생이 있다면 그건 엉뚱한 망상에 불과할 뿐이다. 왜냐하면 작가란 늘 불특정 다수 독자들 앞에 발가벗고 나선 수인이기 때문이다. 박경리가 태어나 어린 시절, 소녀시절을 거쳐 결혼을 하고 자식을 낳았으며 남편을 잃었고 게다가 아들조차 6.25 전쟁 통에 잃게 된 삶의 행적은 결코 평범해 보이지가 않다. 어린 시절에서부터 처녀시절까지 왜국 폭력의 수모강물 속에서 스스로 나의 나됨을 만들어 나아가야 하였고, 다시 혼인 이후에는 동족끼리 맞붙어 싸우면서 죽고 죽이는 민족모독 전쟁을 견뎌야 했다. 조직폭력과 그 조직폭력이 이어진 한국사회의 거칠고 컴컴한 시대를 제대로 눈 뜬 작가가 읽지 않고 살아낼 수는 없다. 작가 박경리는 그런 험악한 시대를 척박한 마음으로 견뎌내었다. 무언가를 견디고 버티면서 참아낸다는 것은 어쩌면 작가됨의 가장 큰 자산일 시 분명하다.

작가의 작가됨이 이처럼 험악한 고통이라면 그 고통내용은 곧 작품의 날줄이 되고 씨줄이 될 것은 분명하다. 고통 없이 글을 쓴다는 것은 헛다리짚기이기 쉽다. 남의 것을 베끼거나 빌려오는 고통내용으로 글 빌미를 삼는 것은 한계가 너무 뚜렷할 수밖에 없다. 박경리 선생이 살아낸 왜정 시대와 한반도의 남북분단 고통, 동족 모독전쟁, 그리고는 군사독재정권 치하의 혹독한 시련 따위 그를 단련시킨 역사내용이 모두 다 거기 들어 있었다.

『토지』 읽기의 받침돌

　『토지』는 모두 다섯 부로 나누어져 있다. 각 장마다 작가는
작은 제목을 붙여 그 장에서 할 이야기 방향을 암시하곤 하였
다. 그리고 앞에서 이미 밝혔듯이 이 『토지』는 그냥 간단한 개
인사 이야기가 아니다. 아니 어쩌면 이 작품은 최 참판댁 일가
의 일대기이자 조선 왕조사를 상징하는 이야기 묶음이기도 하
다. 그러므로 이 장대한 이야기 탑 『토지』는 조선 역사의 500
년 끝자락에서 그 왕조가 끝장나는 석양을 그려낸 것으로 읽
힌다. 왕조가 망가지면서 새로운 날강도 제국주의 강도질이 이
나라 땅에서 시작되었다. 왜정 제국주의는 왕권 밑에 굽실대
는 사람들의 종살이가 왜국 날강도 권력 틀에 굽실대도록 대
체된 꼴새였던 셈이다. 실제로 왜국 밀정들이나 왜국 날강도
꼭두잡이들이 읽었던 조선이란, 그렇게 호락호락하게 남의 밑
에 깔려 굽실대는 그런 민족이며 백성들이라는, 그런 깔보기였
다. 1923년도에 발표한 염상섭의 「만세전」(처음 제목은 「묘지」였
다가 개제)〈민중서관〉 1978년 판본 422쪽에 보면 왜놈들이 조
선의 시골 청년이나 처녀들을 취직시켜 준다고 꾀어다 싸게 팔
아먹어 치부하는 이야기가 나온다. 조선 사람을 깔보는 말투
는 '요보'였다. 중국 사람들을 '꾸리苦力', 대만 사람을 '생번生
蕃'이라 불러 멸시하였듯이 왜놈들은 조선 사람들을 천한 일

꾼이라는 '요보'라 불렀다.[12] 인류사는 늘 불행하게도 이런 야만적 행패를 뼈대로 삼아 이어져 왔다.

　나라는 이미 거덜 날대로 거덜이 나서 왜놈들 천지가 되어 조선 사람들은 늘 그들 밑에 깔릴 수밖에 없고 또 그게 마땅한 하층사람이라는 그런 관념을, 왜놈 깡패들은 조선 온 천지에다가 뿌려놓았다. 뿐만이 아니다. 그들 밑에서 밀정 노릇으로 목숨을 부지하는 천한 조선 사람들조차 스스로 자기 동족을 그렇게 불러 깔보곤 하였다. 나라가 망가진다는 것은 그 나라를 이루는 사람들의 정신이 이렇게 거덜 나는 것으로부터 시작된다. 이런 현상은 아마도 조선 왕조 말기로부터 이 나라 곳곳에서 벌어진 부조리 현상으로부터 나타났던 것일 터이다. '사람은 반드시 자기 스스로 자신을 멸시한 뒤에야 남이 자기를 멸시하게 된다.'는 이 유명한 명언은 조선조 말기에 조선 반도를 휩쓸었던 포위관념이었다.[13] 서양으로부터 먼저 문물을 받아들인 왜국이야말로 선진 대열에 낀 동아시아 전역에서 가장 앞선 민족이라는 같잖은 우월감을 배에 걸치고 설쳤던 시대가 왜국 제국주의 시절이었다. 그런 어둡고, 앞날이 안 보이는,

---

12　이런 행패는 1099년 경 11세기부터 프랑코 인들에게 짓밟힌 아랍 지역에서부터 시작되었다. 알 하라위는 동족에게 이렇게 외쳤다. "'인간의 가장 하찮은 무기는' 그는 말했다. '바로 눈물이다. 칼이 전쟁의 불을 지피고 있는 마당에,'" 아민 말루프 지음, 김미선 옮김, 『아랍인의 눈으로 본 십자군전쟁』(아침이슬, 2002), 16쪽. 현대사에서 가장 큰 비중으로 다가서는 몫인 미국 또한 아메리카 대륙을 짓밟으면서 인디언들의 머리 가죽을 벗겨 벽에 걸어놓는 따위 만행을 저질러왔다.

13　물론 이런 관념은 왜국에 유학하고 돌아온 패들이 저절로 한국인 스스로를 폄하하도록 부추김 당하는 바이러스를 묻혀 들어왔다. '조센진은 어쩔 수 없다!'는 말이 왜놈들 입에서는 거침없이 쏟아져 나왔고 거기 굽실대는 밀정이나 그 나라 유학파 또한 거침없이 자기 동족을 그렇게 멸시하였던 것이다.

컴컴한 야만 시절에 박경리는 청소년 시절을 온통 보낼 수밖에 없었다. 끊임없이 주입시키는 왜국 관념 바이러스에 거슬러 불복종하는 태도를 지닌 사람들 가운데, 눈 뜬 작가야말로 그런 어둠 속에서, 눈이 밝은 편이다. 게다가 작가는 자기가 살아내야 하였던 당시대에 벌어지던 행악질에, 더욱 눈을 밝혀, 기록하려는 분노로 불타오르는 존재이다. 박경리는 그 자신에 대한 스스로의 진단을 여러 차례 내놓았던 작가였다. 『원주통신』(지식산업사, 1990)에서 쓴 「나의 문학적 자전」에서도 그는 자신이 글을 쓸 수밖에 없었던 동기를 밝혀놓았다. 이에 대한 이야기는 앞의 글에서 밝힌 바가 있다. 오늘은 그의 다른 산문 첫머리에서 밝히고 있는 자신 삶의 역정을 여기 조금 밝혀본다.

광주에서 한일 학생들 사이 충돌이 있었다. 그해, 내 나이는 네 살이었고 한중 농민들의 水路문제로 다투어, 그 분규가 도화선이 되었던 萬寶山 사건 때 나는 여섯 살이었다. 어린 나이에 그 사건들에 대한 인식은 물론 기억이 있을 리 없다. 그러나 보통학교에서 여학교를 거쳐 광복에 이르기까지 가장 감수성이 예민했던 시기, 그 사건들의 餘震은 나도 모르게 내 의식 속에 스며들어 있었고, 중국인과 일본인에 대한 관점, 감정을 형성했던 것은 사실이다.
지내놓고 보니 당시 일본의 작태는 만화라 할밖에 달리 표현할 길이 없다. 우리 민족혼, 민족성을 말살하려고 광분했던 그들, 그러나 그들이 그럴수록 스스로 그들 자신의 인간성이 붕괴해 간 것은 아이러니컬한 일이었다. 당하는 우리 쪽이 비

극이라면 그들은 희극적 존재외에 아무것도 아니었다. 여하
튼 일제하에 살아보지 못한 사람은 만화라는 말을 이해할 수
없을 것이며 아무리 상상의 나래를 펴보아도 상황을 파악할
수 없는 것은 당연한 일이다.[14]

소설쓰기란 바로 뒷사람들이 상상할 수 없는 세계에 대한
증언을 하는 사람들이다. 고통스러운 삶 판은 이제나 그제나
비슷하게 펼쳐지지만 시간적으로나 공간적으로 다른 삶 판에
서 벌어진 고통의 질곡은 모든 사람들이 공유해야 할 인간적
자산이다. 박경리 선생은 일제 강점기를 실제로 살아본 사람
이다. 일본 또는 왜 제국주의! 그래서 박경리의 『토지』는 〈일
본론〉에 해당하는 철학적 탐색이 주류를 이루는 이야기 틀로
짜여있다. 그가 가로지르며 살아내야 하였던 왜정시대 한 복
판 흐름에서 한 톨도 그 더러운 꼴을 놓쳐서는 안 된다. 그것이
『토지』의 말씀 탑을 이루는 기본 받침돌이었다. 더러운 꼴들
을 마음 놓고 저질렀던 일들을 짯짯이 적어내는 『토지』는 그래
서 보는 이에 따라 다르게 읽힐 수밖에 없었다.

어떤 사람이
『토지』를
초라하다 했다

---

14   박경리, 『박경리 중국기행-만리장성의 나라』(동광출판사, 1990) 7~8쪽.

맞는 말씀이다

『토지』는
매우 화려하지만
작가가 초라했다

삼지사방
휴매니즘이라는 것을
구걸해 보았으나
참으로 귀한 것이어서
좀체 얻을 수 없었다

역시 『토지』는 초라했다[15]

문학작품 『토지』가 정말 일본의 만행으로부터 벗어나게 하
는 총칼 역할이라도 되는가? 천만에! 문학은 그냥 문학일 뿐이
다. 그런데 문학을 마치 폭력에 대항할 어떤 무기쯤으로 읽으
려는 무리들이 가끔씩 있다. 그러나 문학은 진정한 뜻의 민중
사가 되기도 한다. 특히 박경리의 이 『토지』는 엄청난 너비의
눈길을 낸 동아시아 민중사에 해당하는 이야기 탑이다. 민중
은 있다가 없고 없다가도 있는 어떤 그림자 실체이다. 민중이
라는 말은 정치패들이 곧잘 써먹곤 하는 텃밭으로 또는 자기

---

15 박경리, 『토지』, 『못 떠나는 배』(지식산업사, 1988), 95쪽.

권력의 받침돌로 써먹긴 하지만 그게 정작 누군지는 명쾌하지도 않고 또 눈에 쉽게 다가서는 실체도 아니다. 그러나 민중이야말로 참된 뜻의 하나님이다.

『토지』의 탈향과 귀향 틀

『토지』는 그 공간배경을 경상남도 하동군 안악면 평사리로 잡았다. 이 지역은 지금도 실제로 있는 마을이어서 박경리가 『토지』의 공간배경으로 써서, 세상에 널리 알려지자, 서둘러 『토지』 배경마을로 지정하여 마치 이 공간이 박경리의 소설공간을 직접 답사하여 그려낸 곳이라는 착시현상을 만들어 내었다. 그리고 거기 커다란 양반 부호 저택까지도 실제로 작품 속에 있는 최치수 일가(최치수가 죽고 난 뒤에는 제일 주인공 최서희가 당주로 솟아오른다)의 실제 모델이었던 것처럼 관광명소로 만들어 가고 있지만, 작가 박경리 선생이 그곳을 직접 본 것은 작품이 완성된 아주 먼 뒷날 일이었다.[16] 작가 박경리 글쓰기의 빼어난 특성 하나가 바로 이런 상상력의 산물이라는 것은, 이미 여러 곳에서 내가 밝혀, 논한 적이 있다.[17] 그는 그야말로 난생 처음으로 비행기도 타고 중국 여행도 다녀와서 그 여행담을 『박

---

16   한 때 박경리 선생의 작품에 빠져 있던 유명한 신문사의 한 대기자가 그곳을 직접 가보고 나서 너무나 놀라 박 선생에게 그곳에는 정말 으리으리한 양반저택이 『토지』 공간과 똑같은 형태로 있다고 말하자 박 선생은 웃으며 나는 그곳을 가 본적이 없노라고 했다. 자동차 여행 중에 그 지역을 지나치다가 부자 마을인 평사리 평야를 보고는 작품 배경으로 삼아 순전한 상상력으로 그 곳에다 인물을 배치하여 글을 썼다고 고백한 바 있다.

17   작가들의 공간묘사 방식에는 두 갈래 다른 길이 있다. 이를테면 김주영 같은 작가는 『천둥소리』 공간배경을 그리기 위해서 여러 차례 한 장소를 답사하였다고 했다. 그러나 박경리 선생은 한번 슬쩍 보면 세밀한 묘사는 상상력을 동원하여 그려내는데, 그 정확하기란 비할 데가 없다.

경리 중국기행-만리장성의 나라』를 썼는데, 『토지』 속에 기술된
공간인 중국의 간도 지역의 배경이 된 한 지역 묘사는 아주 생
생하고도 실감나는 공간들이었다. 직접 답사라도 해 봤을까?
그곳 묘사가 하도 정확하고 섬세해서, 함께 동행하였던 이가
이곳까지 언제 그렇게 세밀하게 답사했느냐고 묻자, 박 선생은
그곳 또한 가 본적이 전혀 없다고 했다. 그럼 어떻게 그토록 정
확하게 이 지역을 묘사했느냐고 묻자, 그는 일본인들이 만들어
놓은 지도책에서 본 것이 전부라고 했다. 보고 나서, 그 지역
땅 간도 마을 길거리의 멀고 짧은 골목과 산등성이 또 골목들
을 묘사했다고 했다. 동행한 사람들은 물론 여러 사람들, 그의
묘사력에 놀랐던 얼굴이, 나는 지금도 눈에 선하다.

　『토지』는 시간적 배경을 1897년 한가위 날로부터 1945년
광복되는 날로 시작과 끝을 낸 이야기 탑이다. 그 길고 긴 이
야기 말씀의 탑은 마치 중국 사람들이 만들어 놓은 만리장성
과도 같은 유장하고도 치열한 한국 현대소설사의 등뼈에 속한
다. 시간 길이로는 48년간에 벌어지는 한국 사람들과 왜국 놈
들, 그리고 중국인들 사이에 벌인 광기의 역사기록이 곧 『토
지』이다. 공간의 틀은 어떠한가? 나는 이 『토지』 공간배경과
관련한 작품 풀이를 이렇게 한 적이 있었다. 그 글을 여기 옮겨
보인다.

　　모든 이야기는 공간 배경이 있게 마련이다. 『토지』의 공간 배
　　경은 평사리를 축으로 한 환형 구조로 되어 있다. 도식하면
　　이렇다.(도식 그림은 뒤에 붙인다.) 최 참판, 윤 씨 부인, 최치수,

최서희, 김길상을 잇는 평사리 마을의 대표적인 부자 최씨 가는 몇 개의 변혁사건을 계기로 당주가 수직 이동하게 되고, 최서희 대에 와서는 평사리 고향마을에서 생활기반을 잃고 만주 땅 용정으로 이주하여 살게 된다. 1897년 추석 때로부터 1905년 을사보호조약 체결 이후 약 십년동안 경상남도 하동의 평사리 마을은 『토지』의 기본 생활공간으로 이야기가 이어지고 있다가 2부에 오면 1911년부터 육 칠 년 간의 평사리 마을로부터 쫓겨난 최서희를 중심으로 한 일종의 망명생활의 이야기로 집중된다. 3~4부에 이르러 『토지』는 평사리의 토지와 가옥을 되찾고 진주시 쪽에 큰 집을 마련하여 생활 공간이 확장, 확고한 안정을 이룩한다. 3~4부 그리고 마지막 편에 해당할 5부까지도 평사리를 중심축으로 하여 세계를 읽고 당대 일제의 간특한 식민지 경영실태를, 각 인물들 생활의 섬세한 묘사를 통해 보여주는데, 토지의 환형 구조적 공간 배치는 지극히 명징한 상징성을 띤다. 상징성의 첫째 의미는 실지 회복 곧 국권 회복에 관한 작가 전망에 이어지고 둘째는 이치(이 말을 김치수 교수는 '도리'라고 썼다)에 어긋나는 행위로 탐욕을 부림으로써 이웃과 타국인의 존엄성을 파괴한 자는 반드시 자신의 존엄성을 해친다는 작가적 삶의 원리 천명이다. 평사리에 사는 주민들에 관한 묘사에 힘찬 박진감과 생동감이 넘치는 데 비해 간도 이민 이야기에서는 예컨대 독립 운동가들의 구체적인 활동 내용이 서술되지 못하고 '일제의 침입 앞에서 울분을 토로하는 것으로 끝나거나 공론公論에 지나지 않고 있다'고 파악한 간도 공간의 성격 해명에 관한 김치수 교

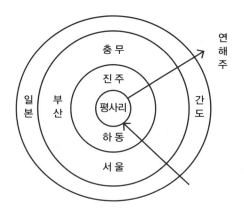

수의 논급은 주목할 만하다.[18]

　사람이 살면서 움직이는 공간은, 가까운 곳으로부터 점점 거리가 멀어졌다가는, 다시 좁아지고 축소된다. 우리 몸 자체가 그런 것이 아니던가? 박경리의 『토지』는 이런 존재의 한 살이를 그려낸 것이었다. 축소에서 확장으로 확장에서 다시 축소로 바뀌는 역사 이론이 이 원리 속에는 들어 있다. 이 원리는 한 나라의 운명과도 통한다. 평사리라는 작은 마을은 확대해석하면 이 나라 조선의 상징적인 공간으로 읽을 수도 있다. 최씨 가문은 어쩌면 망가져 가던 조선왕조의 상징적인 왕가로 읽힌다. 『토지』가 망해가던 조선반도의 왕조를 상징하였다면, 위 그림에서 보이듯 동아시아 제국이 벌이던 흥망성쇠가 일목요연하게 나타난다. 내가 박경리의 『토지』를 고리꼴 틀(환형구조)로

18　정현기, 『소설의 이론』(솔 출판사, 1997), 81~82쪽.

짜여있는 이야기 떨기라고 읽었던 내력은, 바로 이런 존재의 축소와 확장 원리에, 눈조리개를 맞춰 읽었던 탓이다.

『토지』 읽기의 몇 갈래

『토지』를 읽는 눈길에는 몇 가닥 문학론 틀이 있다. 앞에서 나는 서양에서 박사학위를 마치고 온 서양문학자들이 들이댄 이른바 사실주의 틀이나 사회주의 사실주의 이론 틀로 읽어 그 잣대에 맞지 않는다고 비판을 한 이론가들이 있었다는 말을 시늉으로 전한 적이 있다. 그러나 그들의 문학이론은 모두 다 그들 나라 작가들의 작품들 속에서 뽑아낸 이론이며 그 이론을 뒷받침하는 논거들이어서 우리나라 작품에 들이대는 것은 말도 안 되는 것들이 많았다. 이 이론 논의는 장르이론에도 해당되는 어불성설이었고 주체성 논의에 비춰 봐도 말이 안 되는 것들이었다. 박경리의 장편소설 『토지』는 특별하게도 소유 관계 탐색이라는 눈길로 읽어야 한다는 것이 작가 본인의 주장이었고 내 나름의 이론 틀로 확장한 소설론이었다.

박경리 선생은 자신의 『토지』를 땅이나 대지와는 다른 뜻으로 썼다. 땅이나 대지는 그냥 자연물 그 자체를 일컫는 말이다. 그러나 『토지』는 누군가 그 땅이나 대지를 소유한다는 뜻으로 매겨진 명칭이다. 일정한 너비의 땅과 그 땅위 몇 백 미터 이상의 공간을 누군가가 소유하였을 때 그 이름은 성립한다. 그래서 작가 박 선생은 일본이나 중국을 이웃으로 한 운명을 따지면서 물었던 것이다. 어째서 일본은 그렇게 남의 나라 토지를 집어삼키려는 악행을 저지르는가? 아니 어쩌면 일본이라는 나라는 제 나라 이웃인 이 나라를 주기적으로 침략하여 조선 사람들을 도륙하였거나 묶어 가두는 일을 반복하여 왔다. 왜 그랬을까? 왜정시대를 직접 겪었던 그의 눈에 왜국은 문화가 없는 천한 나라였던 것이다. 그것이 이 작품 『토지』에서 탐색하며 밝혀내려고 하였던 치열한 물음이었다. 작가는 모든 의문점에 대한 물음에 모두 대답을 하지는 않는다. 아마도 이 대답은 독자들의 눈길 속에서 또는 전공 학자에 의해 해명이 될 수 있을 터이다. 작가 박경리는 그런 탐욕과 천덕꾸러기 인품으로밖에 내세우지 못하는 왜국에 대한 멸시와 슬픔을 『토지』는 말할 것도 없고 다른 기록으로도 자주 밝혔다. 『토지』속의 한 일본인 주인공이 문제에 대한 대답은 있다. 일본인 청년 오가다 지로는 독립운동에 몸을 맡긴 강직한 처녀 유인실을 사랑하였다. 그래서 그들 사이에는 자식이 생겼다. 이 관계 문제를 풀어가는 이야기는 독자들에게 독특한 울림을 준다. 일본에 대한 작가로서의 기막힌 균형 감각으로 읽히는 대목이다.

나는 박경리 『토지』에 관한 글이나 강연을 열 차례 이상이나 썼고 행하였다. 그의 이 작품 속에 들어 있는 문학사상은 대체로 〈일본론〉과 〈존엄성 이론〉 그리고 〈사랑 곧 창조 공리〉라는 틀로 읽어 여기저기에 발표하였다. 남의 나라 토지를 침략하여 빼앗고 그곳에 먼저 산 사람들을 잡아 죽이거나 종으로 부리는 일은 천박한 일일 뿐 아니라 제국주의라는 악행일 뿐이라는 것이 작가 박경리가 힘주어 내세우려 하였던 문학 사상이었다. 이 세상 누구도 남의 발밑에 짓밟혀 굽실대거나 업신여김 받아야 할 이유는 없다. 그게 인류가 지닌 근원적인 권리이다. 그것을 왕이나 황제, 천황, 주석, 대통령, 교황, 영수, 수상 따위 부라퀴들은 빼앗아 챙김으로써 권력을 행사한다. 권력은 그것 자체가 악이다. 일본은 이런 일들을 주기적으로 벌여왔다. 문화가 없는 민족, 지성이 결여된 민족, 남의 존엄성을 짓밟음으로써 스스로의 존재가치를 더럽혀온 민족, 제국주의라는 이름으로 남의 존엄한 가치를 망가뜨리는 민족 따위로 그는 풀어놓았다. 작가로서 마땅한 해석이자 풀이였던 것이다. 그래서 그는 살아생전에 자주 그들에 대해서 묻곤 하였다. 왜 그들은 그랬을까? 그럴 수밖에 없었을까? 지성인들은 이런 물음에 평생을 보내기도 한다. 동시대의 위대한 학자였던 이가원 李家源교수는 이 문제에 대한 대답을 그의 만년 역작에서 이렇게 풀이하여 놓았다.

> 다산은 그의 「일본론 1」 중에서 이미 일본은 문장이 찬연하고, 예의를 알며, 먼 장래를 걱정할 줄 아는 민족이어서 그들의 침입을 걱정할 것이 없음을 비상히 강조하였고, 「일본론 2」 중에서는 '日本之無可憂' 5조를 열거하였는데, 그 이론이 비록 그럴듯하나 모두 그릇 보고 속단하여 그릇 평가하였다. …중략…일본인은 잠시라도 침략사상을 버린 적이 없었다. 그들이 그런데는 나름대로 이유가 있다. 첫째는 지진이다. 지진은 우리나라나 중국도 예외는 아니다. 그러나 일본은 극심하다. 둘째로는 육침이다. 지진에 따라 육침될 가능성이 상존한

다. 이러한 이유 때문에 일본인은 넓은 영토와 영화를 누리면서도 외토 침략의 야만성을 버릴 수가 없었다. 일본은 다산 몰후 겨우 70여년 만에 우리나라를 강점하였다.[19]

왜놈들이 끊임없이 남의 나라를 쳐들어가거나 남의 나라에 땅을 사재기 해 놓는 것은 다 그럴만한 이유가 있었던 것이다. 우리의 지성사에서 다산 정약용 선생만큼 기림 받는 인물도 드물 터인데 다산 선생조차 일본 바로 읽기에는 실패한 것으로 판명되는 장면이다. 연민 선생은 평생 다산연구를 해온 분이었다. 바로 그 연민 이가원 선생이 다산 정약용 선생의 틀린 시각을 교정하였던 것이다. 연민 이가원 선생과 박경리 선생은 살아 계신 동안에 짧은 교류가 있었다. 『토지』 5부로 끝을 맺었던 1994년 이후 〈토지문화관〉 설립을 전후하여 이 두 거인은 만난 적이 있었다. 〈토지문화관〉 입구에 표석으로 쓴 〈토지문화관〉 글씨는 바로 연민 이가원 선생의 작품이었다.

『토지』 읽기의 또 다른 한 틀은 〈마디 이론〉이라는 눈길이다. 이 이론은 우리들 눈 너비와 세계 읽기라는 보편적 진실 속에서 이끌어 낸 소설론으로, 작품의 길이문제에 대한 『토지』 변호를 위해서, 내가 처음 썼다. 그리고 이 이론은 1997년도에 〈솔 출판사〉에서 출간한 내 저술 『소설의 이론』 90~116쪽에서 자세하게 이론적 논거를 대어 논증하였고, 다른 박경리 론에서도 자주 이 이론을 적용하였다. 다시 요약하면 이렇다. 첫

---

19 이가원, 『조선문학사』(태학사, 1997)하책, 1504~1505쪽.

째, 우리는 우리 눈앞에 펼쳐진 사물이나 현상을 모두 다 보거나 듣지 않는다. 현상의 전체는 보이 않는다는 말이다. 둘째는 우리 감각기관은 우리가 보고 싶은 것만 골라 보거나 듣는다. 인식체계가 그렇게 시간과 공간 속에 놓여있는 사물 읽기에 길들여져 있다는 뜻이다. 박경리『토지』의 시간배경이 꽉 찬 48년인데다가 그것을 집필한 시간도 26년이다. 그 말씀의 길이 또한 30,000장 이상의 원고지(2백자)속에 등장하는 인물 숫자만도 이루 다 기억하기 어려운 길이를 자랑한다. 그런데 구태의연하게 아리스토텔레스니 카스텔베트로니 하는 이들의 시작과 가운데와 끝 원리(시·중·종 법칙) 에 맞느냐 아니냐 하는 논의는 코미디에 속하는 한국 지식판도의 다툼일 뿐이다. 그래서 나는 이 길고도 긴『토지』를 제대로 맛나게 읽으려면 마디, 마디마다 마주치는 인물들이나 사건들, 말맛을 꾸미는 행위공식들을 자세히 맛봐야 한다고 판단했던 것이다. 통포슬로 막노동판을 찾아 떠난 길가에서 만난 주갑이가 용이를 만나 담배 한가피를 얻어 피우면서, 내뱉는 말맛은 그야말로『토지』를 올려 세우는 뛰어난 말맛 창조로 내겐 읽혔던 것이다. 담배 한가피를 뿜다보니 머리가 뱅뱅 도는 주갑이의 허기진 모습을 본 용이가 먹던 주먹밥 한 덩이를 주자 그것을 받아 목에 넘기면서 내는 허기진 이의 삼키는 장면이 있다. 절묘하고도 아름다운 이야기 마디이자 장면이다. 그들 두 인물 사이에 벌인 첫 만남 장면에는 〈사랑이 곧 창조〉라는 박경리 특유의 문학론을 읽게 하는

마디 대목으로 살아 있기도 하다.[20]

　『토지』를 한국현대소설사의 장대한 산맥이라고 내가 읽은 이유 가운데는 이 이야기 말 탑이 장대하고 길기 때문만은 아니었다. 적어도 이 작품 속에서는 무수한 이론 틀이 장착되어 있어서, 다른 어느 나라 문학자품을 읽는 것보다도, 글 짜임의 윤기와 깊은 고뇌가 숨겨진 채, 용틀임하고 있다고 읽었기 때문이다. 문학작품의 향기는 고통의 깊이와 비례한다고 나는 믿는다. 모든 존재는 다 하나같이 고통이라는 내면의 어둠을 지니고 산다. 이 고통의 깊이를 결여한 사람들 대부분은, 당대에 도둑질로 남을 등쳐 악귀가 된 사람들이거나, 일체의 자기 성찰이 탈취된 기형인간, 또는 자기 즐거움만을 가장 귀한 것으로 믿어, 남의 아픔에 눈 감고 있는 좀비들이다. 1920년경, 미국 국적의 영국인 티 에스 엘리엇은 그의 『황무지』에서 우리 시대의 사람들은, 물질문명이라는 곧 돈독에 칠갑이 된, 좀비들로 가득 찬 지옥영혼들이라고 읊었다. 우리가 지금 영위하고 있는, 이 문명은 돈이라고 하는 물신의 노예가 된 채 영혼과 정신을 모두 탈취당한 채, 좀비처럼 살아가고 있다는 게 눈 뜬 작가들의 문학적 증언들이다. 20세기 영국 작가 디 에이치 로렌스의 저술 『로오렌스의 묵시록』 책 후반에 나오는 독사와 붉은 용들로 들끓는 우리 시대 삶 판, 그것이 박경리의 『토지』가

20　2012년도 9월 〈토지문화관〉에서 있었던 박경리 문학 기념행사에서는 참으로 재미있는 물리학자의 이론을 들었다. 서양의 천재 물리학자들 셋(뉴튼 물리학―결정론, 아이젠버그의 양자역학 그리고 아인슈타인의 상대성 이론)을 이야기 하면서, 남균 연세대 명예 교수는 이 『토지』 속에는 이 세 물리학적 원리가 다 들어 있다는 것이었다. 바로 주갑이라는 인물을 그는 상대성원리에 맞는 인물이라고 평가하였다.

내세운 이 나라 운명일 터이다. 이런 우리의 운명 드러냄을 통한 인간증언은 어쩌면 이런 돈독에 중독된 우리 삶에 대한 경종이 될 터이다.

맺는 말

오늘 나는 박경리의 아주 많은 작품들 가운데 『토지』만을 가지고 중언부언 지껄였다. 『토지』야말로 박경리 문학의 결정체이자 그 문학세계의 종착지라고 읽히기 때문이다. 지금까지 내가 해 온 말을 정리해 보이면 이렇게 된다. 우리는 나쁜 이웃과 좋은 이웃이 있을 수 있다. 그런데 왜국이라는 나라는 우리나라에게는 나쁜 이웃이었고 또 앞으로는 말할 것도 없고 먼 뒷날까지 잠시라도 경계를 늦춰서는 안 될 그런 불행한 이웃이다. 그것이 이 작품에서 내 보인 박경리의 독특한 〈일본론〉이다. 이 〈일본론〉은 또 다시 〈존엄성 공리〉를 전제로 하면서 그는 이 공리를 또한 굳건하게 얽어놓았다. 우리는 누구도 남에게 그 존엄성을 훼손당하거나 그것이 억압당해서는 안 되는 존재들이다. 이게 그가 내세운 도덕명령이라고 나는 읽는다, 그런데 왜국은 우리를 그렇게 짓밟았다. 그러므로 일본은, 문화도 없고 또 지성도 없는, 종족이라는 평가 앞에서 내뺄 길이 없다. 그런 눈길의 잣대가 이 『토지』 속에 담겨 주장되는 존엄성 공리로 우뚝 선다. 왜국 사람들은 조선 사람들을 꽁꽁 묶어 그들 앞에 무릎 꿇리고는 우리 존엄성을 짓밟았다. 5부 4권으로 짜인 이야기 말 탑 『토지』의 여러 종의 사람들이 나타나 주고받는 삶의 이야기들은 모두 다 이 존엄한 자기 존재 지키기와 이어져 있다.

거듭 말하거니와 인간은 누구도 남의 존엄성을 해치거나 짓밟아서는 안 된다. 이것은 사람됨의 가장 고귀한 무상명령이다. 그러나 인류 역사는 이 명령을 지키지 못한 채 반복해서 서로를 헐뜯고 짓밟아 죽였으며 자기 욕망을 채우려는 속셈의 무지막지한 침략과 전쟁을 일삼아왔다. 1900년대 우리 한반도는 바로 이런 제국주의 침략의 마수에 걸려들어 스스로 존엄성 지키기가 아주 어려운 형국의 진흙탕 속에 빠져 있었다. 그 시기를 살아본 사람들만 당시의 한국 사람됨의 가치가, 얼마나 하찮은 왜국 사람들에 의해, 억압되고 무릎꿇림 당해왔는지를 안다. 나라를 잃는다는 것, 그것은 '사람이 짐승만도 못한 대접을 받는 다는 뜻'이라고 농학자 유달영 박사는 말한 적이 있다. 깊은 한 숨과 함께 조용히 한 이 말은 내겐 마치 우레 소리처럼 들렸다. 남의 존엄성을 짓밟는 일, 남에게 그것을 짓밟히는 일이야말로 사람이 겪어서는 안 될 끔찍한 일이다.

『토지』는 조선조 말기 왕권 세력범위에서 양반행세를 하던 최 참판 집 3대에 걸친 재산 지키기 이야기이기도 하다. 土地가 '흙 토'자에다가 '땅 지'의 뜻을 합쳐 만든 말이듯이 흙과 땅은 곧 재산의 가장 기초가 되는 품목이다. 누구나 이 '흙 땅'을 가지려 하고 또 이것을 지키려고 한다. 왕권 시대에 참판 벼슬을 한(?) 재산가 최 씨 양반은 이미 죽었고, 그의 아내 윤 씨 부인이 이 큰 집의 제1대 당주로 1권에서 활동한다. 이 집 재산을 탐낸 악당들이 귀녀를 시켜 최치수 애를 밴 것처럼 하고 최치수를 죽인 사건을 명쾌하게 해결함으로써, 탐욕의 악당들을 퇴치한 사람도 첫 당주 윤 씨 부인이었다. 나이든 윤 씨 부인도 죽고 나면, 이미 2대 당주 최치수가 살해당한 이 집안에는 3세 최서희만 홀로 남았다.

집안이나 나라 살림은 거기 두서를 잡는 인물이 있다. 유교 이념인 〈삼강오륜三綱五倫〉 원리는 바로 이런 대표권의 내림 틀을 만들어 낸 정치철학이었다. 군왕과 아버지, 남편과 형은 언제나 한 모듬 속의 첫째 자리에 놓는다. 그것이 유교 이념의 기본 틀이었다. 이 원리는 『토지』에 와서 심각한 균열을 드러낸다. 조선조 왕권이 그렇게 흔들리며 왜국 세력에 휘둘리는 형국과 꼭 닮은 꼴이었다. 제국주의 악당들은 한 나라의 대표자만 잡아 죽이거나 무릎 꿇리면 그 나라가 무너지는 것을 잘 알아왔다. 어느 나라나 다 이렇게 대표자 군왕 황제 따위가 곧 그 나라인 것처럼 꾸며왔기 때문이다. 이것이야말로 인류 역사의 강물 위에 흘러내려온 어두운 구정물 찌꺼기 판국이었다. 그러나 『토지』의 첫째 당주는 그리 호락호락하지 않다. 3세 당주가 될 어린 손녀딸 최서희를 위해 금을 모아 장롱 받침 밑에 숨겨 놓고 손녀딸과 그 심복에게만 이것을 알려 재기하는 힘을 실어주었다. 그렇게 그들 일가의 기둥이었던 심복 김길상은 최서희를 옹위하여 먼 길 만주 땅 용정에 망명하여 재산증식에 성공하였다. 이제 남은 것은 권토중래, 잃었던 자기 집 찾기에 나서는 일이다. 최서희가 태어났고 자란 자기 집, 경상남도 하동군 안악면 평사리, 그곳 고향을 되찾아 최서희 일가가 환

향하는 장면이 이 작품 끝부분을 이룬다. 이 시기는 이미 최서희조차 김길상과 혼인하여 큰 아들 환국이와 둘째 아들 윤국이를 낳아 4대째 대물림되는 결말로 이어져 있다. 이야기 길이가 햇수로만 48년이었다는 것은 이 작품 『토지』를 읽는 이들은 잊지 않는다. 광복의 풀림도 환국한 고향에서 맞는 이 이야기야말로 가장 통속적이면서도 동시에 가장 고급한 이야기 틀과 말맛의 격조를 갖췄다. 다른 통속적인 영웅소설과 변별되는 점이 바로 그런 특성에 있다.

부라퀴, 악당들은 늘 남을 짓눌러 억압함으로써, 그를 자기 욕망의 눈길 속에 가두려 하고, 그런 부라퀴에게 갇힌 존재는 늘 그 갇힘으로부터 풀려나기를 꿈꾼다. 이 작품 『토지』속에는 여러 형태의 갇힌 사람들이 나온다. 왕권세력 양반 패들과 중인들 그리고 상놈 패, 아예 남의 종살이 패라는 계급의 층층다리로 같은 종족끼리도 서로 갇히고 가둔 형국을 이 이야기는 지니고 있었다. 게다가 미국의 사주를 받은 왜국이 조선을 침탈하여 이 나라에 그들 더러운 발을 내딛음으로써 나라꼴은 현실적 감옥이자 내면의 지옥에 떨어진 판이었다. 이 작품 끝 장면을 기억하는 사람은 그리 많지 않다. 끝 장면은 양녀로 데려다 키운 처녀 양현과 나이든 최서희와의 이야기로 끝맺는다. 어딘가 갇혀 있다가 풀려난다는 것이야말로 인간이 꿈꾸는 가장 큰 바람일 지도 모른다. 끝 장면은 이렇다.

'어머니!'
양현은 입술을 떨었다. 몸도 떨었다. 말이 쉬이 나오지 않는 것이다.

'어머니! 이 일본이 항복을 했다 합니다!'

'뭐라 했느냐?'

'일본이, 일본이 말예요. 항복을, 천황이 방송을 했다 합니다.'

서희는 해당화 가지를 휘어잡았다. 그리고 땅바닥에 주저앉았다.

'정말이냐……'

속삭이듯 물었다. 그 순간 서희는 자신을 휘감은 쇠사슬이 요란한 소리를 내며 땅 떨어지는 것을 느낀다. 다음 순간 모녀는 부둥켜안았다. 이 때 나룻배에서 내린 장연학이 둑길에서 만세를 부르고 춤을 추며 걷고 있었다. 모자와 두루마기는 어디다 벗어던졌는지 동저고리 바람으로.

'만세! 우리나라 만세! 아아 독립만세! 사람들아! 만세다!'

외치고 외치며, 춤을 추고, 두 팔을 반쩍번쩍 쳐들며, 눈물을 흘리다가는 소리 내어 웃고, 푸른 하늘에는 실구름이 흐르고 있었다.

이 작품 끝자락에 와 비로서 최 씨 일가는 평사리 저택도 되찾았고, 그들을 내몰았던 악당 조준구도 내쫓아 버렸다. 그런데 이제 다시 왜놈들이 두 손 들어 항복을 한 것이다. 서희가 마음의 감옥에 갇혀 묶였다가 풀려나는 장면은 가히 감동적이다. 『토지』는 한국 근현대사의 가장 정확한 역사기록이다. 동시에 그것은, 한민족이 48년 동안 몸속에 품었던, 깊은 한을 풀어내는 커다란 내림굿의 일종이었다는 것이 나의 판단이다.

그러나 이 작품에서 여운으로 남겨진 이야기 하나가 어둡게 숨겨져 있다. 신분의 차이로 혼인한 최서희 남편 김길상(그의 아들은 모두 다 최환국 최윤국으로 바뀌었다. 어머니 최서희의 성을 붙인 결과다.)이 아직도 중국에 남아 귀국을 미루고 있다는 사실이 바로 그것이다. 하인출신과 그 주인 양반출신 사이의 혼인은 견고한 한국 내의 계급질서로부터 서서히 틈이 생겨나는 징후를 드러낸다. 그럼에도 불구하고 아직도 한국 사회에는 견고한 양반질서를 고집하는 당대 현실고집 세력질서가 두텁게 깔려있다.

계급질서를 고착시키려는 세력은 그 당대에나 지금이나 여전히 존재하는 시커먼 인간 흙탕물이다. 김길상이 최길상으로 바뀐 것 자체는 말할 것도 없고, 그가 광복을 맞은 뒤에도 귀국을 하지 못하고 있는 것은, 바로 이런 사회현실을 반영한다. 이런 복합적인 작가 의도가 『토지』에는 아직도 숨겨진 채, 우리가 찾아내야 할 과제로 남겨져 있다. 이런 이중적인 현실내용에서 오늘날 우리가 왜정 부라퀴들이 만들어 놓은 남북 분단의 상처는 우리들 자신이 꿰매어 통일의 과제를 풀어가야 한다. 그럼에도 불구하고 우리들 현실 속에서, 남북에 똬리를 틀고 앉은 정략 부라퀴들은, 서로를 헐뜯고 정략적으로 이용함으로써 왜국 깡패들을 흐뭇하게 웃게 만든다. 한반도의 분단이 고착됨으로써 이익을 취하는 패들은 누구일까? 여전히 그들은 국내에서 그것을 이용하여 엄청난 재부를 쌓아 누리는 부라퀴들이며, 그들을 부추기는, 나쁜 이웃들일 뿐이다. 이런 분단현실의 답답한 질곡은 김길상이 『토지』 마지막 장에서 귀환치 못한 내역과 동격으로 읽히는 대목이라고 나는 읽는다.

모든 산맥에는 드높은 봉우리가 있게 마련이다. 이야기의 산맥이 『토지』라면 이 산맥 도처에는 드높은 봉우리를 이루는 문학작품들도 있다. 이문구의 『장한몽』같은 작품이 그런 드높은 봉우리에 해당하는 소설작품이다. 『토지』 현대소설사의 육중한 산맥 도처에는 또 다른 작가들이 쌓아올린 드높은 봉우리들이 우뚝우뚝 서 있다. 이것은 우리가 지닌 엄청난 자산이 있기 때문이다. 그것은 우리가 마음 놓고 쓸 수 있는 글자가 있다는 사실인데 사람들은 이 자산의 고마움을 곧잘 잊고는 한다. 우리가 지닌 자산 가운데 우리만의 글자를 가졌다는 것은 가장 큰 복일시 분명하다. 게다가 이렇게 한글로 써진 위대한 작품 『토지』가 있다는 것 또한 커다란 복이 아닐 수 없다. 『토지』야말로 우리 자신의 자기됨을 찾아 보이고, 그 정신을 이어갈 수 있게 한, 귀중한 문학자산으로, 우리는 마땅히 이것을 기려야 하고, 또 꼭 읽어야 할 이유라고 나는 주장하려고 한다.

우리문학비평 05

세 명의 한국사람

안중근, 윤동주, 박경리

1판 1쇄 펴낸날 2018년 6월 30일

지은이 정현기

펴낸이 서채윤 펴낸곳 채륜
책만듦이 김승민 책꾸밈이 이한희

등록 2007년 6월 25일(제2009-11호)
주소 서울시 광진구 자양로 214, 2층(구의동)
대표전화 02-465-4650 팩스 02-6080-0707
E-mail book@chaeryun.com Homepage www.chaeryun.com

책값은 뒤표지에 있습니다.
ISBN 979-11-86096-77-2 03800

이 도서의 국립중앙도서관 출판예정도서목록(CIP)은 서지정보유통지원시스템 홈페이지(http://seoji.nl.go.
kr)와 국가자료공동목록시스템(http://www.nl.go.kr/kolisnet)에서 이용하실 수 있습니다. (CIP제어번호 :
CIP2018017935)

채륜서(인문), 앤길(사회), 띠움(예술)은 채륜(학술)에 뿌리를 두고 자란 가지입니다.
물과 햇빛이 되어주시면 편하게 쉴 수 있는 그늘을 만들어 드리겠습니다.